Claire Favan

Claire Favan vit à Paris. Son premier roman, *Le Tueur intime* (Les Nouveaux Auteurs, 2010), a remporté le Prix *VSD* du polar 2010, le Prix Sang pour Sang POLAR 2011 et la Plume d'or catégorie Nouvelle Plume en 2014. Depuis, elle a publié *Le Tueur de l'ombre* (Les Nouveaux Auteurs, 2011), *Apnée noire* (éditions du Toucan, 2014), *Miettes de sang* (éditions du Toucan, 2015). *Serre-moi fort* (2016 ; Prix Griffe Noire du meilleur polar français), *Dompteur d'anges* (2017) et *Inexorable* (2018) ont paru chez Robert Laffont dans la collection « La Bête noire ». *Les Cicatrices* a paru en 2020 chez HarperCollins Noir, suivi de *La Chair de sa chair* en 2021.

LES CICATRICES

DU MÊME AUTEUR
CHEZ POCKET

LE TUEUR INTIME
LE TUEUR DE L'OMBRE
APNÉE NOIRE
MIETTES DE SANG
SERRE-MOI FORT
DOMPTEUR D'ANGES
INEXORABLE
LES CICATRICES

CLAIRE FAVAN

LES CICATRICES

Harper
Collins
NOIR

ISBN 978-2-266-31528-9
Dépôt légal : mars 2021

À Jacques Saussey,
Mon complice et mon frère de plume,
Qui a toujours les bons mots,
Au bon moment.

Prologue

— Il suffit d'une graine pourrie pour que tout le sac soit contaminé.

L'adolescent observe des particules de poussière danser dans le rayon de soleil qui traverse la grange en oblique.

— Tu m'entends ?

Il se tourne vers son père.

— Une graine pourrie, oui.

— Bien. Sortons de là.

Le garçon le suit d'un pas vif.

— Tu crois que maman va bientôt rentrer ?

Son père vérifie l'heure à sa montre, puis le chemin de terre face à eux.

— Elle ne devrait pas tarder. Tes devoirs sont finis ?

Il hausse les épaules.

— Pas tout à fait, maman devait m'aider à préparer mon exposé pour vendredi.

Une lueur angoissée s'allume dans son regard un bref instant.

— Pourquoi elle n'est pas encore rentrée ?

— Oh… les femmes… On ne peut pas vraiment compter sur elles. Elles sont futiles, dépensières, exigeantes… Ta mère, à elle seule, est une digne représentante de son sexe et fait fructifier tout le commerce local. Un sac à main qui lui plaît, et hop ! Ton exposé passe à la trappe…

Il n'est pas d'accord. Sa mère est douce avec lui. Même s'il s'en défend, il aime encore quand elle le prend dans ses bras pour déposer un baiser sur son front. À côté d'elle, son père est un vrai bourrin, dur au mal, sans une once de romantisme. Ils sont comme la lumière et les ténèbres.

— Viens, on va regarder ce qu'on peut faire pour ton exposé en l'attendant.

Le garçon suit son père à l'intérieur. Dans la cuisine, ils sont toujours penchés au-dessus du livre de géographie quand son ventre se met à gargouiller.

— Dis, c'est normal, tu penses, que maman ne soit toujours pas là ?

— Elle devrait être rentrée depuis plus de deux heures.

Il n'a jamais vu son père, ce roc, en proie à l'inquiétude, et pourtant ce qu'il lit sur son visage ressemble à s'y méprendre à ce sentiment. Il tremble, comme s'il pressentait que son monde était sur le point de basculer d'un instant à l'autre.

— Il lui est peut-être arrivé quelque chose de grave… un accident ?

L'homme se lève et monte à l'étage, son fils sur les talons. Dans la chambre, le gosse le voit ouvrir et refermer sèchement chaque tiroir, en ponctuant ses gestes d'un « vide » ou d'un « putain » bien senti. Il dégonde presque la porte du placard en l'ouvrant pour vérifier que, là aussi, elle a tout emporté.

— Cette salope est partie ! Tu entends ? On ne peut pas compter sur les femmes, je te l'avais dit.

Sidéré, l'adolescent est percuté par ces mots qui s'impriment dans son esprit comme un mantra qui acte la trahison et l'abandon de sa mère. Comment a-t-elle pu disparaître ainsi ?

Pendant des jours, il souffre comme un damné. Il a besoin d'elle, de son réconfort, de sa présence. Au lieu de ça, son absence pèse sur son cœur, broie ses espoirs, ouvre des brèches en lui.

Rongé par la colère, son père ne retient pas ses mots, ses vérités cinglantes sur son mariage et le rôle que sa femme y tenait. Il se livre, comme si son fils, tout juste sorti de l'enfance, pouvait comprendre, comme s'il allait trier, garder son libre arbitre et ne pas se laisser empoisonner l'esprit. Bientôt, la rancœur de son père devient sienne. Il hait sa mère sans nuances, du plus profond de son être.

Une graine pourrie a été plantée dans le cœur de ce garçon. Dans le terreau de sa haine, elle germe, tant et si bien qu'elle ravage tout ce qu'il aurait pu devenir.

1

Elle cligne des yeux plusieurs fois et porte la main gauche à son front. Un raclement suivi d'un tintement lui vrille le cerveau. Elle a la bouche pâteuse, sans compter ce putain de mal de crâne qui la fait grogner de douleur. Elle se sent aussi désorientée qu'un lendemain de cuite.

Elle sait que c'est pitoyable de se réveiller chez quelqu'un dont elle ne se rappelle plus le prénom et d'avoir oublié les événements qui l'ont conduite jusque chez lui, pourtant ce n'est pas la première fois qu'elle échoue ainsi dans le lit d'un inconnu après une soirée bien arrosée, et ça ne sera pas la dernière.

Il est sans doute temps de s'éclipser discrètement, avant que la scène devienne gênante. Elle tente de se redresser en poussant un gémissement. Son corps fait de la résistance. La vache ! Qu'est-ce qu'elle a foutu hier ? Elle a mal partout.

Entre ses doigts qui massent ses tempes, elle observe le décor, et son cœur manque un battement. Son cerveau se remet instantanément à fonctionner. En mode panique.

Le matelas crasseux posé sur le sol dans un coin de la pièce n'a rien du nid de baise qu'elle a pu imaginer. Une chaîne reliant son poignet droit à un anneau dans le mur la retient prisonnière. Prisonnière ? Une sueur froide coule entre ses omoplates, et elle s'exhorte à réfléchir et à reconstituer le puzzle de sa soirée débridée.

Elle se souvient avoir rejoint sa voiture après le boulot. Elle a entendu des pas derrière elle, mais elle ne s'est pas retournée, pensant savoir de qui il s'agissait. Elle a juré entre ses dents, agacée par le fait qu'*il* la colle encore. Il s'est rapproché d'elle, et elle a ressenti un choc violent à l'arrière du crâne. Ensuite, le néant.

Un hurlement d'épouvante retentit quelque part dans la maison. Un cri qui se transforme vite en appels au secours. Son cœur martèle ses côtes comme s'il voulait s'échapper de sa cage thoracique. À présent, les cris de détresse se sont mués en suppliques qui la tétanisent et lui font monter les larmes aux yeux. Une sorte d'instinct primaire l'alerte : on n'émet pas ce genre de sons sans avoir une raison viscérale de le faire.

Elle se redresse en position assise. Un spasme lui vrille le bas-ventre. Elle gémit à la vue des traînées de sang qui maculent l'intérieur de ses cuisses. C'est encore pire que tout ce qu'elle a pu imaginer ! Elle tente de se lever, mais la chaîne est si courte qu'elle lui permet à peine de faire quelques pas. Elle insiste : la solidité de l'acier la bloque comme si elle venait de se prendre une vitre en pleine figure.

Coincée comme elle l'est sur sa misérable paillasse, la porte lui semble à des années-lumière. La compréhension se fraye un chemin glaçant en elle alors qu'elle aligne les indices – chaîne, prison, douleur, sang – et finit par leur donner un sens.

Elle pleure pour de bon, cette fois. Elle tente d'étouffer ses sanglots derrière ses doigts. Bientôt, tout son corps la trahit : elle s'effondre.

La plainte toute proche reprend. Comme si elle s'adressait directement à son cerveau reptilien, elle déclenche une réponse inconsciente violente de sa part. Elle se redresse brutalement et tire de toutes ses forces sur la chaîne, tempête, gémit pendant ce qui lui semble durer des heures avant de s'allonger, épuisée, sur son matelas.

Son niveau d'angoisse se situe bien au-delà de la terreur quand elle entend la porte s'ouvrir. Elle se tourne vers ce bruit nouveau, bien décidée à affronter celui qui lui a fait ça. L'image qui s'inscrit alors sur ses rétines est si monstrueuse qu'elle reste bouche bée sous l'effet de l'horreur.

— Salut, Abigail.

Une partie de sa raison baisse le rideau plutôt que d'admettre la réalité.

2

Owen enfonce sa clé dans la serrure. Dès qu'il entrouvre la porte, la fille qui l'accompagne le pousse à l'intérieur et s'accroche à lui. Il referme le battant d'un geste brusque avant de lui rendre son étreinte.

Il quitte ses lèvres pour butiner son cou, elle lâche un cri explicite qui lui fait lever les yeux vers le plafond avec inquiétude. Son malaise est rapidement chassé par la main de sa conquête, qui vient de se faufiler dans son caleçon. À son tour de soupirer même si, comparé à elle, il se fait l'impression d'être mutique.

Il lui retire son T-shirt et fait glisser ses doigts sur sa peau veloutée. Elle se laisse caresser en fermant les yeux, le visage renversé en arrière, les lèvres entrouvertes. Quand il pose la bouche sur sa poitrine, elle halète et l'encourage bruyamment à poursuivre son exploration.

Owen n'ose même pas imaginer les cris qu'elle risque d'émettre quand ils seront en pleine action ou quand elle va jouir.

Il l'entraîne vers sa chambre et constate avec dépit que des fringues sales traînent un peu partout sur la commode et par terre. Heureusement, trop occupée à le débarrasser de son pantalon, elle ne remarque rien. Elle attrape ensuite l'élastique du caleçon qu'il porte déjà bas sur les hanches pour lui faire emprunter le même chemin. Et, sans prévenir, elle le pousse sur le lit. Les chevilles entravées, il tombe à la renverse sans parvenir à ralentir sa chute, rebondit sur le matelas dont les ressorts grincent et produisent un *boum* sonore qui résonne dans toute la maison. Horrifié, il ferme les yeux et ne la voit donc pas jeter ses derniers vêtements à travers la pièce.

Elle se place au-dessus de lui et, le regard rivé au sien, elle dépose une pluie de baisers sur son torse. Il se mord les lèvres en se demandant s'il a vraiment osé ramener cette fille chez lui. Il est peut-être en train d'imaginer cette scène, comme un genre de rêve érotique particulièrement torride qu'il craint de voir disparaître à chaque instant. Elle fait mine de descendre plus bas quand la sonnerie du téléphone sur la table de nuit déchire le silence.

Owen serre les dents, car ce qu'il redoute depuis qu'ils sont entrés chez lui vient de se produire. Il n'est pas surpris, juste accablé par ce brutal retour à la réalité.

— Ne réponds pas… lui susurre-t-elle en lui mordillant le ventre.

Elle l'embrasse encore.

— Je ne… peux pas, grogne-t-il à contrecœur.

Il la repousse alors que la scène qui l'attend le stresse d'avance.

— S'il te plaît, minaude-t-elle.

Owen se tourne sur le côté et s'assoit sur le bord du lit pour se saisir du combiné. Le temps de le poser contre son oreille, son érection a pris du plomb dans l'aile.

— Allô ? lance-t-il, la boule au ventre.

— Je peux savoir ce que tu fais ?

Son ton pleurnichard annonce la couleur de ce qui va suivre.

— Je… euh…

La fille vient de s'agenouiller devant lui pour prendre son sexe entre les lèvres. Il émet un halètement rauque dont le sens n'échappe pas à Sally.

— Tu as ramené quelqu'un chez toi ? glapit-elle.

— Non ! Pas du tout…

Ses dénégations auraient l'air sans doute un peu plus convaincantes s'il n'avait pas cette voix hachée.

— Tu es en train de faire l'amour avec quelqu'un d'autre !

Comme il s'y attendait, des sanglots incoercibles se mettent à résonner dans le combiné. Même si c'est l'agacement qui domine à cet instant, il prend sur lui une fois encore.

— Sally ! Arrête de pleurer ! S'il te plaît.

Il repousse sa conquête sur le côté, se lève et passe nerveusement la main dans ses cheveux. Et dire que sa soirée s'annonçait prometteuse…

— Sally ! Dis quelque chose !

Il entend des bruits comme si elle fouillait ses tiroirs.

— Je vais me suicider, Owen. Cette fois, je te jure que rien ne m'arrêtera. Et tu auras ma mort sur la conscience !

Il a beau savoir que ses menaces ne sont que du vent, qu'elle ne veut pas vraiment en finir, elles ont toujours le même effet glaçant sur lui.

— Ne fais pas ça… la supplie-t-il.

— Tu aurais dû y penser avant d'amener une pouffe dans notre maison ! Notre maison, Owen !

Il entend le matelas grincer. Sa conquête délaissée est en train de se rhabiller. Avec une mimique implorante, il tend la main vers elle pour la retenir. Il doit lui expliquer ce qui se passe, mais elle recule hors de portée, visiblement vexée.

— Ce n'est plus notre maison, Sally. Nous avons divorcé.

Avec cette phrase, il adresse un éclaircissement maladroit à la jeune femme qui fait grise mine à côté de lui et s'apprête à tourner les talons.

— Non ! Tu as divorcé ! Moi, je n'ai rien voulu de tout ça ! Je t'aime encore, Owen !

Il secoue la tête.

— Sally, stop ! Un couple, c'est deux personnes, pas seulement toi.

Elle se remet à pleurer bruyamment.

— Mon Dieu, je veux mourir ! Il ramène une pute sous mon propre toit, pour forniquer sous mon nez, comme un animal ! Laissez-moi mourir…

Owen est pris entre deux feux, entre les pulsions qui s'agitent en lui et la soumission que lui dicte sa peur. C'est l'instinct qui l'emporte. Il rattrape la fille qui a presque atteint la porte.

— Je te rappelle, Sally !

Il raccroche en espérant qu'il ne sera pas déjà trop tard, quand il le fera. À moitié nu, il s'interpose entre la jeune femme furieuse et la sortie.

— Attends ! S'il te plaît !

— Pas la peine ! lui assène-t-elle avec la violence d'un couperet. Je ne serai pas un second choix.

Elle ouvre le battant qu'il referme aussitôt.

— Laisse-moi t'expliquer ! Nous sommes divorcés, mais nous habitons encore dans la même maison. Elle a dû nous entendre. Je suis désolé si tu as cru que j'étais un de ces mecs qui trompent leur femme.

Il a l'air si mal qu'elle se radoucit.

— Tu vis vraiment sous le même toit que ton ex ?

— Elle est dépressive, répond-il en haussant les épaules. Elle enchaîne les tentatives de suicide pour me contraindre à retourner avec elle. Je ne peux pas lui échapper. C'est invivable…

— Alors elle te pourrit la vie comme ça ? Chaque fois ?

Owen baisse les yeux. Chaque fois ? C'est lui attribuer un courage et une estime qu'il est bien loin de ressentir. Cette fille est la première à franchir la porte de chez lui depuis sa séparation d'avec Sally. Il ne sort presque jamais, terrorisé à l'idée que son ex-femme profite de son absence pour attenter à ses jours. Il vit ainsi, dans un climat de menace permanent, la peur au ventre.

Si de temps en temps il s'autorise une virée au bar du coin, c'est parce que Sally dîne chez ses parents. Ce soir, ça devait être le cas. Il ne sait absolument pas pourquoi elle est déjà rentrée ni comment il en est arrivé à prendre le risque de revenir accompagné.

— Oui, concède-t-il d'une voix honteuse.

Quel mec pitoyable il fait. Enchaîné à une femme qu'il n'aime plus, tout cela à cause d'un chantage minable auquel il n'aurait jamais dû céder.

— Tu n'as jamais envisagé de te rebeller ?

— Le fait d'avoir essayé d'avoir une relation avec toi compte, tu penses ?

Sa moue timide la fait soupirer. Il voit la tension dans ses épaules s'apaiser et il lui caresse la joue. Non, ça ne compte pas, parce qu'il n'a pas agi volontairement. Cette rencontre, cette envie soudaine de retrouver une vie normale… rien de tout ça n'était prémédité. Dès qu'il a su que Sally ne serait pas là, il a sauté dans sa voiture pour rejoindre le pub le plus proche afin de se mêler à ses semblables et de mener un simulacre de vie sociale. Elle est entrée dans le bar environ une demi-heure après lui. Il l'a remarquée, comme à peu près tous les mecs présents dans la salle à ce moment-là. Elle a observé les lieux avant de s'installer à une table dans un coin, face à l'écran géant diffusant un match des Chiefs de Kansas City contre les Bengals de Cincinnati. Il a alors assisté au lourd manège des autres clients pour attirer son attention. Agacée par ces intrusions dans son espace personnel, elle s'est levée pour venir s'asseoir sur le tabouret voisin du sien, plus proche de l'écran occupant l'arrière du comptoir. Elle a jeté un regard vers lui comme pour le jauger et le décourager de tenter sa chance. Il a été surpris par sa propre audace quand, sur un coup de tête, il lui a proposé un verre. L'instant suivant, il se répandait en excuses, honteux de s'être montré aussi primitif que les autres. Il a cru tomber de son siège quand elle a accepté son offre en riant. Ils ont discuté, commenté le match, bu un peu plus que de raison et fini chez lui.

Et voilà le résultat : il est bon pour une douche glacée maintenant que sa libido moribonde vient de se réveiller. Agacé par ce constat, il secoue la tête.

— Pardon, ça n'est pas drôle. Je suis vraiment désolé. Je ne pensais pas qu'elle serait là.

La fille lui lance un regard incertain, comme si elle hésitait sur la manière de poursuivre.

— C'est dommage, parce que ce qui se passait entre nous me semblait prometteur.

Il lâche un petit rire étonné.

— Très prometteur, admet-il.

Elle se mord les lèvres avant de poser la main sur le torse d'Owen.

— Je pourrais te laisser mon numéro pour que tu me rappelles un de ces quatre.

Elle fouille dans son sac pour en sortir une carte de visite.

— Tu acceptes de me revoir malgré ce fiasco ? demande-t-il avec une incrédulité chargée d'un espoir presque comique.

Elle l'observe comme si elle soupesait son potentiel. Son froncement de sourcils lui fait craindre le pire.

— Ouais. Je dois être maso ! Malgré ce fiasco et à cause de lui aussi, tu m'as donné envie de creuser la question. Alors oui, on va se revoir, ne serait-ce que parce que tu me dois une partie de baise.

Elle lui adresse un clin d'œil avant de sortir de chez lui d'un pas léger. Owen reste debout dans l'embrasure de la porte, le petit morceau de carton à la main, se demandant ce que cette fille a pu déceler en lui, après un plan aussi foireux.

Il déchiffre sa carte de visite. Jenna Stones. Jenna. Joli prénom.

Il écoute ses talons claquer sur les marches de l'escalier en pierre, puis le long de l'allée. Elle lui a offert une seconde chance, alors il la recontactera, c'est certain. N'en déplaise à Sally.

Elle se retourne et s'esclaffe.
— Au fait, tu t'es vu ? Espèce d'exhibitionniste !
Il baisse les yeux et se décompose.
— Oh… merde !…

3

Un sourire flottant sur les lèvres tandis qu'il entend encore le rire de Jenna, Owen s'apprête à aller se coucher quand quelqu'un se met à cogner contre la porte avec frénésie. C'est la douche froide. Il fait le geste de poser la main sur la poignée avant de se souvenir qu'il est cul nu et de foncer dans sa chambre pour se rhabiller. Sally l'appelle.

— Owen. Ouvre immédiatement ! Je sais que tu es là !

Il revient aussi vite que possible, c'est-à-dire avant qu'elle ameute tout le quartier. Dès qu'il voit son visage anguleux, il se crispe sous l'effet d'une colère rentrée qu'il n'a jamais eu l'occasion d'extérioriser.

— Qu'est-ce que tu veux ?

— Entrer.

En voyant son expression hagarde, il décide de couper court au cortège de complications que cette phrase va drainer dans son sillage et s'interpose pour l'empêcher de passer à l'acte.

— C'est inutile, Sally. Nous en avons déjà discuté des dizaines et des dizaines de fois. Je ne reviendrai pas avec toi. Je ne peux pas ! lance-t-il d'un ton qu'il voudrait fort, mais qui au final semble plus suppliant qu'autre chose.

Elle se jette sur lui et se met à frapper sa poitrine avec les poings.

— Espèce de salaud ! Je t'aime ! Tu n'as pas le droit de fréquenter d'autres filles alors que moi, je souffre...

Calmement, comme chaque fois qu'elle s'en prend physiquement à lui, il la tient à distance en espérant que la crise sera de courte durée.

— Sally, je t'en prie. Tout le monde te voit te donner en spectacle, lâche-t-il, les dents serrées.

À cette heure tardive, ses hurlements de folle hystérique ont attiré l'attention de leurs voisins. Owen aperçoit plusieurs têtes curieuses surgir aux fenêtres éclairées. Sally se fige.

— Ne me laisse pas, Owen... pleurniche-t-elle en posant le front sur son torse.

Son contact lui répugne à un point qu'il ne saurait même pas exprimer. Il a un mouvement de recul.

Quand il l'a rencontrée, Sally était une jolie blonde élancée, beaucoup plus jeune que lui, capricieuse et trop gâtée. Ses bons côtés compensaient toutefois ses défauts. À présent, elle ressemble à un sac d'os. Un sac d'os totalement barge !

Mme Gould sort de la maison d'en face, sa poubelle à la main. Son regard orageux rivé sur eux annonce les ennuis.

— Tout va bien, Sally ? demande-t-elle d'une voix suspicieuse.

Owen a envie de lui dire de se mêler de ce qui la regarde. Cette trentenaire célibataire est bénévole dans une association qui vient en aide aux femmes battues. Chaque fois qu'elle surprend Sally en train de faire une scène, elle se croit obligée de trouver une excuse bidon pour intervenir, comme si la menace, c'était lui.

— Oui, tout va bien, madame Gould. Sally se sent mieux à présent, merci.

— C'est à elle que je parle, pas à vous ! rétorque-t-elle en redressant la tête pour lui signifier qu'elle n'a pas peur.

Owen est traversé par une brusque envie de leur claquer la porte au nez à toutes les deux. Sally finit par se tourner vers leur voisine en essuyant ses joues mouillées de larmes.

— Oui, ça va… Je discute avec Owen, c'est tout.

— Appelez-moi si vous avez besoin, Sally. Personne n'a le droit de vous traiter de la sorte.

Owen ferme les yeux et prend une grande inspiration pour ravaler le flot d'insultes qui lui monte aux lèvres.

— Merci, Masha. Je n'hésiterai pas.

Sally affiche cet air de fausse dignité outragée dont elle fait usage quand Owen refuse de plier en public.

Obligé de faire comme si ses allusions ne le choquaient pas, il regarde Mme Gould traverser jusque chez elle. Distrait, il voit Sally passer sous son bras tendu en travers de son chemin pour se faufiler chez lui. Il lève les yeux au ciel et pousse un soupir agacé en la suivant.

Bien plus rapide que son expression égarée ne le laissait supposer, elle est déjà pelotonnée sur son canapé et observe les lieux avec curiosité. Elle n'a rien touché chez elle, alors que lui a souhaité faire table rase du passé. Il a repeint les murs de la pièce principale en bleu canard et gris béton, acheté des meubles en bois couleur miel et assorti la décoration à ces teintes.

— Tu ne peux pas rester, commence-t-il.

— Tu te souviens de ce que nous avions prévu de faire de cet endroit avant que tu décides de m'abandonner ? offre-t-elle en guise de réponse, les yeux perdus dans le vide.

— Non.

Il refuse de laisser ces souvenirs douloureux venir le parasiter.

— Ne change pas de sujet, Sally. Tu dois partir.

— C'est joli chez toi, constate-t-elle d'une voix atone.

— Merci…

Bien qu'il en doute, il espère que sa froideur va suffire à la décourager et qu'elle va accepter de lui obéir. Il craint que sa simple présence ne contamine cet espace de paix qu'il s'est bâti en érigeant des murs psychologiques qu'il pensait infranchissables avant cette intrusion.

Elle esquisse un sourire de martyre.

— Tu me manques.

— Sally… Sors de chez moi. S'il te plaît.

Elle pose alors la tête sur le dossier de son canapé en tissu gris anthracite. Ses yeux cillent.

— Je t'ai demandé quelque chose.

Elle ne réagit pas à l'injonction d'Owen qui se sent de plus en plus révolté par cette violation de son intimité. Elle entrouvre les paupières, et il remarque encore son regard comateux. Son esprit fait tilt. La rage au ventre parce qu'elle a remis ça, il s'approche et la secoue.

— Non ! Non ! Bordel… Sally ! Sally ! Réveille-toi !

— Je ne veux pas vivre sans toi, murmure-t-elle alors que sa tête ballotte en tous sens.

Il attrape son téléphone portable pour appeler les secours.

— Mon ex-femme vient de tenter une nouvelle fois de se suicider. Elle est chez moi au 323, North Iron Street.

Il répond aux questions de l'opératrice et écoute ses conseils pour s'occuper de Sally en attendant l'arrivée des secours. Comme s'il en avait besoin…

Épuisé, il finit par s'asseoir à distance respectable d'elle. Il lui parle de tout et de rien pour qu'elle reste éveillée jusqu'à l'arrivée de l'ambulance. Son corps est crispé par le contrecoup du choc, et son esprit tourne en boucle sur une idée fixe : quand son cauchemar cessera-t-il ?

Moins d'un quart d'heure plus tard, il entend la sirène. Il ouvre aussi vite que ses muscles tendus à craquer le lui permettent. Il reconnaît les membres de l'équipe de secouristes qui s'engouffrent chez lui. Sans émettre de commentaire, ils s'occupent de Sally et la sanglent sur la civière pour l'emmener au Providence Centralia Hospital.

— Vous connaissez la routine. On vous prend dans l'ambulance, comme d'habitude ? demande un des brancardiers.

La soirée aurait pu marquer sa renaissance, mais elle s'est révélée aussi calamiteuse que toutes les autres. Il en a assez de sa vie de merde, de cette forme d'esclavage mental que Sally lui impose et qu'il a accepté de subir par lâcheté et faiblesse de caractère…

S'il veut pouvoir se débarrasser d'elle un jour, il doit lui faire comprendre qu'elle ne compte plus pour lui. Ne pas le trouver à son chevet quand elle se réveillera, contrairement aux autres fois, lui semble un bon début. Il secoue la tête.

— Non, je vais vous suivre dans ma voiture.

Pendant le trajet d'une dizaine de minutes, qui traverse deux zones pavillonnaires, une rue abritant des commerces en tout genre, qui passe sous l'autoroute et au-dessus de la rivière Chehalis, il prévient les parents de Sally. Pendant tout ce temps, il ne cesse de se dire qu'il aurait dû rester chez lui et qu'il a tort de suivre cette ambulance. À plusieurs reprises, il est à deux doigts de faire demi-tour, mais il finit par se garer sur le parking et par accompagner les hommes qui poussent le brancard à l'intérieur de l'hôpital.

Sur place, Sally est rapidement prise en charge par les urgentistes qui l'emmènent pour lui faire subir un lavage d'estomac.

Resté seul, planté au milieu du couloir, Owen est trop sonné par cette nouvelle soirée d'horreur pour trouver la force de partir. Il s'installe sur un siège, les épaules basses et le regard vide. Quand il entend la voix des parents de Sally, qui se renseignent à l'accueil, un regain d'énergie le fait bondir pour aller se cacher dans les toilettes. Dès que la voie est libre, il s'éclipse discrètement.

Il n'a pas envie d'affronter leur souffrance, leur colère et leur partialité doublée d'incompréhension.

4

Il ne peut pas abandonner maintenant. Il n'a pas le choix.

Il avance à tâtons entre les arbres, de plus en plus lentement à mesure que chaque pas déclenche des ondes de souffrance partant de sa cheville et courant le long de sa jambe. Enfin, il sort du couvert de la forêt, sur une espèce de promontoire. Il claudique jusqu'au bord. Les nuages s'écartent, et la lune éclaire les parois rocheuses abruptes des gorges d'un torrent dont il perçoit les remous, quelques mètres en contrebas.

Il tourne sur lui-même, cherchant quelque chose, même s'il ignore quoi. Il se penche légèrement en avant pour voir le fond du canyon. Soudain, il entend un bruit. Le temps de se retourner, une ombre fond sur lui.

L'air s'échappe de ses poumons quand il reçoit un choc brutal au niveau de l'abdomen.

Il fait un pas en arrière. Son pied ne rencontre que le vide. Il est entraîné vers l'abîme par son propre poids. Son cri est déchirant. Ses mains s'agitent devant lui en une tentative désespérée pour se raccrocher à quelque chose. Peine perdue. Il se sent tomber. Le bruit de l'eau se rapproche dangereusement alors que la lune rétrécit dans son champ de vision. Et soudain, il perçoit le son mat de son dos heurtant la roche. La douleur explose dans tout son corps, irradie dans chacun de ses nerfs et lui donne envie de mourir. Il ne trouve même pas la force de crier tant la souffrance est insoutenable.

Hélas, le torrent n'en a pas fini avec sa carcasse échouée et brisée. Le courant s'est emparé de sa jambe et l'attire irrésistiblement. Par à-coups, il glisse du rocher. Il est alors emporté par les flots et malmené comme un pissenlit dans le vent. Il n'a plus le contrôle de ses membres, et cela le terrifie presque plus que lorsque sa tête passe sous la surface et qu'il coule à pic. L'eau envahit sa bouche. Il pousse un hurlement désespéré.

Owen se redresse d'un bond dans son lit. Son cœur cogne contre ses côtes. Il se frotte les yeux.

— Putain de cauchemar…

Le dos traversé par des éclairs de douleur à la limite de l'insoutenable, il se lève pour rejoindre la salle de bains. Encore tremblant, il avale un verre d'eau ainsi que deux comprimés de Fentanyl, un des seuls antalgiques qui parviennent à soulager ses crises. Il glisse la main dans ses cheveux collés par la sueur tout en observant son reflet dans le miroir. Les cicatrices lisses qui marbrent l'extérieur de son coude attirent brièvement son attention. Ses yeux d'un marron si sombre qu'ils en semblent presque noirs le fixent avec une lueur de folie éperdue. Ses traits d'ordinaire réguliers et plutôt séduisants, même s'ils ne peuvent être qualifiés de beaux, sont tordus par une angoisse sourde. Il respire calmement et profondément avant de se passer le visage sous l'eau glacée. Quand il se redresse, il est presque redevenu lui-même : un grand gaillard d'un mètre quatre-vingt-dix, solide et maître de lui.

Alors qu'il retourne vers son lit, il regarde l'heure sur l'écran de son radio-réveil. 5 heures du matin. Malgré sa fatigue liée à sa nuit agitée et écourtée par les frasques de Sally, il est terrifié à l'idée d'avoir à se rendormir un jour.

Il cauchemarde souvent, mais cette fois…

D'habitude, il chute dans le vide ou alors il tombe sans fin avant de se disloquer en heurtant le sol. D'autres fois, il revit l'impact de son corps qui s'écrase, à l'infini, dans un kaléidoscope de souffrance. Et il y a aussi la sensation d'étouffement provoquée par ses rêves de noyade.

Il n'y a pas à dire… Il passe des nuits formidables…

Mais aucune n'a surpassé l'horreur de ce qu'il a éprouvé en traversant ces bois menaçants et en regardant le fond du gouffre d'obsidienne avant de s'y briser les os. Pourtant, si le souvenir de sa terreur est toujours vivace, les images ont déjà commencé à se dissoudre dans son esprit. Un des psys qu'il a consultés lui a conseillé de noter ses pensées et ses rêves. Owen se jette sur une feuille et un crayon et griffonne quelques mots : forêt, torrent, chute, pierres. À peine couchés sur le papier, ils perdent leur pouvoir effrayant.

Il les relit à plusieurs reprises en se demandant s'ils ont un sens, s'ils peuvent être les témoins de son passé. Et pour la millième fois, il a beau se creuser les méninges, il est infoutu de répondre à cette question.

5

Mary Loud était une petite fille tout ce qu'il y a de plus normale. Enfin presque.

Elle portait des sandales à lanières pailletées, des collants blancs et des jupes à volants qui se soulevaient haut quand elle se mettait à tourner sur elle-même.

Elle ne l'aurait admis pour rien au monde, mais le rose était sa couleur préférée. Son amie Louisa disait que c'était une couleur de gamine et qu'à leur âge on commence à aimer des teintes plus vives que les pastels bébés. Louisa adorait la mode et se prenait pour une experte. Elle exhibait ses affaires neuves et tendance, indifférente au fait que Mary portait des vêtements d'occasion achetés à la paroisse ou dans des friperies.

Sa mère travaillait comme serveuse dans un routier. Son salaire lui rapportait à peine de quoi les nourrir tous les trois. Ses maigres pourboires étaient engloutis par la consommation d'alcool de son père, un homme aigri et taciturne qui la rendait malheureuse.

Il avait perdu son job de mécanicien presque un an plus tôt. Depuis, il passait ses journées à rôder dans la maison, sous prétexte de réparer tout ce qui, au fil du temps, était devenu hors d'usage. Ni Mary ni sa mère n'auraient osé prétendre le contraire alors qu'à l'évidence il végétait devant la télé. Preuve en était : l'état chaotique du jardin, jonché de détritus et de pièces mécaniques rouillées, le capot de la voiture ouvert depuis presque deux mois dans le garage, les outils étalés sur l'établi et couverts de poussière. Son père commençait beaucoup de choses, mais allait rarement au bout de quoi que ce soit. Il suffisait d'une broutille pour le distraire de sa lubie du moment, qui repassait aussitôt tout en bas de la liste de ses priorités.

Si Mary avait honte de l'endroit où elle vivait, elle se gardait bien d'en parler au principal intéressé. Les réactions de son père étaient beaucoup trop explosives pour qu'elle prenne un tel risque. De là à dire qu'elle avait peur de lui, il n'y avait qu'un pas. Pas qui était de plus en plus souvent lié à la fréquence des beuveries de son géniteur. Même s'il ne s'attaquait jamais à elle, elle les craignait, lui et ses colères destructrices.

Elle voyait bien les marques rouges sur la peau de sa mère et les bleus sur ses bras. Elle la voyait dépérir chaque jour un peu plus, en vivant sous la menace de ce monstre. Elle entendait ses cris de douleur, les reproches de son père et les coups quand il la pensait endormie dans sa chambre. Pourtant, ce qu'elle détestait par-dessus tout, c'étaient les sanglots étouffés, les excuses murmurées en boucle, les promesses larmoyantes de ne jamais recommencer, le bruit des baisers mouillés et les gémissements entrecoupés des grincements du lit pour sceller ce pacte de pacotille. Comment sa mère pouvait-elle lui accorder son pardon, encore et encore ? Mary avait du mal à le comprendre.

Et puis un jour, en faisant un détour pour rentrer de l'école, elle l'avait surprise avec un autre homme, plus jeune et séduisant, sur le parking de la supérette. Son regard était lumineux et vivant, son sourire empli d'espoir, alors qu'il mêlait ses doigts aux siens. Mary se sentit très heureuse pour elle. Elle se garda bien d'évoquer ou de trahir son secret, parce qu'à la maison elle s'appliquait à se montrer aussi sage et discrète que possible, de façon à éviter l'attention et les ennuis. Et jusque-là, cela lui avait assuré une existence plutôt paisible.

Hélas, son silence ne fut pas récompensé. Dès que sa mère trouva enfin le courage de sauver sa peau et de fuir avec le nouvel homme de sa vie, elle le fit sans se retourner, ni s'encombrer d'un fardeau inutile. Elle profita de l'absence de son mari, parti faire le plein d'alcool, et de sa fille, à l'école pour la journée, pour entasser quelques affaires dans le coffre de sa vieille Ford et disparaître.

Privé de l'unique source de revenus du ménage, son père fit son possible, c'est-à-dire bien peu, pour dégoter un boulot honnête et ainsi maintenir la maisonnée à flot pendant quelques mois. Tandis qu'il échouait lamentablement et qu'il se remettait à hanter les lieux comme une ombre maléfique, Mary se retrouva en première ligne pour encaisser sa hargne et sa rancœur. Elle allait alors sur ses douze ans.

En dehors de Louisa, son amie d'enfance, et d'Eddy, son amoureux, Mary avait quelques bonnes copines : Faye, Joy, Harriet, Gwen et Janet. Elles appartenaient toutes à la même équipe de volley. Leur entraîneur répétait souvent qu'elles se débrouillaient assez bien pour tenter le championnat du comté. Le plaisir que Mary éprouvait en pratiquant ce sport se tarit lentement, tant elle appréhendait ce moment où le montant des frais engendrés pour participer à l'événement viendrait inéluctablement dans la discussion. Elle serait alors contrainte d'annoncer son impossibilité de payer, ce qui provoquerait son exclusion de l'équipe et une gêne considérable pour tout le monde. Elle abandonna donc le volley.

Cette même année, elle se mit à porter des pantalons et des T-shirts à manches longues. Elle se renferma sur elle-même, et ses résultats scolaires chutèrent de façon spectaculaire. S'ils s'en étonnèrent, Mary ne put se résoudre à avouer à ses amis la triste vérité.

Condamnée à tenir le rôle de boniche et de souffre-douleur pour son père, que pouvait-elle dorénavant partager avec Louisa, la petite princesse de ses parents ? Comment expliquer à ses profs qu'elle n'avait plus la possibilité d'apprendre ses leçons ou de faire ses devoirs depuis que son géniteur organisait des soirées poker à domicile, pendant lesquelles elle devenait tour à tour serveuse, femme de ménage, barmaid ?

Un soir, Mary rentra à la maison et découvrit cinq hommes attablés dans la cuisine. Fumant comme des pompiers, ils observaient leurs cartes avec attention. Son père l'interpella et lui demanda de leur resservir une tournée de bières. Elle s'exécuta sans broncher. À présent âgée d'un peu plus de quinze ans, elle avait fini par s'accoutumer à la présence de ces indésirables qui restaient à jouer jusqu'aux petites heures de l'aube, ne l'empêchant même plus de trouver le sommeil quand ils juraient, toussaient, se charriaient, s'injuriaient ou riaient. Elle reconnut les habitués. Un seul d'entre eux ne lui disait rien. Plus jeune et plus mignon que les autres, il avait l'air aussi plus alerte. Il lui lança un sourire reconnaissant quand il lui prit sa bouteille de bière des mains. Au passage, il lui caressa les doigts avec l'index.

Elle s'enferma dans sa chambre pour étudier, puis elle essaya de dormir, malgré les bruits provenant du salon. Un peu avant 3 heures du matin, plusieurs chaises raclèrent le sol. Elle entendit des portières claquer et des voitures démarrer et s'éloigner dans la rue. Quand elle ne perçut plus un son, elle s'aventura hors de sa chambre. Son père était affalé en travers du canapé usé, ivre mort. Pour changer...

Elle remarqua alors le désordre : les bouteilles et les canettes vides abandonnées sur le lino fatigué, les boîtes de pizza graisseuses posées çà et là, les cendriers débordant de mégots et de cendre froide, et la vaisselle sale entassée dans l'évier. Si elle voulait dormir un peu cette nuit, pour faire bonne figure à l'école le lendemain, elle avait plutôt intérêt à ranger tout cela vite fait.

Au moment où elle s'apprêtait à retourner dans la cuisine pour chercher un sac-poubelle, elle sentit une main la prendre par la taille et une autre lui couvrir la bouche.

— Ah... Tu es là, lui souffla-t-on à l'oreille.

Elle tenta de se débattre, mais l'homme était trop fort. Il la porta jusqu'à sa chambre dont la porte était restée entrouverte, la jeta sur son lit et s'allongea sur elle, l'emprisonnant sous son poids. Elle reconnut alors le nouveau. Sa respiration hachée lui envoya des bouffées d'odeurs écœurantes au visage, dont celle caractéristique de la bière bon marché. Ses mains baladeuses et l'intensité de son regard lui indiquèrent que l'alcool n'avait pas sur lui les mêmes effets que sur son père.

— Qu'est-ce que vous faites ? demanda-t-elle d'une voix apeurée.

— Ton père me doit beaucoup d'argent. Je pense qu'il te sera reconnaissant d'alléger une partie de sa dette.

Elle tremblait.

— Comment ?

— T'es mignonne. Si tu faisais preuve d'un peu de gentillesse avec moi…

Sa main parcourut sa cuisse.

— Sortez de ma chambre ! hurla-t-elle dans un sanglot.

Il la gifla pour la faire taire.

— Si tu préfères la méthode forte, ça me va aussi…

Sonnée, elle sentit à peine les doigts de l'inconnu relever son haut de pyjama. Elle l'entendit glousser en découvrant sa poitrine d'adolescente.

— Ma parole ! Je suis sûr que personne ne les a jamais touchés, se moqua-t-il.

Il posa les lèvres sur sa peau, lui arrachant un frisson de dégoût.

— Arrêtez… Vous n'avez pas le droit !

Elle se tortilla pour échapper à son contact.

— Avec ce que ton père me doit, tout ce qu'il y a dans cette maison m'appartient, toi comprise. Allez, sois gentille, laisse-toi faire.

Elle tenta encore de se débattre, mais il était bien trop fort.

— Ça suffit, gamine. Si tu veux que cette première fois soit agréable, montre-toi coopérative.

Les joues couvertes de larmes d'impuissance et d'humiliation, Mary ferma les yeux et cessa de lutter.

— C'est mieux, bien mieux, approuva-t-il d'une voix douce.

Elle sentit ses mains inquisitrices courir sur sa peau, ses lèvres aussi baveuses que des limaces gluantes se poser dans son cou et sur son ventre. Il la débarrassa de son bas de pyjama. Elle entendit ses vêtements toucher le sol et son poids enfoncer le matelas quand il revint au-dessus d'elle.

— Ouvre les yeux, petite.

Elle secoua la tête. Il lui prit le menton.

— Tout se passera bien. Obéis.

Elle céda et tenta de masquer sa terreur pour lui envoyer un regard empli de haine. C'est exactement ce qu'il attendait d'elle. Il écarta ses cuisses d'un coup de genou. La douleur vive qu'elle manifesta le fit rire.

Elle se crispa quand elle sentit son sexe tâtonner entre ses jambes. Il se figea et lui caressa la joue.

— Je sais que tu me prends pour un monstre, mais je veux vraiment que tu apprécies ce qui va se passer. Je vais y aller doucement... Détends-toi.

Il s'éloigna légèrement d'elle, et la pression entre ses cuisses diminua. Il se pencha pour l'embrasser. Pour échapper au contact de ses lèvres, elle tourna la tête vers sa table de nuit et remarqua sa paire de ciseaux posée non loin de sa trousse. Sans réfléchir, elle s'en empara et la lui planta dans le cou, une fois, deux fois, trois fois. Il se mit à hurler en tentant de retenir le sang qui s'écoulait de ses plaies. Il tomba du lit et rampa en arrière en gémissant entre deux gargouillis pitoyables. Immobile, Mary regarda son corps convulser jusqu'à ce qu'il cesse totalement de bouger.

Lâchant son arme improvisée, elle plaqua les doigts sur sa bouche pour étouffer son cri de rage revancharde. Elle regagna le salon après avoir enfilé son pyjama. Affalé de tout son long, la tête dans les coussins, son père ronflait.

Ce salopard avait laissé sa fille aux prises avec un enfoiré de violeur ! Elle ne pouvait décidément pas compter sur lui.

Face à lui et à leur misérable intérieur, elle prit place sur une chaise et se cacha le visage entre les mains. Demander à son père de l'aider, c'était comme de mettre les doigts dans une prise pour éviter d'avoir à aller chez le coiffeur. C'était inutile et dangereux. Se débrouiller seule, alors ? Des idées commencèrent à s'entasser de façon désordonnée dans son esprit : appeler la police, profiter des événements de cette nuit pour tuer son père et faire porter le chapeau à son agresseur, fuir, rester et assumer les conséquences de ses actes.

Elle se mit à les analyser au travers du prisme déformant de son état de choc. Rester et appeler la police, cela signifiait accepter le risque de finir en prison, si la légitime défense n'était pas retenue... Et, si elle s'en sortait, il faudrait combien de temps avant qu'un autre ivrogne retente sa chance pour éponger une nouvelle dette de son paternel ? Elle pouvait aussi être retirée à la garde de son père. Elle finirait alors en centre d'accueil, au milieu de jeunes encore plus paumés qu'elle. La voie légale comportait beaucoup trop d'inconnues et d'incertitudes pour que sa raison malmenée lui donne une chance. Dès lors, il ne restait plus que les options improbables et impulsives : suivre les pas de sa mère et fuir les coups, les soirées foireuses et la peur ! Elle pouvait repartir de zéro, ailleurs. Ce ne serait pas facile, ce serait sans doute dangereux, mais rien en comparaison de ce qu'elle vivait au quotidien en restant sous ce toit.

Quoi qu'elle choisisse, il fallait faire vite. Mary se leva. Elle prit une douche pour chasser le sang, la salive et l'odeur de cet homme encore perceptible sur sa peau, et s'habilla avec un jean un peu large, un T-shirt à manches courtes des Guns N'Roses et un sweat noir à fermeture Éclair. Elle fouilla le portefeuille du mort dans lequel elle récupéra 500 dollars, remplit un sac à dos de vêtements de rechange et quitta la maison où elle avait grandi, sans regret. Moins d'une heure plus tard, elle se trouvait dans un car en direction de Seattle. Quand elle trouva une place à l'arrière, sans voisin pour la déranger, elle souffla enfin. Elle posa la tête sur la vitre pour regarder défiler le paysage. Dans un ultime adieu à son enfance corrompue, elle regarda les dernières maisons de la ville disparaître dans la lueur rosée de cette fin de nuit cauchemardesque. Des illusions plein la tête, elle imaginait qu'une fois le choc passé sa nouvelle vie serait beaucoup plus belle que la précédente et que tout se passerait bien pour elle.

Quand ils firent un arrêt dans une station-service le long de l'autoroute 82, elle descendit pour se dégourdir les jambes et acheter deux ou trois bricoles à grignoter. En sortant des toilettes, elle remarqua un homme qui se débattait avec plusieurs sachets de courses. Elle en vit un se déchirer et répandre son contenu par terre. Il poussa un juron et tapa du pied en signe d'exaspération. Il leva alors les yeux sur elle.

— Salut, ma grande. Tu m'aiderais à transporter tout ça jusqu'à ma voiture ? Ma femme m'attend avec

notre nouveau-né, et j'ai peur d'avoir acheté un peu trop de choses...

Amusée malgré elle par sa maladresse, Mary hocha la tête. Elle ramassa les affaires tombées sur le sol et lui prit deux sacs des mains. Elle le suivit dans l'aube naissante, à travers l'aire de stationnement.

— Votre voiture est encore loin ? Je ne dois pas manquer le départ de mon car.

— Tes parents ne vont pas te disputer à cause de moi, j'espère ?

— Aucun risque. Je suis seule.

Cette idée la galvanisa, lui donna un sentiment de toute-puissance. Elle avait enfin échappé à la présence pesante de son père ! Puis elle croisa le regard fixe de l'homme, et sa bulle d'ivresse éclata comme un ballon. Pourquoi avait-elle émis cette vérité à voix haute ?

Il remarqua son hésitation soudaine et il haussa une épaule, l'air de dire que ce genre de choses arrivait. Il lui tourna le dos pour reprendre son chemin. Elle faillit lâcher les sacs et rebrousser chemin, ventre à terre.

— Je te dois une fière chandelle. On y est presque. Tu vas pouvoir rejoindre les autres passagers rapidement.

Son sourire enveloppant, son allure débonnaire, son statut d'homme mature, sa femme qui l'attendait avec son nouveau-né un peu plus loin finirent par la rassurer. Elle marchait dans ses pas quand il contourna la remorque d'un gros camion. Une fois caché à la vue de tous, il s'arrêta près de l'arrière d'un van. Il posa ses sacs.

— Merci beaucoup. Vraiment. Tu m'as bien facilité les choses.

Elle perçut son mouvement rapide, imparable. Après le premier coup, Mary perdit connaissance.

Quand elle rouvrit les yeux, ses chevilles et ses poignets étaient ligotés. Elle était recouverte d'une bâche épaisse en tissu et bâillonnée. Elle percevait les basses d'une chanson rock, la voix de son ravisseur qui fredonnait, les vibrations du moteur et les cahots de la route.

Tout cela mis bout à bout ne pouvait signifier qu'une seule chose : malgré son expérience désastreuse, elle avait plongé tête baissée dans un nouveau piège. Quelle idiote ! Personne ne savait où elle se trouvait, elle, la meurtrière en cavale. Personne ne viendrait à son secours.

Quelle conne !

Elle méritait vraiment ce qui allait lui arriver. Enfin, jusqu'à un certain point…

Qu'allait-il lui faire ? La même chose que ce que l'autre avait tenté ? Ou la tuer ? Sérieux ? C'était ça, le monde des adultes ? Comme si l'horreur de toutes ces années, de toute cette soirée s'abattait brutalement sur elle, elle ne put retenir ses larmes silencieuses de dépit et de panique.

6

Owen se gare le long du trottoir du 1440 S Gold Street. Les notes sensuelles et chaleureuses d'*Oct 33* retentissent dans l'habitacle de sa Dodge Challenger noir mat, une folie qu'il s'est payée après son divorce et qu'il entretient avec un soin presque obsessionnel. Il tapote le volant en rythme et en sifflotant l'air de la chanson des Black Pumas avant de couper le moteur dès que le morceau se termine. Il s'extirpe du véhicule en grimaçant quand son genou lance un craquement sonore. Il boitille sur quelques mètres, en se disant que l'idée d'avoir un baromètre intégré est très surfaite.

Il franchit les grilles de la Wallers Auto Sales. À mesure qu'il se rapproche du bâtiment rouge, là où se trouvent les bureaux, la pression monte et la boule qu'il a dans le ventre grossit. Avec la hantise de tomber sur son patron, il gravit les marches du perron, passe à côté de la sculpture d'ours en bois et fait coulisser la verrière.

— Owen, mon garçon ! l'accueille Jack Wallers avec un regard annonciateur d'ennuis. Viens avec moi. Il faut qu'on discute.

Les épaules basses, Owen le suit sous l'œil compatissant de la réceptionniste. Ils s'assoient de part et d'autre de l'imposant bureau en merisier.

— Je suis surpris de ne pas t'avoir trouvé dans la chambre de Sally à son réveil.

— J'ai pensé que ce serait mieux pour elle, répond Owen avec prudence.

— Mieux ? Sally m'a expliqué ce qui s'est passé cette nuit…

Il se frotte la barbe.

— Hier soir, plus que jamais, tu aurais dû être présent pour elle. Après ce que tu lui as fait subir…

— Je suis désolé, Jack. Sally devait être chez vous. Je suis sorti boire un verre et…

Jack abat le poing sur son bureau.

— Non, mais tu t'entends ? Tu voulais profiter de son absence pour forniquer ! Sous son propre toit ! Mais enfin, à quoi as-tu pensé ?

Owen prend une brève inspiration.

— Cette maison est aussi la mienne, explique-t-il avec diplomatie. Et ce n'est pas ma faute si Sally refuse d'admettre que nous sommes divorcés ! J'ai le droit de reprendre le cours de ma vie sans tenir compte de son avis.

Jack secoue la tête, prouvant par là même que lui non plus n'a pas intégré cette donnée.

— Ma fille t'aime encore, tu le sais. Pourquoi ne lui accordes-tu pas une autre chance au lieu de la mettre ainsi en danger ?

Pourquoi ? Il se moque de lui ou quoi ? Là aussi, Owen et lui ont eu cette foutue discussion des dizaines de fois. Il a d'ailleurs souvent l'impression d'être coincé dans une boucle temporelle quand il a affaire aux membres de cette famille. Il entend presque déjà la remarque qui va suivre. Et son ex-beau-père ne le déçoit pas.

— Tu sais, j'ai été généreux avec toi en ne te virant pas quand tu as quitté Sally. Sa mère était folle de rage contre toi. Elle a fait pression sur moi, mais j'ai tenu bon, parce que je suis sûr qu'à un moment tu vas retrouver la raison et revenir dans le droit chemin.

Son ex-belle-mère, Kathleen, ne supporte pas les gens qui échappent à son contrôle. Sally lui ressemble beaucoup sur ce point, même si leurs méthodes pour remettre les autres au pas diffèrent. Pour elle, Owen a commis l'irréparable en quittant sa fille, le « droit chemin » comme le dit si justement Jack.

— Avec tout ce qui t'est déjà arrivé, j'ai eu pitié de toi, poursuit Jack. Tu comprends que tu me dois beaucoup ?

Owen connaît la partition par cœur. Il acquiesce par habitude.

— Oui, j'en suis parfaitement conscient, Jack, puisque vous ne cessez de me le répéter.

La vérité, c'est que Jack n'a pas de meilleur vendeur que lui. Avec son bagout, Owen pourrait refourguer un igloo à un Texan. Ses chiffres dépassent, et de loin, ceux de tout le monde, ici. Quand Jack a tenu tête à son épouse, c'est parce qu'il savait à quel point son portefeuille souffrirait s'il devait virer Owen. Rien d'autre.

— Je comprends que tu aies eu besoin d'un peu de temps, mais cette séparation a assez duré, tranche Jack. Si tu as envie de retrouver la chaleur d'un corps de femme, Sally est là. Elle ne demande que ça.

À l'idée de poser les mains sur elle, Owen ressent une brusque nausée. Sally le dégoûte. Il ne supporte plus ni sa vue ni son contact, alors coucher avec elle… Jamais il ne cédera. Pourtant, il fait le dos rond pour écourter la scène.

— Je sais, Jack, mais je ne suis pas encore prêt.

Sa position est intenable à long terme. La pression que fait reposer sa belle-famille sur ses épaules est trop lourde à porter. En même temps, il les comprend. Jack et Kathleen ont leur vie, leurs amis, leurs loisirs, leurs ambitions politiques, alors une fille qui fait une tentative de suicide tous les mois, ça bouleverse leurs plans, ça les embarrasse. La refourguer à Owen pour qu'elle se calme est leur seule option. Ce que lui souhaite importe peu dans cette équation.

Il sait bien que son unique solution viable serait de changer de job et de déménager. Il y a déjà pensé, mais il a une raison viscérale de ne pas quitter le coin. Et puis, Sally serait tout à fait capable de mettre ses menaces à exécution et de se tuer à cause de lui. Il ne supporterait pas d'avoir sa mort sur la conscience. Alors il reste là, à encaisser, temporiser et mentir.

— Très bien, mon garçon. Retourne travailler. Je compte sur toi, d'accord ?

Owen se lève sans répondre. Pourquoi dépenser son énergie ?

Il sort du bureau et se retrouve nez à nez avec un premier client qu'il prend en charge avec un sourire de façade et un regard éteint. Il l'écoute, le conseille et finit par lui vendre une occasion à crédit. Le temps de lui faire signer les papiers, un couple attend qu'on s'occupe d'eux.

Pourtant, plus les heures passent et plus sa rancœur augmente. Il n'est redevable de rien à cette famille ! Jack l'a embauché, mais Owen lui a rapporté tellement de fric que la dette est remboursée depuis des lustres ! Il a épousé Sally, certes, mais leur divorce a mis fin à leurs liens et à ses devoirs envers elle.

Il soupire. Tout ça, il le sait, alors pourquoi se montre-t-il aussi faible dès qu'il s'agit d'elle ? Il doit s'affirmer, ne plus céder aux menaces. Et surtout, arrêter de ruminer sans agir.

À la pause, il s'isole à l'autre bout du parking et s'assoit sur le bord de l'aile d'une Chevrolet qui vient de rentrer dans leur parc automobile. Il sort la carte de Jenna de son portefeuille. Il n'hésite qu'une seconde avant de l'appeler.

— Allô ? répond-elle avec prudence à ce numéro inconnu.

— Salut, Jenna. C'est Owen, le gars d'hier soir.

— Owen ? Oui…

Un petit silence désagréable s'éternise. Il toussote et se lance.

— Je sais que tu préférerais sans doute m'oublier, mais je tente quand même ma chance, vu que tu m'as proposé de te recontacter. Est-ce que je peux t'inviter à dîner prochainement ?

Il retient son souffle, prêt à encaisser une rebuffade à la hauteur de son plantage de la veille.

— Dîner ? Ça me semble un bon début pour te faire pardonner ! Je suis libre demain.

La surprise est telle qu'il reste muet pendant une poignée de secondes avant de se reprendre.

— Génial ! Je passe te chercher ?

— Euh… Dis-moi plutôt à quelle heure et où je dois te retrouver.

Il marque un petit temps d'arrêt. Elle se sent obligée de s'expliquer.

— Il vaut mieux pour nous deux que je puisse repartir par mes propres moyens, tu ne crois pas ?

Un point pour elle.

— Sans doute… Tu connais le Country Cousin Restaurant sur Harrison ? À 8 heures, ça serait bon pour toi ?

— Tu as effectivement intérêt à ce que ce soit bon, Owen !

— Tu parles du repas, bien sûr ? badine-t-il.

— À demain, répond-elle en riant.

Il raccroche, le sourire aux lèvres. Sally ne sera pas encore rentrée de l'hôpital et n'apprendra probablement pas son escapade, mais ce petit acte de rébellion le rend heureux. L'idée de revoir cette fille n'est sans doute pas étrangère non plus à cet entrain subit.

7

Owen lève les yeux en entendant la porte s'ouvrir. Jenna parcourt la salle feutrée et boisée et le découvre assis à une table en retrait, près de la vitrine. Son sourire éblouissant le rassure au moins autant que sa venue. Alors qu'elle avance à sa rencontre, il la détaille. Elle n'est pas très grande, et son corps est bien proportionné, très bien même pour ce qu'il en a vu. Ses jambes galbées sont mises en valeur par sa courte robe fleurie et ses sandales à talons hauts. Ses cheveux châtains longs et frisottés sont retenus par une pince, ce qui dégage son visage séduisant en forme de cœur. Quand elle observe son environnement, il peut presque lire ses pensées sur son visage expressif, dans le plissement animé de ses yeux et de sa bouche sensuelle. Sous cet éclairage, elle a l'air un peu plus âgée que ce qu'il pensait de prime abord.

— Salut… lance-t-il pour l'accueillir après avoir terminé son inspection.

Elle ne sait pas trop quoi faire face à lui. Et pour cause ! Ce n'est pas parce qu'ils ont failli coucher ensemble qu'ils se connaissent. Avant qu'elle le suive chez lui, ils avaient juste échangé quelques banalités alcoolisées. Il se lève et dépose un baiser sur sa joue.

— Salut, lui répond-elle en s'asseyant en face de lui sur la banquette en cuir marron. Je ne pensais pas avoir de tes nouvelles.

Il hausse les épaules.

— N'est-ce pas Denis Waitley qui a écrit que l'échec est un passage transitoire qui te prépare pour ton prochain succès ?

Elle éclate de rire.

— Tu as lu les livres de ce gars ?

— Dans le cadre de mes études, ouais... Pour tout te dire, je n'imaginais pas que tu accepterais de me revoir.

— Tout le monde a droit à une seconde chance, surtout quand la première promettait d'être aussi plaisante, avoue-t-elle avec un regard pénétrant.

Elle attrape le menu qu'elle parcourt rapidement à l'arrivée de la serveuse. Ils passent commande.

— Ça fait longtemps que tu es divorcé ? demande-t-elle dès qu'ils sont à nouveau seuls.

Une ombre passe sur son visage.

— Presque deux ans.

— Qu'est-ce qui fait qu'elle n'arrive pas à tourner la page d'après toi, en dehors du fait que tu habites encore dans la même maison qu'elle ?

Il grimace devant cette évidence.

— Touché ! Je pourrais te mentir en te disant que c'est lié à moi, mais je crois surtout que personne ne lui a jamais résisté avant ça.

Elle l'observe avec attention.

— Comment vous vous êtes rencontrés ?

— Je bosse pour son père depuis plus de quinze ans, répond-il avec un haussement d'épaules.

Elle lève les yeux au ciel pour lui montrer ce qu'elle pense de cette idée.

— Lequel a dragué l'autre, alors ?

— Elle ! s'exclame-t-il, horrifié. C'est la fille de mon patron, une gamine que j'ai presque vue grandir. Jamais je n'aurais franchi la ligne rouge !

— Pourtant, tu as fait plus que la franchir, ta fameuse ligne, si tu l'as épousée, se moque-t-elle encore.

Il sait qu'elle a raison, bien sûr.

— OK, admet-il en passant la main dans ses cheveux châtains indisciplinés. Je faisais semblant de ne pas comprendre ses avances. Je m'efforçais de prendre les choses à la rigolade en jouant sur notre différence d'âge pour la décourager. Alors elle est devenue plus insistante, et j'ai dû trouver des prétextes pour refuser ses invitations. Elle a fini par mêler son père à tout ça. J'ai dû me justifier devant lui et subir une certaine forme de chantage professionnel. La pression arrivait de toutes parts, et j'ai cédé de guerre lasse. Comme tu le vois, j'ai été faible dès le départ avec elle et je le regrette amèrement aujourd'hui.

— Tu l'aimais ?

Owen comprend qu'il est en train de répondre à cette quasi-inconnue, impertinente et très curieuse, qui l'oblige à mettre des mots sur une situation qu'il n'a jamais voulu analyser avant ça.

— Je pense que j'ai réussi à m'en convaincre à un moment, oui, puisque je l'ai épousée de mon plein gré deux ans après le début de notre relation.

La serveuse dépose leurs plats devant eux. Dès qu'elle s'éloigne, Jenna lève son verre de vin.

— Je suis très ennuyée avec toi, Owen, soupire-t-elle en le dévisageant.

— Pourquoi ?

— J'étais partie avec la ferme intention de faire de toi mon plan cul, mais je dois avouer qu'après un tel démarrage ça n'en prend pas la direction…

Il manque de s'étouffer avec sa gorgée de bière. Est-ce qu'il vient de se faire friendzoner ?

— Je ne sais pas quoi te répondre.

Elle rit en le voyant rougir.

— Alors, reprenons depuis le début. Je m'appelle Jenna Stones. Je travaille pour la police avec les horaires et les contraintes que cela implique. J'ai trente-sept ans et je suis célibataire, sans enfants. J'aime le sexe, comme tu dois t'en douter, et j'ai la ferme intention de coucher avec toi avant la fin de ce rencard.

À nouveau, il est totalement déstabilisé par son honnêteté à la limite de l'indécence. À quel moment, durant ces années pendant lesquelles il végétait, les femmes sont-elles devenues aussi entreprenantes ?

— À mon tour. Je m'appelle Owen Maker. Je vends des voitures dans la concession de mon ex-beau-père. J'ai quarante-deux ans. Et… je n'ai pas fait l'amour avec une femme depuis plus de deux ans, ce qui fait que ton assurance a tendance à me tétaniser.

Sa grimace crispée la fait de nouveau sourire.

— Mon père et ma mère résident à l'autre bout du pays, reprend-elle. Je vis en colocation dans un appartement aux murs ridiculement fins, aux côtés d'une vieille fille flippée qui ne supporte pas que je reçoive des visiteurs. On ne sait jamais, ça pourrait lui rappeler sa condition minable. Si un jour je parviens à avoir une promotion, j'aimerais déménager et avoir mon propre logement. Et toi ?

Il hausse les épaules.

— Tu as vu où je vis… et dans quelles conditions…

Owen pensait pouvoir bénéficier d'une soirée de répit, malheureusement Sally est déjà sortie de l'hôpital, et Dieu seul sait à quoi il s'expose en s'autorisant cette escapade. En même temps, il s'est juré de faire des efforts pour se libérer de son emprise nocive. Il chasse son ex de ses pensées.

Jenna avale une bouchée de viande.

— Et ta famille ?

— Je n'ai pas de parents, lâche-t-il sans émotion apparente.

— Que veux-tu dire ? Ils sont morts ?

— Non. Enfin… je n'en sais rien, en fait.

Il se détourne face à sa curiosité manifeste.

— Vous êtes fâchés ?

Il baisse la tête vers son assiette. Si seulement c'était aussi simple…

— Non. Il y a des années de cela, je me suis réveillé dans un lit d'hôpital, le corps brisé, sans aucun souvenir de qui j'étais avant l'instant où j'ai ouvert les yeux.

Elle tique.

— Comment ça ?

Il ferme les paupières pour évoquer cette pénible histoire.

— Ils m'ont retrouvé presque mort au bord d'une rivière. J'ai dû faire une chute de plusieurs mètres, vu mon nombre de fractures et le temps qu'il a fallu pour que je remarche. Et je ne te parle pas de l'état de mon cerveau ! J'ai dû tout réapprendre. Même aujourd'hui, je ne sais absolument pas d'où je viens, ni qui j'étais avant tout ça, comme si quelqu'un avait *réinitialisé* mon existence.

— Et, depuis tout ce temps, personne ne s'est manifesté pour te retrouver ? s'étonne-t-elle.

Cette question réveille une douleur lancinante en lui.

— Personne, non.

— Alors ton nom…

— C'était ça ou John Doe… et j'ai trouvé que celui-ci était approprié, parce que j'ai dû me fabriquer tout seul. C'est vrai, lance-t-il avec une feinte désinvolture, qui voudrait s'encombrer d'un jeune homme amnésique, avec de lourdes séquelles psychiques et un corps qui risque de flancher à tout moment ? Une sacrée bombe à retardement, d'après les services sociaux !

Il prend une inspiration hachée.

— Quand je suis sorti de l'hôpital à l'issue de ces mois de rééducation, ils m'ont lâché dans la nature après m'avoir guidé pour que j'obtienne une aide publique. J'ai passé un diplôme de commerce et vente par correspondance et je me suis installé pas très loin de l'endroit où on m'avait retrouvé. Au cas où quelqu'un me chercherait…

Elle semble interdite. Il est gêné soudain d'en avoir révélé autant sur lui-même. Il déteste inspirer de la pitié. Et c'est immanquablement ce qu'il a toujours provoqué chez les rares personnes avec qui il a évoqué son passé.

Qu'est-ce qui lui a pris de le faire avec cette fille ? Ils se connaissent à peine, et un cas désespéré comme lui va la faire fuir !

— Entre l'intrusion de mon ex-femme l'autre soir et mon histoire dramatique, je me suis survendu ! lance-t-il dans une tentative d'autodérision.

Mal à l'aise, elle se frotte les mains sur sa robe.

— Tu n'as pas eu une vie facile.

Il fronce les sourcils en entendant un tel euphémisme.

— Alors, tu veux toujours baiser avec un éclopé dans mon genre ? la défie-t-il, principalement pour changer de sujet.

Elle semble retrouver ses repères, comme s'il venait de prononcer une parole magique.

— Plus que jamais. Tu as fini ton repas ?

— Oui.

Elle se lève. Il la suit après avoir jeté un billet sur la table pour régler l'addition.

— Puisqu'on ne peut aller ni chez toi, à cause de ton ex, ni chez moi, à cause de la folle avec qui je vis, il va falloir se débrouiller avec les moyens du bord, lui souffle-t-elle quand ils ont franchi la porte du restaurant.

Il attrape sa main pour l'attirer vers lui et l'embrasse. Ils repartent lentement et, cette fois, c'est elle qui le retient. Avec des pauses de plus en plus chaotiques, ils finissent par rejoindre sa voiture garée tout au fond du parking, loin des lampadaires, comme si elle avait anticipé cet instant et leur besoin pressant d'intimité.

Owen plaque le corps voluptueux de Jenna entre lui et la carrosserie. Un éclair de douleur traverse sa nuque et court jusqu'à ses reins, mais il choisit de l'ignorer. Il soulève la cuisse de Jenna pour la poser sur sa hanche et passe la main sous l'élastique de sa culotte pour la caresser. Haletante, elle lui montre la portière arrière.

— Monte dans la voiture. Tout de suite !

Il regarde autour d'eux pour vérifier une dernière fois qu'ils ne sont pas trop exposés, mais il n'y a personne dans les parages, pas de lumière ni même de lune dans le ciel sombre et nuageux. Rassuré, il s'exécute.

Quand elle le rejoint sur la banquette, il a déjà retiré son pantalon et son caleçon, qui sont tire-bouchonnés sur ses chevilles. Elle sort un préservatif de son sac et le lui enfile. Elle écarte sa lingerie et se laisse glisser sur lui avec un gémissement satisfait. Sa bouche collée à la sienne, elle se met à bouger lentement.

Sevré de sexe depuis trop longtemps, Owen s'abandonne sans retenue à son savoir-faire évident. Heureusement, elle jouit juste avant lui. Ses trente mois d'abstinence ont laissé des traces et miné sa résistance, surtout face à une bombe pareille… Les yeux fermés, il reprend son souffle. Elle le débarrasse du préservatif avant de s'affaler près de lui. En silence, il tourne la tête vers elle. Elle observe ses jambes striées de cicatrices avec ce qui ressemble à de la stupéfaction.

— Du coup, je ne porte jamais de short, dédramatise-t-il.

— Tout ça, c'est à cause de ton accident ?

— Oui. Les chirurgiens m'ont mis des plaques un peu partout pour résorber mes fractures aux jambes, au bras gauche et dans le dos. Ça te dérange ?

Elle secoue la tête.

— Tu recommences, Owen, le prévient-elle. Cesse de te rabaisser dès que l'occasion se présente. Je te le dis tout net : ton ex a toutes les raisons du monde de ne pas vouloir que tu la quittes.

Il ne peut se retenir de rire. Il passe la main derrière sa nuque pour l'attirer vers lui et l'embrasser.

— Merci, Jenna. J'ai adoré être ton plan cul.

Elle se fige. Son regard est traversé par une multitude d'émotions qu'il ne parvient pas toutes à interpréter : doute, peur, regret, surprise, tristesse… Comme avec une machine à sous, les icônes finissent par s'aligner sur une franche déception.

— Tu parles au passé ?

— Pour me laisser une porte de sortie honorable si tu ne veux plus de moi, déclare-t-il avec une moue désarmante.

La tension qu'il percevait en elle se dénoue brutalement.

8

Dwain Cartwright extirpe sa carcasse usée de son siège-baquet.

Âgé de presque cinquante-cinq ans, marié avec la même femme depuis plus de trente ans et père de trois adulescents squattant encore leur domicile et enchaînant crises identitaires et ruptures tumultueuses à un rythme effréné, il se fait souvent l'effet d'être dépassé par les événements et de ne pas parvenir à rester à jour dans ce monde où tout change d'une seconde à l'autre.

Il claque sa portière et lève les yeux vers Carol Bowns, sa coéquipière, qui vient à sa rencontre les mains plantées dans les poches de son blouson en jean.

— Qu'est-ce qu'on a ? demande-t-il.

Si lui est marqué par les années et arbore une crinière poivre et sel ainsi qu'une petite bedaine qu'il n'arrive pas à faire disparaître malgré ses efforts, Carol semble bénéficier d'une énergie inépuisable. Sa silhouette androgyne élancée, ses tenues masculines, sa coiffure déstructurée à la garçonne font qu'il pense qu'elle préfère les femmes. Même si ça fait un peu cliché de la part d'un flic habitué à voir au-delà des apparences, leur relation ne sortant pas du cadre professionnel, il n'a jamais osé lui poser franchement de questions sur sa vie conjugale – et encore moins sur son orientation sexuelle. Ils bossent bien ensemble, et c'est tout ce qui compte, à vrai dire.

Elle passe la main dans la mèche de cheveux noirs qui a résisté à la folie du coiffeur pour la caler derrière son oreille.

— Une femme blanche. Elle n'est pas morte sur place. C'est par là, lui indique-t-elle avant de le précéder le long d'un sentier qui grimpe à flanc de colline.

Dwain fait son possible pour la suivre mais, bien avant d'arriver en haut de la côte, il est en sueur et essoufflé.

— C'est un lieu fréquenté ? demande-t-il, au bord de l'apoplexie.

Charitable, elle s'arrête pour lui laisser le temps de reprendre sa respiration.

— Raisonnablement : on est dans le parc Seminary Hill. C'est un couple de promeneurs qui nous a appelés après avoir repéré un corps dans les fourrés au bord du sentier.

Blessé dans son amour-propre en constatant qu'elle n'est même pas essoufflée alors qu'ils ont fourni un effort physique similaire, il repart.

— La légiste pense qu'elle a été abandonnée là depuis moins de deux jours, continue-t-elle.

— Hum… acquiesce-t-il avec difficulté.

Bientôt, il remarque l'agitation devant lui. Des rubans jaunes sont tendus entre les arbres et en travers du chemin pour éloigner les badauds. Un policier en uniforme les regarde approcher.

Carol montre sa plaque au jeune homme.

— Lieutenants Cartwright et Bowns. On est chargés de l'affaire.

Il leur fait signe de passer. Dwain suit Carol jusqu'à la scène du crime, là où la légiste et plusieurs membres de son équipe relèvent les indices. Un peu en retrait, Dwain observe la zone. La voix de Carol le ramène à la réalité.

— On en sait plus sur elle ?

Dwain les rejoint après avoir machinalement lissé les plis de sa chemise. Malgré les tocs qui l'agitent dès qu'il se trouve en sa présence, il espère toujours que son faible pour la légiste passera inaperçu. Quand elle lève les yeux vers lui pour le saluer, il sent sa bouche devenir sèche et un sourire idiot naître sur ses lèvres.

— À première vue, elle n'a aucune blessure ayant pu causer sa mort, répond la quinqua sculpturale.

Quand Dwain entend ça, son émoi d'adolescent s'évapore pour laisser son professionnalisme refaire surface.

— Elle pourrait être morte étouffée ?

Paula Atkins lui jette un coup d'œil interrogatif.

— Ça pourrait en effet être compatible avec les pétéchies visibles dans ses yeux. Je vérifierai de façon plus poussée à l'autopsie.

— Oui. J'aimerais que vous vous en assuriez, de ça et de la présence de lésions internes liées à des viols répétés, s'il vous plaît.

Paula le dévisage en silence.

— Vous pensez à quelque chose en particulier, Cartwright ?

Il prie pour que son intuition se révèle fausse. Pourtant, le corps n'a pas été caché, et ses vêtements sont intacts. Un sombre pressentiment s'empare de lui.

— Vous pouvez regarder ses poignets ?

Sans même se retourner, Paula répond :

— Elle porte des marques sur celui de droite. Elle a été attachée avec une chaîne.

Pris d'une impulsion, il s'écarte précipitamment pour passer un appel au poste de police de Centralia. C'est le lieutenant Gert qui décroche.

— Salut, c'est Cartwright à l'appareil. Tu peux vérifier le fichier des disparus pour moi, s'il te plaît ?

— Maintenant ?

Il suffit d'entendre ses bruits de mastication pour comprendre qu'il est en train de déjeuner.

— Oui. C'est urgent.

Dwain l'écoute tapoter sur le clavier de son ordinateur.

— J'y suis.

— Je cherche une jeune femme, âgée de trente ans tout au plus. Elle portait un chemisier fleuri dans les tons beiges, un jean bleu et des bottes en cuir marron. Cheveux bruns.

— Ta description ressemble beaucoup à celle d'Abigail Larkin, indique Gert à peine quelques minutes plus tard. Sa colocataire a signalé sa disparition il y a trois semaines.

— Tu peux m'envoyer sa photo sur mon portable, s'il te plaît ?

— Tout de suite. Ses parents appellent chaque jour, alors tiens-moi au courant si tu as du nouveau.

— Bien sûr.

Quand il entend le bip annonçant un message, il ouvre la pièce jointe. Son cœur se serre. C'est bien elle. Abigail Larkin avait vingt-six ans. Pauvre gosse.

Il sent une présence dans son dos et se retourne. Carol l'observe en silence.

— Je sais quand tu tiens quelque chose. Tu veux m'en parler ?

Il secoue la tête. Il ne doit pas s'emballer. Si ses hypothèses se révèlent exactes, alors il lui expliquera tout.

Bon ! En réalité, il n'a aucun doute. Au fond de lui, il ressent même un zeste d'impatience : il a un compte à régler avec l'homme qu'il suspecte d'avoir assassiné cette gosse et il n'est pas mécontent de le voir reprendre du service.

9

— Entrez, leur propose-t-elle en leur tenant la porte, avant de retirer son gilet, qu'elle accroche au dossier du fauteuil dans lequel elle prend place.

Après avoir assisté à l'autopsie d'Abigail Larkin, Dwain et Carol ont suivi la légiste dans son bureau. En temps normal, la voir ôter un vêtement aurait mis Dwain dans tous ses états, mais là il reste prostré. D'un geste automatique, Paula attrape une mèche de ses cheveux blond doré retenus en queue-de-cheval pour les entortiller autour de ses doigts. Quelque chose semble l'agacer, et elle finit par plaquer les mains à plat sur son bureau.

— Lieutenant Cartwright, vous me devez une explication ! commence-t-elle. Dès que vous êtes arrivé sur place, vous saviez que cette victime était morte étouffée, qu'elle avait été attachée et violée sur une longue période.

Elle lui lance un regard perçant.

— Vous connaissez le tueur de cette femme, n'est-ce pas ?

Il ne tire aucune satisfaction de la confirmation de ses pires hypothèses. Bien au contraire.

— Disons plutôt que j'avais de fortes suspicions. Et, pour être honnête, prétendre connaître ce tueur serait bien présomptueux…

Il essuie son front couvert d'une fine couche de sueur avec son mouchoir et reprend :

— J'aurais préféré me tromper, je vous assure. Selon toute probabilité, il s'agit de l'œuvre d'un tueur en série qui sévit dans le coin depuis des années. Il enlève des femmes sans laisser de traces exploitables. Pendant qu'il les séquestre, il les viole. Souvent, ajoute-t-il sombrement. Comme il en détient toujours deux en même temps, un plaisantin l'a surnommé Twice. Et ce surnom est resté. Quand il se lasse, au bout de quelques jours pour certaines ou de quelques années pour d'autres, il étouffe sa victime à l'aide d'un sac en plastique et la dépose là où elle sera facilement découverte.

— J'ai entendu parler de ce tueur, indique la légiste. Mais il ne s'était pas manifesté depuis longtemps, il me semble. En tout cas, pas depuis que je suis en poste ici.

Dwain approuve.

— Oui. Cela faisait presque cinq ans qu'il n'avait pas rendu de corps.

En le voyant aussi abattu, Carol pose la main sur son épaule.

— On va le choper, Dwain.

— On va essayer, surtout, répond-il d'un ton si lucide qu'il en paraît désabusé.

— On va reprendre tout ce qu'on a sur lui pour remonter sa piste, poursuit-elle avec enthousiasme.

— Ça va être rapide, déplore-t-il. On n'a jamais retrouvé d'ADN sur elles ni d'indices exploitables. Personne ne sait à quoi il ressemble ni comment il se débrouille pour séquestrer deux femmes en même temps sans que personne se soit jamais posé de questions dans son voisinage. On n'a jamais eu de suspects. Rien.

Elle fronce les sourcils, comme si elle ne le croyait pas.

— Sur les scènes d'enlèvement, il y avait sûrement des témoins ?

— On n'en a jamais trouvé un seul.

Carol perçoit son accablement, elle lance sur un ton plus hésitant :

— Cette fois, ça sera peut-être différent ?

Il marmonne une réponse sans conviction. Carol envoie un regard lourd de sens vers Paula pour qu'elle l'aide à rebooster son équipier.

— Le laboratoire travaille sur les vêtements de la victime. Je vous ferai parvenir les résultats dès qu'ils tomberont, enchaîne celle-ci.

Carol lève les yeux au ciel, et la légiste lui adresse un geste d'excuse.

— Merci, répond-il en se redressant sans remarquer leur manège.

Une fois à l'extérieur, il annonce sa décision à Carol.

— Tu ne vas sûrement pas apprécier ce que je m'apprête à faire, mais je vais appeler le FBI en renfort.

Elle tombe des nues.

— Le FBI ? Qu'est-ce qui te dit qu'ils vont se déplacer ? Es-tu vraiment sûr que ça soit une bonne idée ?

— Il y a un type… un agent spécial, qui s'appelle Lyle Esteves. Il a consacré quasiment toute sa carrière à traquer Twice. Le peu que nous savons le concernant, c'est à cet homme que nous le devons. Nous ne pouvons pas nous passer de son expertise. Et je doute qu'il reste à l'écart avec tout ça.

10

Lyle Esteves entre en conquérant dans la place. Le bâtiment en briques rouges du poste de police de Centralia, situé au 118 W Maple Street, est identique au souvenir qu'il en a gardé avec ses immenses fenêtres blanches en façade. Tout comme cette ville de 25 000 habitants dont le centre-ville désuet et bourré de charme est si typique des bourgades américaines. Avec un pincement au cœur, Lyle se rend compte qu'il n'est pas revenu dans le coin depuis une dizaine d'années, depuis que Twice n'a plus rendu de corps sur le secteur, à vrai dire.

Dans le hall, il remarque quelques changements mineurs, essentiellement au niveau des portraits des gradés accrochés au mur. Il se plante devant l'accueil.

— Bonjour, le salue un planton aux paupières tombantes qui lui donnent l'air épuisé. Je peux vous aider ?

— Bonjour, agent spécial Esteves, du FBI. Le lieutenant Cartwright m'attend.

— Lyle !

Avec un sourire, celui-ci se tourne vers la voix qui vient de l'interpeller depuis le milieu de l'escalier.

— Dwain !

D'un coup d'œil, les deux hommes enregistrent le passage des années sur eux : les cheveux blancs qui gagnent du terrain, les rides supplémentaires, le ventre qui pousse et l'usure générale.

— Comment vas-tu ? demande le policier en lui serrant la main. Ça faisait un bail…

— La routine ! Et tu n'imagines pas à quel point le temps passe vite quand on se rapproche de la fin, ironise Esteves.

— Tu comptes bientôt arrêter ?

— Je ne vais peut-être pas avoir le choix, soupire-t-il.

L'agent spécial a toujours été à cran avec sa hiérarchie. Dwain comprend qu'ils ont dû trouver le moyen de le mettre au placard. Il préfère changer de sujet.

— En tout cas, tu as fait vite pour venir ! Je te remercie.

— Tu parles ! élude-t-il d'un geste désabusé. Dès que quelqu'un prononce le nom de Twice, je rapplique ventre à terre, tu sais bien.

Son expression blasée et lasse en dit long sur l'étendue de sa désillusion. Esteves a consacré sa vie à la traque de ce tueur. Cette affaire est devenue son obsession, comme cela peut arriver parfois. Il y a perdu sa femme et sa fille, la confiance de ses supérieurs et sa crédibilité professionnelle. Relégué dans un bureau local, sur des cas sans intérêt, il occupe la moindre seconde de son temps libre à collecter et relire les éléments de l'unique dossier qui le préoccupe. Son attitude a fait de lui la risée de ses collègues et de certains services de police avec lesquels il a collaboré au fil des ans. Pour autant, Dwain ne doute pas d'avoir fait le bon choix en le contactant.

Il approuve avec un sourire de compassion.

— Je le sais, tout comme je sais qu'avec ce qui vient de se passer ici ta place est avec nous, sur le terrain. Suis-moi.

Il le précède dans l'escalier et le long d'un couloir jusqu'à un bureau.

— On a fait au mieux, s'excuse-t-il dans un haussement d'épaules.

Avec les trois postes de travail entassés dans un espace prévu pour deux, la place est comptée.

— On va se tenir chaud, mais installe-toi, lui dit Dwain. Tu es là.

À cet instant, Carol franchit la porte, un gobelet de café à la main. Elle se fige en le découvrant. Quand Dwain l'a avertie qu'il allait l'appeler, elle n'imaginait pas qu'il débarquerait aussi vite.

— Je te présente ma coéquipière, Carol Bowns. Carol, voici Lyle Esteves, l'homme qui sait absolument tout ce qu'il y a à savoir sur Twice.

Il lui serre la main sans parvenir à savoir si elle est contrariée, satisfaite ou indifférente à l'idée de leur future collaboration.

— Dis plutôt le peu qu'il y a à savoir sur Twice… réplique Lyle avec bonhomie.

Carol croise les yeux clairs de l'agent spécial. Elle lui donne une soixantaine d'années, surtout à cause de ses rides marquées et de ses cheveux presque intégralement blancs. De taille et de corpulence moyennes, il a un physique passe-partout, un peu défraîchi, impression uniquement démentie par son regard où brûle une vive lueur d'intelligence.

Esteves s'installe rapidement avant d'en venir aux choses sérieuses.

— Alors, racontez-moi ce qui vous fait penser que Twice a repris du service.

Dwain déroule les circonstances qui ont fait qu'ils ont attribué ce nouveau meurtre au tueur en série.

Esteves les écoute en silence tandis qu'ils exposent leurs arguments : l'enlèvement d'une jeune femme le 27 avril, son corps retrouvé dans un lieu public le 17 mai, la mort par étouffement avec un sac en plastique, les traces de séquestration et de viols multiples, ainsi qu'un dernier détail crucial.

— Vous avez trouvé l'endroit où elle a été enlevée ?

Carol approuve, avant d'attraper plusieurs photos sur son bureau et de les lui tendre.

— Sa voiture est restée sur le parking de son lieu de travail. Abigail Larkin a donc probablement été enlevée à la sortie de son boulot. Elle était serveuse dans un pub qui fait aussi boîte de nuit le week-end.

— Vous avez trouvé des témoins et visualisé les images de vidéosurveillance ?

— Il n'y a rien, soupire Dwain. Son véhicule était garé sur le parking des employés, donc hors champ des caméras qui couvrent celui de la clientèle. Et Abigail faisait la fermeture ce soir-là. Elle est donc sortie après tout le monde.

Lyle se tourne vers la photo de la jeune femme pour l'observer longuement.

— Parlez-moi d'elle.

C'est Carol qui s'est occupée de cette partie-là de l'enquête.

— D'après sa colocataire, Abigail bossait de nuit parce qu'elle avait entamé des études par correspondance. C'était une battante qui voulait s'en sortir après sa récente rupture en date. Son mec la tabassait. Elle venait de le foutre à la porte et était bien décidée à prendre un nouveau départ.

— Sa disparition était considérée comme suspecte ?

— Oui.

— L'ex ?

Carol secoue la tête.

— Il est hors de cause. Il était à l'autre bout du pays ce jour-là. En revanche, Abigail avait des démêlés avec son patron, un dragueur assez lourd, d'après sa copine. Il l'appelait sans arrêt. Il avait des gestes très tendancieux et des paroles limites à son égard parce qu'elle ne cédait pas à ses avances. Jusqu'à ce qu'on retrouve le corps et que l'affaire prenne un tournant différent, ce gars-là était le principal suspect des enquêteurs chargés du dossier.

— Tu en dis quoi ? demande Dwain pour rompre le mutisme de Lyle. Ça pourrait être Twice ?

Celui-ci passe le pouce et l'index sur le bas de son visage, en coupe autour de son menton, puis se lance.

— On appelle ce tueur Twice parce qu'il garde toujours deux captives à la fois. Jamais plus jusqu'à présent et, quand il se débarrasse de l'une d'elles, l'enlèvement de sa remplaçante intervient dans les quatre à cinq semaines suivantes. Et, avant que vous le demandiez, j'ai épluché tous les dossiers de disparition et de meurtre de femmes sur les États de Washington, de l'Oregon et de l'Idaho sur les quinze dernières années. Ça représente environ 40 000 cas.

En entendant ces mots, Carol coule un regard troublé vers Dwain, dont il saisit parfaitement le sens. Il secoue la tête discrètement pour lui signifier de laisser tomber.

— Et j'en suis arrivé à la certitude que Twice détient actuellement deux personnes : Jacklyn Hollander et Lucy Anderson. Comme il n'a rendu aucune des deux, ce meurtre ne peut en aucun cas lui être imputé, affirme Esteves avec emphase.

En l'entendant afficher aussi ouvertement son obsession pour ce tueur insaisissable, Dwain se demande s'il a finalement bien fait de l'appeler et de le mêler à leur affaire. Comment Abigail peut-elle rassembler autant de caractéristiques des victimes de Twice s'il n'y est pour rien ?

— Et comment as-tu établi que ce sont ces deux femmes qu'il détient ?

Lyle lui lance un regard outré, comme si les doutes de Dwain constituaient une trahison. Il y a suffisamment de gens qui le prennent pour un cinglé sans que son ami en rajoute.

— J'ai procédé à des centaines de recoupements entre les lieux, les profils des disparues, les cas de mort par étouffement, les dates… Et il n'y a que ces deux-là pour lesquelles tout concorde.

— Admettons… le coupe Carol. Qu'est-ce qui nous assure que toutes ses victimes ont été retrouvées ?

— Que voulez-vous dire ? s'insurge l'agent spécial.

— Je ne sais pas, moi… Pour arriver à vos déductions, j'ai l'impression que vous n'avez tenu compte que des enlèvements survenus après la découverte d'un corps présentant toutes les caractéristiques des meurtres de Twice. Mais, si l'une d'elles meurt de maladie, de faim ou à cause des mauvais traitements subis pendant sa captivité, il s'en débarrasse peut-être différemment, et vos certitudes ne tiennent plus.

Lyle ouvre la bouche pour répliquer, avant de réaliser qu'il n'a jamais envisagé les choses sous cet angle, malgré de nombreux cas de disparitions suspectes restés en suspens dans tous les États où sévit Twice. Cette idée bouleverse son référentiel. Il finit par se retrancher derrière toutes ses recherches.

— Nous lui avons attribué vingt-deux meurtres depuis qu'il est en activité. Les corps ont tous été découverts rapidement après qu'il s'en est débarrassé parce qu'il ne les cache pas. Dans la foulée, une autre femme disparaît. Et cette configuration d'événements n'a pas eu lieu depuis l'enlèvement de Lucy Anderson.

Carol lève les yeux au ciel.

— Si je suis votre raisonnement jusqu'au bout, vous êtes en train de suggérer qu'Abigail Larkin n'est pas une victime de Twice, alors que tous les indices coïncident, traduit-elle avec un agacement perceptible.

— Il va falloir surveiller les disparitions suspectes pour avoir des certitudes, mais pour le moment je n'y crois pas trop.

Esteves observe encore la photo d'Abigail avant de la reposer comme s'il s'en désintéressait. Dwain voit le visage de Carol se fermer. Il intervient pour calmer le jeu.

— N'allons pas si vite en besogne. Twice a une méthode assez repérable qui est bien présente pour notre victime. Même s'il reste des zones d'ombre par rapport aux deux dernières captives connues, il faut quand même qu'on travaille là-dessus. Lyle, faisons comme si, tu veux bien ? Peux-tu nous éclairer ?

Flatté, l'agent spécial hoche la tête.

— Pourquoi pas…

Dwain voit Carol se hérisser à côté de lui. Lyle ne s'en rend pas compte et entame son exposé.

— Côté mode opératoire, il enlève les filles au petit matin ou en fin de soirée, voire en pleine nuit, c'est-à-dire à des moments qui lui offrent une relative impunité. Aucune n'a signalé quoi que ce soit avant de disparaître. On en a déduit qu'il improvise et saisit sa chance quand elle se présente. Et, malgré cette apparente désorganisation, il ne s'est jamais mis en danger, jamais planté. Comme ses choix relèvent du hasard, ses victimes n'ont pas de type physique spécifique, hormis le fait qu'elles sont toutes blanches ou de type hispanique. On a attribué le laps de temps plus ou moins long entre la découverte d'un corps et un nouvel enlèvement au délai pour que la bonne configuration se présente.

— Jusque-là, ça colle avec le cas d'Abigail Larkin, constate Carol.

Esteves fronce les sourcils face à cette interruption.

— Quand il se débarrasse d'elles, il les tue avec sobriété. Ce n'est manifestement pas cet acte-là qui le motive, poursuit-il.

— Abigail est morte étouffée avec un sac plastique comme les autres, me semble-t-il, s'entête Carol, sarcastique.

— C'est la séquestration en elle-même qui se situe au cœur de son fantasme, confirme Dwain avec un regard d'avertissement pour sa collègue.

— Oui. Avec la séquestration, on en arrive à sa signature, conclut Lyle. Il les retient prisonnières, les nourrit et prend soin d'elles pour les maintenir en relativement bonne santé. Sur tous les corps, on a retrouvé des traces de lésions internes qui prouvent qu'il les viole fréquemment, mais aucune ne présentait de fractures résorbées ni de cicatrices indiquant que sa violence se manifeste autrement. De ce qu'on a pu comprendre en discutant avec les familles des victimes, les femmes avec un fort instinct de survie et beaucoup de tempérament sont celles qu'il garde le plus longtemps. Il a besoin d'exercer son pouvoir de vie et de mort sur elles, et plus elles résistent, plus il satisfait son désir de domination.

Il croise le regard de Dwain.

— C'est exact, déclare le policier. Toutes celles qu'il a rendues rapidement étaient effacées, soumises, dépendantes ou dépressives. Elles ne devaient pas lui apporter le frisson qu'il recherche.

Presque malgré lui, Lyle se laisse prendre au jeu des spéculations.

— Concernant votre victime, trois semaines de captivité, ça collerait plutôt avec le profil de celles ayant renoncé tôt à se battre.

— Cette histoire avec son ex violent, puis avec son boss harceleur a pu la fragiliser, plaide Dwain.

— Son ex a failli la tuer avant qu'elle se décide à réagir, affirme Carol. Et, d'après sa coloc, l'insistance de son patron était en train de la rendre complètement parano.

— Ah… admet Lyle avec un soupçon de réticence.

Il marque une légère pause avant de se lancer dans la dernière partie de son exposé.

— Dans tous les cas, Twice finit par se lasser de sa captive. On en revient à la façon dont il se débarrasse du corps dans un endroit public où il va être retrouvé rapidement. Il l'a revêtu, même à des années d'intervalle, avec les vêtements que la fille portait le jour de sa disparition.

— Vous savez pourquoi ? s'enquiert Carol.

— On en est venus à supposer que c'est pour faciliter l'identification. Mais, en réalité, on n'a pas de preuves que cette hypothèse soit la bonne.

— Elle a été émise quand il enlevait des adolescentes qui se transformaient physiquement pendant leur séquestration, précise Dwain.

— Comment ça ? demande Carol. Il a changé de cibles ?

— Twice est en exercice depuis très longtemps, confirme Esteves. On pense qu'il a aujourd'hui entre quarante et cinquante ans. Ses fantasmes peuvent avoir évolué avec les années… Qu'est-ce qu'on en sait ? Toujours est-il qu'avant il prenait des jeunes filles déjà formées, qui faisaient souvent plus matures que leur âge, et progressivement il en est venu à des trentenaires.

Dwain tapote de l'index le bureau devant lui.

— Ce qu'il faut garder à l'esprit, c'est que l'information concernant les vêtements des victimes n'a jamais été révélée. Ce qui tendrait à éloigner le spectre d'un *copycat*, non ?

Lyle a du mal à croire qu'un secret puisse être conservé aussi longtemps… Les fuites sont légion dans ce genre d'enquêtes. Entre les indiscrétions involontaires, les confidences chuchotées dans la mauvaise oreille, les exclusivités achetées à prix d'or par les journalistes…

— C'est possible, élude-t-il.

— Et, en dehors de sa tranche d'âge, vous avez quoi ? demande Carol.

— Pour pouvoir procéder à ses repérages nocturnes ou matinaux, il est forcément maître de son emploi du temps. Je penche pour un type qui serait son propre patron, célibataire, avec peu d'interactions sociales, car elles le mettraient en difficulté, même s'il donne le change en public.

— Et…

L'ordinateur de Dwain signale l'arrivée d'un mail. Il l'ouvre et le parcourt rapidement. Quand il se tourne vers les deux autres, il a l'air transfiguré.

— Le labo a trouvé un cheveu sur les vêtements d'Abigail Larkin. Vous entendez ? On a son ADN !

Lyle ne réagit pas.

— Il y a une correspondance ? demande Carol, toujours aussi pragmatique.

Dwain, qui s'est un peu emballé, consulte la suite du rapport.

— Non. Il n'est pas répertorié, soupire-t-il.

Les doutes de Lyle Esteves reviennent au galop. Twice n'a jamais laissé d'indice avant. Et, d'un seul coup, il livre une improbable troisième victime avec un de ses cheveux en prime ! C'est presque incroyable. Dwain se tourne vers lui.

— Je sais ce que tu penses, mais après si longtemps il a pu être un peu plus négligent que d'habitude…

— Quelle est la couleur de ce cheveu ? soupire Lyle en lâchant du mou.

Par-dessus l'épaule de Dwain, Carol parcourt les lignes du rapport.

— Brun.

Certes, Lyle a des doutes, mais tous les indices viennent lui donner tort. Lui qui se prenait pour un expert concernant Twice, qui était sûr d'avoir percé quelques-uns de ses secrets, il a plutôt l'impression d'avoir fait un bond de géant en arrière.

Un peu largué, il voit les regards des deux autres posés sur lui. Bien trop heureux de pouvoir quitter sa routine ennuyeuse et son placard, il se décide.

— On annonce cette nouvelle victime de Twice à la presse.

Et on attend les réactions, pense-t-il.

11

Il allume la télévision sur une chaîne d'informations locales, monte le son pour le bulletin météo. Dès que la présentatrice revient à l'antenne, il s'apprête à baisser le volume ; ce qui se passe dans le monde extérieur ne l'intéresse absolument pas. Son univers est réduit au strict minimum, mais ça ne lui pose pas de problème. Il aime vivre dans un cadre borné par ses propres choix et avoir la maîtrise de tout ce qui gravite autour de lui.

« Le corps d'Abigail Larkin, disparue il y a près de trois semaines, a été retrouvé le 17 mai. Selon les enquêteurs en charge du dossier, il s'agirait d'une nouvelle victime du tueur en série, surnommé Twice, bien connu des services de police à qui il échappe toujours malgré des années de recherche. »

Il suspend son geste. Les yeux braqués sur l'écran, il se penche en avant alors qu'elle passe la parole à un envoyé spécial. Le jeune homme gominé se tient devant la grille d'un parc.

« Bonjour, Diana. Oui, c'est ici, dans les allées du parc Seminary Hill, que le corps d'Abigail Larkin a été découvert par des promeneurs. Comme vous l'avez dit, c'est à partir des résultats de l'autopsie que la police est arrivée à la conclusion que Twice venait de reprendre du service. Cette jeune femme porte donc le compte de ses victimes à vingt-trois. Rappelons que le tueur en série sévit au nez et à la barbe des autorités depuis des années. »

Il fronce les sourcils en écoutant les propos du reporter qui retrace le portrait de la victime et délaie des bribes de rien pour en faire un flot insipide. Il reste face à l'écran jusqu'à ce que la présentatrice passe au sujet suivant. Pensivement, il se dirige vers la cuisine et se plante devant la porte qui mène au sous-sol.

Il emprunte l'escalier sans se presser, faisant claquer ses talons sur les marches carrelées. Il aime que ses captives entendent le bruit de ses pas en se demandant à laquelle d'entre elles il va rendre visite. Cela leur laisse le temps de rassembler leur volonté avant l'affrontement qu'elles pressentent. Rien ne l'empêche de jouer avec leurs nerfs aujourd'hui encore, même s'il ne compte pas entrer dans leur cellule ce soir. Une fois en bas, il fait glisser la trappe pour observer Jacklyn. Elle est recroquevillée à la tête de son lit, le visage caché dans ses bras croisés sur ses genoux.

Dès qu'il murmure son prénom, elle relève la tête et montre les dents, prête à se battre. Ce qu'elle peut le distraire ! Généralement, après les trois premiers jours durant lesquels il repousse leurs limites, il sait à quel type de femme il a affaire. Jacklyn a toujours été une coriace, capable de dominer sa peur, d'endurer la captivité et les mauvais traitements. Le cocktail idéal pour lui qui dépend surtout du hasard quand il s'agit de choisir ses proies. Il n'y en a eu qu'une seule autre comme elle… C'est bien dommage, parce que c'est une pure merveille. Malgré le temps passé à extraire la moindre goutte de volonté de son petit corps délectable, il ne cesse d'être étonné par sa combativité. En se sachant condamnée à davantage de souffrance, elle continue à ruer des quatre fers et à lutter. Elle l'impressionne sincèrement, même si la soumettre fait partie intégrante du plaisir qu'il tire de la situation. C'est pour cette unique raison qu'il la garde prisonnière depuis si longtemps. Six ans ! Une éternité vu ses conditions de détention. Et pourtant, elle se porte comme un charme, se révolte quand il le faut et, surtout, elle l'excite toujours autant. S'il ne tenait qu'à lui, il ne la relâcherait jamais.

Il hésite un instant à entrer pour profiter de son humeur rebelle, avant de se souvenir qu'il n'est pas là pour ça.

Il referme bruyamment la petite porte. Il entend un glapissement désespéré dans l'autre cellule. Lucy s'imagine sans doute que, s'il ne rend pas visite à Jacklyn, c'est elle qu'il va venir voir. Il sourit avant d'ouvrir sa trappe.

Elle se tient debout dans un coin, la tête basse et les doigts de pied recroquevillés sur le sol glacé. Il l'appelle. Elle pose les mains sur ses oreilles avant de laisser échapper un gémissement pitoyable.

Elle est totalement différente de sa voisine. Lucy est entièrement tournée vers sa survie. Elle a compris qu'il aime les femmes qui résistent et elle lui donne ce qu'il attend pour rester en vie. Mais c'est un jeu de dupes, car il est le seul gagnant : il obtient ce qu'il veut, et elle perd un peu plus d'elle-même chaque fois qu'il lui rend visite. Il le voit à ses yeux emplis de larmes alors qu'elle imagine qu'il va entrer d'un instant à l'autre et cherche à rassembler sa volonté en lambeaux pour lui tenir tête. En attendant, elle l'amuse assez, elle aussi, pour qu'il la garde en vie depuis cinq ans.

Il referme l'ouverture et recule de quelques pas. Figé face aux portes métalliques, il reste songeur. Deux cellules. Deux captives en même temps. Ni plus ni moins.

Il n'a pas touché cette Abigail. Perturbé plus qu'il ne veut l'admettre par les accusations de la police et l'idée qu'on puisse lui imputer les meurtres d'un autre, il remonte lentement à l'étage. Il perçoit, sans y prêter attention, le bruit des chaînes des filles alors que la pression retombe pour elles.

Comment les flics ont-ils pu se planter à ce point ? Il a une façon de procéder bien à lui qui ne peut pas être confondue avec une autre. Il leur facilite même le travail en leur rendant les victimes avec leurs vêtements d'origine ! Il se sent trahi, dépouillé d'une partie de lui-même. Sur cette pensée obsédante, il rejoint son ordinateur pour lancer des recherches à propos de cette femme.

Quand il lit le résumé établi par les journalistes de sa vie et de ses combats, lorsqu'il voit sa photo, il se dit qu'elle aurait pu lui plaire, effectivement.

Quelqu'un veut-il l'imiter, lui voler la vedette ? Et pourquoi maintenant, alors que le poids des années commence à se faire sentir ? Une pensée fugitive le traverse, mais il refuse de s'appesantir dessus. Il y a sûrement une autre explication.

Est-ce qu'il pourrait s'agir d'un simple piège de la part de la police ? Après tout, il les met en échec depuis si longtemps que ce serait de bonne guerre.

Rassuré, il referme son ordinateur. Ça ne peut être que ça. Bien tenté, mais il est trop prudent et aguerri pour se faire avoir aussi facilement.

Il se fait la promesse de rester attentif aux événements, mais de surtout ne rien modifier à sa façon de faire. Zéro trace, zéro ADN, zéro piste. Grâce à une discipline de fer, à cette maison, son puits et ses terres, à sa débrouillardise, il est autosuffisant. Et ça ne risque pas de changer de sitôt.

12

— Tu viens souvent dans ce parc ?

— Tu m'as dit de dénicher un coin tranquille pour qu'on puisse se retrouver, et le parc Seminary Hill en est un, répond-il en observant les allées désertes et en écoutant les oiseaux qui communiquent d'un arbre à l'autre.

Elle s'arrête et le dévisage un instant.

— Owen… Je ne pensais pas à ça, soupire-t-elle avec agacement. J'en ai marre de ces rendez-vous à la sauvette, comme si nous étions un couple adultère ou je ne sais quoi. Je suis flic, et ce que nous faisons sur la banquette arrière de ma voiture, dans des parcs ou au fond d'impasses obscures, peut me mettre en difficulté si nous sommes surpris par un de mes collègues.

Elle secoue la tête avec dépit devant sa mine interdite.

— Tu veux qu'on arrête de se voir, Jenna ?

Après presque trois semaines d'une relation purement passionnelle, elle aspire à le découvrir autrement, d'une façon plus apaisée et plus épanouissante, même si elle n'a rien à redire sur ses prestations toujours aussi satisfaisantes.

— Non ! C'est juste qu'on croirait deux gosses qui doivent jongler avec les plannings de leurs parents pour se retrouver en cachette. Nous sommes des adultes, et je veux pouvoir prendre mon temps avec toi, sans avoir à craindre l'irruption d'une tierce personne au milieu de nos ébats.

Touché plus qu'il ne voudrait l'admettre par son humble demande, Owen hoche la tête. Même si ce qu'il a pu faire étant gosse lui échappe, il imagine bien la scène.

— Je comprends ce que tu dis. Moi aussi, c'est ce que je souhaite, Jenna.

Elle attrape sa main pour l'entraîner vers des allées plus excentrées. Il la suit docilement.

— Tu ne prévoirais pas de déménager, par hasard ? suggère-t-elle.

— Depuis des mois, je ne demande que ça.

Sa souffrance est évidente, bien qu'incompréhensible pour sa compagne.

— Alors pourquoi es-tu toujours là-bas ?

Il n'a pas envie de parler de ça, mais les mots, doués d'une volonté propre, lui échappent.

— Sally s'est ouvert les veines, elle a tenté de se pendre, de s'asphyxier dans sa voiture et de prendre des médicaments. Et chaque fois elle m'a appelé pour que je la trouve à temps, déclare-t-il, accablé. Je vis sous pression, dans la crainte de l'imminence d'une catastrophe.

Jenna l'observe d'un air pensif.

— Et tu n'as jamais envisagé de ne pas décrocher ? demande-t-elle d'une voix hésitante.

Il se mord les lèvres.

— Et de la laisser mourir, tu veux dire ?

Elle hausse les épaules sans s'engager.

— Je mentirais en prétendant que ça ne m'a jamais traversé l'esprit, répond-il en détournant le regard, mais je suis terrifié à l'idée de devoir vivre avec cette culpabilité. Tu imagines ce que ça doit représenter de te dire que tu aurais pu changer le cours des choses, mais que tu n'as rien fait, et d'avoir la mort de quelqu'un sur la conscience ?

Elle remarque à quel point il est ébranlé par cette idée.

— T'es un mec bien, Owen.

— Je fais ce que je peux…

Le sentier débouche sur une zone boisée, et Owen remarque des restes déchirés de rubalise entre les arbres.

— Qu'est-ce que c'est ?

Elle hausse les épaules.

— C'est l'endroit où on a retrouvé le corps d'une femme il y a presque une semaine.

— Ah… Et tu m'y emmènes… Tu en as d'autres comme ça ? ironise-t-il en enfonçant les mains dans les poches de son jean.

Elle attrape son coude et l'entraîne un peu plus près.

— Les enquêteurs pensent qu'il s'agit de Twice.

Owen secoue la tête.

— Twice ? C'est censé me dire quelque chose ?

Elle lève les yeux au ciel.

— Sur quelle planète vis-tu ? Tu sais, c'est ce tueur en série qui sévit depuis des années ! Il séquestre toujours deux femmes en même temps.

Chez lui, Owen met un fond sonore musical la plupart du temps, tout comme dans sa voiture où il écoute sa playlist, contenant près de mille titres likés sur Spotify. Quand il allume la télé, c'est pour mater des films qu'il télécharge illégalement.

— Je ne regarde pas trop les infos. Si j'en ai entendu parler, ça ne m'a pas particulièrement marqué. On peut y aller, maintenant ? demande-t-il, l'air vaguement mal à l'aise.

Elle soupire devant son manque d'intérêt.

— Bien sûr.

Ils suivent le sentier sur quelques centaines de mètres.

— Alors, c'est ça ton métier ? Traquer des tueurs en série ? finit-il par demander en lui donnant un petit coup d'épaule.

— Oh non ! Moi, je suis juste un maillon du bas de la chaîne. Je n'ai pas l'envergure pour être en charge d'une telle enquête.

Owen voit son visage se crisper. C'est un mouvement infime, mais il lit déjà dans ses pensées.

— Tu aimerais, pourtant.

— Évidemment. Contribuer à mettre ce genre d'individus derrière les barreaux, c'est forcément exaltant.

13

En débouchant de l'escalier, il remarque immédiatement la porte arrière de la maison restée grande ouverte et les silhouettes fantomatiques qui s'éloignent dans la nuit. Un sentiment d'urgence absolue le projette en avant. Son pas est mal assuré, pourtant il gagne rapidement du terrain. Il atteint la forêt. Aiguillonné par la certitude de ce qui l'attend s'il échoue, il avance encore plus vite. Dans le noir, il ne voit pas les pièges que lui tend la nature. Son pied s'enfonce entre deux racines, et il fait un vol plané. Il s'écorche le front et les paumes en heurtant le sol. Sonné, il met quelques secondes à stabiliser le décor qui tourne dans une farandole folle autour de lui.

Vite !

Il se redresse en gémissant. Son corps lui envoie des signaux d'alerte de toutes parts, mais il n'en tient pas compte. Il reprend sa course en boitillant en direction des voix qu'il croit entendre devant lui. Bientôt pourtant, la furie du torrent voisin, qui coule au fond d'un ravin encaissé, noie toutes ses autres perceptions. Il ne distingue plus que le bruit de l'eau qui se déchaîne. L'angoisse se diffuse dans ses veines.

Il ne peut pas abandonner maintenant.

Il avance à tâtons entre les arbres, de plus en plus lentement à mesure que chaque pas déclenche des ondes de souffrance partant de sa cheville et remontant le long de sa jambe. Enfin, il sort du couvert de la forêt. La lune éclaire le promontoire dont le bord plonge de façon abrupte pour former les parois rocheuses des gorges du torrent.

Il tourne sur lui-même, sans savoir ni quoi ni où chercher, se penche légèrement en avant pour voir le fond du canyon et l'eau qui tourbillonne avec fureur. Soudain, il entend un craquement. Le temps de se retourner, une ombre fond sur lui. Un choc brutal au niveau de l'abdomen le propulse en arrière. L'air s'échappe de ses poumons.

Il recule, mais son pied ne rencontre que le vide. Il est entraîné vers l'abîme par son propre poids. Il pousse un cri déchirant. Ses mains s'agitent devant lui en une tentative désespérée pour se raccrocher à quelque chose, n'importe quoi. Peine perdue. Il se sent tomber. Le bruit de l'eau se rapproche dangereusement alors que la lune rétrécit dans son champ de vision. Et soudain, il perçoit le son mat de son dos heurtant la roche. La douleur explose dans tout son corps, sature ses nerfs et lui donne envie de mourir. Il ne trouve même pas la force de crier tant la souffrance est insoutenable.

Il reste là, échoué comme un poisson hors de l'eau même si le torrent n'en a pas fini avec lui. Le courant s'est emparé de sa jambe et l'attire par à-coups. Lentement, sa carcasse brisée glisse du rocher. Il est emporté par les flots et malmené comme un pissenlit dans le vent. Il n'a plus le contrôle de ses membres, et cela le terrifie presque plus que lorsque sa tête passe sous la surface et qu'il coule à pic. Il tente de prendre une inspiration, pousse un hurlement désespéré alors que l'eau envahit sa bouche.

— Owen ! Tu es en train de faire un cauchemar.

Il se débat une seconde pour échapper au contact de ces mains posées sur lui avant de s'éveiller complètement. Il cligne des yeux.

— Chut… Owen. Tout va bien.

La lampe de chevet s'allume. Jenna repousse ses cheveux en arrière. Le halo de lumière joue avec les reliefs de son visage pâle et inquiet.

— Jenna ?

Il observe le décor sommaire de la chambre d'hôtel qu'ils ont louée pour passer la nuit ensemble. Il a détesté le regard entendu du réceptionniste quand il les a vus arriver sans bagages, mais c'est le seul moyen qu'ils ont trouvé pour être certains de ne pas être dérangés.

— Tu as poussé un cri qui m'a réveillée en sursaut.

Il frotte son visage avec ses mains pour chasser les bribes de sommeil qui engluent toujours ses sens.

— Désolé. Tu n'avais pas encore eu l'occasion de t'en apercevoir, mais je passe souvent de très mauvaises nuits.

Elle se cale contre lui, et il referme son bras autour d'elle.

— Tu veux m'en parler ? propose-t-elle.

Il hausse les épaules.

— À quoi bon ? Je ne sais pas à quoi ça correspond.

Et, cette fois encore, les images ont déjà commencé à se diluer dans son esprit.

— Les rêves n'ont pas forcément un sens précis, lui suggère-t-elle avec diplomatie.

— Tu apprendras que, pour un gars sans passé comme moi, la moindre pensée consciente ou inconsciente entraîne son lot de questionnements et de doutes.

— Parce que tu crois que c'est un souvenir.

— C'est possible, admet-il avec réticence. J'ai toujours fait beaucoup de cauchemars mais, ces derniers temps, ils sont si réalistes, si terrifiants que… je me demande si…

S'ils ne reflètent pas des moments de son passé. À sa sortie de l'hôpital, il était obsédé par l'idée de retrouver la mémoire. Il a consulté des neurologues, des psys, des hypnotiseurs, des charlatans… Pour rien. Il a tout arrêté après y avoir presque laissé sa chemise et sa raison. Maintenant qu'il a fini d'éponger toutes les dettes qu'il avait contractées envers le système de santé américain, il se contente de ce qu'il a bâti. Enfin, la plupart du temps…

— J'en sais rien, et ça me rend fou !

Elle glisse la main sur son abdomen, et plus bas sous les draps.

— Voyons voir comment on peut t'aider à oublier ces mauvais rêves…

Owen soupire en sentant ses doigts fins se refermer sur lui. Si elle cherche à l'exciter, elle a gagné. Finir à l'hôtel alors qu'il a une maison bien à lui n'est pas sans l'agacer. Pour autant, avec la nuit qu'ils ont passée, ils ont plus que rentabilisé la dépense. Leurs voisins sans doute un peu moins, songe-t-il avec une pointe de malice. Il se surprend à sourire parce qu'il pourrait parfaitement se faire à cette nouvelle existence.

Elle se redresse dans le lit et fait mine de glisser la jambe au-dessus de lui, mais il attrape sa hanche pour interrompre son geste et donne un coup de reins pour rouler sur elle.

Sans attendre, il pose les lèvres dans son cou. Il descend lentement vers ses seins, puis son ventre. Quand il plonge la tête entre ses cuisses pour la caresser et qu'elle pousse un cri explicite, il a oublié les occupants des chambres voisines et les cauchemars qui hantent ses nuits. Il n'y a plus qu'elle. Il n'y a plus qu'eux.

14

Mary ouvrit les yeux. Un élancement sur le côté de la tête envoya une décharge à travers son crâne et vrilla ses pensées. Elle porta les doigts à sa tempe. En sentant une bosse douloureuse, la vision de l'homme qui lui avait fait ça à la station-service lui revint quasi instantanément. Elle se souvint aussi de l'intérieur de son van.

Elle se redressa avec difficulté sur les coudes. Ce qu'elle découvrit alors acheva de la réveiller. Elle refusa de formuler une hypothèse consciente, pourtant l'idée s'implanta dans son esprit. Cet endroit, cette mise en scène, tout avait été pensé pour inspirer la peur, à commencer par la taille minuscule de la pièce, les murs recouverts d'une peinture écaillée plus vraiment jaune, la lourde porte en fer équipée d'une trappe, les coulures d'eau brunâtres suintant du plafond, le néon épileptique dispensant une lumière chiche, le matelas crasseux sur lequel elle était allongée, le trou aménagé directement dans le sol dans un coin, le robinet surplombant une grille d'évacuation, l'espèce de blouse d'un blanc passé dont il l'avait revêtue et surtout... la chaîne attachée à son poignet.

Elle se leva pour s'éloigner de la paillasse avec un glapissement de dégoût en comprenant l'origine des taches sous elle. Elle devait sortir d'ici. Elle tenta de forcer sur l'anneau qui enserrait son articulation, mais ce fut peine perdue. La porte, alors ? La longueur de la chaîne la reliant au mur ne lui permettait pas de l'atteindre. Et, de toute façon, il n'y avait pas de poignée de son côté, juste un trou de serrure.

Pas de poignée ? Son sang se figea dans ses veines. Elle s'adossa contre le mur pour observer l'espace qui lui faisait face. Elle mit du temps avant d'accepter l'idée qu'elle était prisonnière et que ce lieu avait tout d'une cellule bâtie par un esprit tordu très organisé.

Elle sentit une rage brûlante enfler en elle. Le destin ne pouvait pas se montrer aussi cruel ! Elle refusait de croire qu'après avoir échappé de peu à un viol, un enchaînement de circonstances sordides l'avait conduite à tomber sur un type encore pire que son agresseur.

Et, au moment où son sentiment d'injustice cédait la place au désespoir, une petite pensée nichée tout au fond de sa tête lui souffla qu'un endroit spécialement aménagé pour accueillir des filles comme elle prouvait qu'elle allait vivre. Au moins pendant quelque temps…

Mary avait survécu au départ de sa mère, aux coups de son père, à une tentative de viol et à un enlèvement. Les épreuves qu'elle avait traversées avaient fait d'elle une personne forte, une survivante.

Oui, tu parles… Une survivante morte de terreur. Un sanglot remonta le long de sa gorge et, sans signe avant-coureur, elle se mit à hurler de détresse et à appeler à l'aide.

— Chut... Il n'attend que ça. Il va descendre si tu cries !

Mary tourna la tête en direction de la voix qui semblait provenir d'une pièce voisine, et plus précisément d'une grille métallique dans le mur, tout près du sol. Elle s'accroupit pour scruter à travers l'ouverture, mais elle était occultée par une sorte de mousse dorée.

— Qui êtes-v...

Une porte claqua au loin.

— Il arrive !

Mary n'écouta pas cet avertissement.

— Laissez-moi sortir ! cria-t-elle encore.

Elle entendit une clé dans la serrure, et la silhouette massive du type de la station-service se découpa à contre-jour dans l'encadrement.

— Allonge-toi, dit-il en refermant la porte. Écarte les jambes.

Envolée, son allure débonnaire et inoffensive ! Choquée, Mary secoua la tête.

— Quoi, mais ça va pas ?

La gifle la prit par surprise. Il était beaucoup plus rapide que son père et le joueur de poker. Pour autant, elle était habituée à encaisser bien pire. Elle ne moufta pas.

— Allez vous faire foutre ! hurla-t-elle.

— Tu crois que tu es une dure à cuire, à ce que je vois ?

Il tendit la main, et ses doigts se refermèrent autour de son cou. Mary tenta de se débattre, de lutter contre lui, de le griffer, mais ses ongles glissaient sur le tissu de sa chemise. Avec un air réjoui, il observa sa révolte pendant quelques instants avant de la repousser. Sa pichenette la projeta plusieurs pas en arrière, et elle heurta le cadre du lit. Elle perdit l'équilibre et se retrouva allongée en travers du matelas. Il rit en la voyant replacer sa chemise de nuit trop courte sur ses cuisses.

Quand il fit mine de se pencher sur elle, elle lui envoya son pied nu dans la mâchoire. Il poussa un juron étouffé. Il avait dû se mordre la langue.

Mary comprit vite que, si elle n'avait pas frappé assez fort pour le mettre K-O, son geste était par contre largement suffisant pour l'énerver. Son regard affamé la tétanisa. Il cracha un jet de salive mêlée de sang sur le sol et s'essuya la bouche d'un revers de la main.

— Tu vas me payer ça !

Mary avait entendu des mots similaires tellement souvent qu'elle resta stoïque. Le sourire gourmand qui s'afficha sur ses lèvres la terrifia bien davantage. Il saisit son poignet et le leva au-dessus de sa tête. Son autre main se retrouva bientôt également prisonnière de sa prise douloureuse. Il la dominait.

— Lâchez-moi immédiatement ! hurla-t-elle quand elle le vit déboutonner son pantalon, sortir son sexe sans même se déshabiller et enfiler un préservatif.

Malgré son poids qui la clouait contre le matelas, elle tenta de se tortiller sous lui pour se soustraire à son contact, mais il profita de ses mouvements désordonnés et paniqués pour se placer entre ses cuisses. Mary se persuada qu'elle avait encore le temps de trouver une échappatoire. Pourtant, une douleur déchirante lui coupa le souffle quand il s'enfonça en elle d'une poussée brutale. Sans lui laisser le temps d'absorber le choc, il se mit à bouger au-dessus d'elle. Elle ne put retenir ses larmes et ses cris de souffrance plus longtemps.

— Une vierge, approuva-t-il entre deux grognements avant de redoubler d'ardeur.

Cette fois, elle ne trouva pas de paire de ciseaux providentielle pour se soustraire à l'assaut violent. Mary avait entraperçu ce que l'homme pouvait avoir de plus sauvage en lui, là elle en fit l'amère et entière expérience.

Quand il sortit de la cellule après un temps qui lui sembla infini, elle resta prostrée sur le sol, là où il l'avait abandonnée. Choquée, elle n'entendit pas le bruit de ses pas décroître ni la porte se refermer. Elle finit en revanche par percevoir les murmures étouffés provenant de la pièce voisine.

— Tu es toujours là ?

En dépit de la situation, Mary gloussa.

— Où veux-tu que j'aille ?

Son rire s'acheva sur une plainte aiguë annonçant une crise de larmes.

— Chut... Il risque de revenir, l'avertit l'autre.

Mary enregistra le conseil. Elle renifla et s'exhorta au calme. Elle s'approcha ensuite de la grille métallique de vingt centimètres sur dix, tout au plus.

— Je m'appelle Mary.

— Et moi, Annie, lâcha-t-elle après un silence.

— Qu'est-ce qu'il nous veut, ce malade ?

— Tu n'as pas compris ? Nous sommes là pour son bon plaisir. Des femelles à la disposition de ses moindres caprices sexuels.

— Depuis combien de temps...

Elle s'interrompit, brutalement terrorisée à l'idée d'obtenir une réponse.

— Depuis combien de temps je suis là ? termina Annie d'une voix sombre. En quelle année sommes-nous ?

— 1995.

Annie se tut pendant quelques secondes.

— Alors ça fait deux ans que je suis ici… Deux ans à subir ça ?

— Tu n'as jamais essayé de t'évader ?

— J'y ai songé bien sûr, mais, tout comme moi, tu te rendras vite compte que c'est impossible.

Cette information anéantit les derniers espoirs de Mary.

— Et il vient souvent ?

Sa question avait failli mourir sur ses lèvres par manque de courage, tant, là aussi, elle craignait la réponse d'Annie.

— Tous les deux ou trois jours, ça dépend. Mais, pour les nouvelles, il revient à plusieurs reprises les trois premières journées pour voir si tu tiens le coup et si tu mérites de manger, d'obtenir du savon, de la sciure, du papier-toilette et des récipients pour te laver.

En entendant ces paroles, Mary saisit que ce type n'en était pas à sa première tentative, il avait peaufiné les conditions de détention de ses captives. Une chape de désespoir s'abattit sur elle.

— Je ne sais pas si je pourrai supporter ça plusieurs fois. Je saigne. J'ai très mal à l'intérieur.

Annie poussa un soupir las.

— Ça n'est que le début. Il va falloir t'armer de courage, t'endurcir.

— Il verra bien que je souffre…

En guise de réponse, Annie se mit à chantonner doucement. Elle ne prêta plus attention aux questions ni aux suppliques de Mary qui renonça.

Blottie sur son matelas, l'esprit entièrement tourné vers les douleurs lancinantes parcourant son corps, elle perdit le compte du temps. Elle finit même par s'endormir. Un bruit de porte qui claque et des pas la tirèrent d'un cauchemar.

Dans la cellule voisine, les chaînes d'Annie raclèrent précipitamment le sol, comme si elle battait en retraite. Mary se leva et s'éloigna le plus possible de son lit, comme si cela pouvait changer quoi que ce soit dans cet espace réduit. Elle entendit le déclic de sa serrure, et il entra. Une vague de dégoût recouvrit sa peau de chair de poule quand elle vit son regard de prédateur.

— Allonge-toi. Écarte les jambes.

Mary secoua la tête.

— Non !

— Comme tu voudras.

En voyant son sourire, elle se demanda si résister à tout prix était la meilleure attitude à adopter face à lui.

15

Owen pile devant chez lui et se gare de travers. Il regarde sa montre et constate que s'il se dépêche il a une chance d'arriver presque à l'heure au boulot, un exploit quand il réfléchit à cette nouvelle nuit de folie, son réveil en retard et Jenna qui, insatiable, ne voulait pas le laisser partir.

Depuis une quinzaine de jours, ils ont pris l'habitude de se retrouver à l'hôtel assez fréquemment. Leur relation est devenue encore plus intense. Et, même si ses escapades hors du nid ont provoqué quelques scènes mémorables avec Sally, le jeu en vaut largement la chandelle.

Il saute hors de sa voiture et remonte l'allée d'un pas aussi rapide que le lui permettent ses articulations rendues douloureuses par la pluie annoncée. Il entre chez lui en coup de vent, avale deux cachets de Fentanyl, se déshabille et file sous la douche. En un temps record, il est prêt. Vêtu d'un jean noir, d'un polo blanc et d'une veste doublée noire en prévision du temps maussade, il est en train de verrouiller sa porte.

— Hum…

Il se tourne et constate avec déplaisir que Mme Gould l'attend au milieu de son allée. À voir sa mine pincée, son chignon dont pas un cheveu ne dépasse, sa tenue stricte de directrice d'école et ses bras croisés sous la poitrine, il comprend qu'il va passer un sale quart d'heure.

— Bonne journée, madame Gould, lance-t-il d'un ton neutre sans ralentir.

— Savez-vous où j'ai encore retrouvé Sally, cette nuit ?

Même si cette question titille sa culpabilité, il refuse de se laisser attendrir, pas après les dernières décisions qu'il a prises et tous les pas en avant qu'il a accomplis pour s'éloigner d'elle. Il a enfin l'impression que sa tête a émergé hors de l'eau et qu'il peut inspirer à pleins poumons. Alors il ne replongera pas ! Il actionne l'ouverture automatique de sa Dodge Challenger.

— Comme je le lui ai déjà dit, ce que fait mon ex-femme de ses nuits ne me concerne plus. Je dois partir au travail sinon je risque d'être en retard, tente-t-il en la contournant, mais elle s'interpose.

— Elle voulait vous parler et quand elle a constaté que vous ne répondiez pas, cette fois encore, et que votre voiture n'était pas là, elle a commencé à hurler et à se déchaîner sur votre porte, poursuit-elle sans l'écouter. J'ai passé une bonne partie de la nuit à la consoler. Sans mon intervention, je pense qu'elle aurait essayé une fois de plus d'attenter à ses jours.

Owen en doute. S'il n'était pas là pour assister au spectacle, quel intérêt pour elle ? Après quelques instants, il se rend compte que ces mots, qui l'auraient terrassé il y a peu, l'effleurent à peine à présent. Il ne ressent plus grand-chose à l'idée de mettre la vie de Sally en danger en reprenant le cours de la sienne.

— Je vous remercie d'avoir pris soin d'elle et je suis désolé qu'elle vous ait dérangée, lance-t-il sur un ton tout juste poli.

— Ce qui me dérange le plus, c'est le mal que vous lui infligez volontairement.

La main sur la portière de sa voiture, il se fige.

— Pardon ?

Owen n'en croit pas ses oreilles.

— C'est une plaisanterie, j'espère ?

Elle se tient là, raide comme la justice, les bras croisés, alors qu'il lui fait face.

— Vous profitez de sa faiblesse pour la maintenir sous votre coupe ! Vous êtes un monstre !

Il revient sur ses pas et la toise de toute sa hauteur.

— Sous ma coupe ? Comment pouvez-vous penser ça, alors que je ne demande qu'une chose, c'est qu'elle tourne la page et me laisse tranquille ?

— Et comment le pourrait-elle alors que vous jouez avec ses nerfs en permanence, que vous la torturez psychologiquement ? Vous devriez avoir honte de l'avoir mise dans cet état-là ! insiste-t-elle.

Il n'en revient pas. Jouer avec Sally ? La torturer ? Ce sont des intentions que l'on prête à un esprit dérangé, pervers. Il a compris depuis longtemps que sa voisine ne lui accorde pas un grand crédit, mais tout de même ! Le cerveau embrumé par la rage, il avance vers elle et lui plante un doigt dans l'épaule, la faisant reculer d'un pas. Dans son regard, il voit une lueur inquiète s'allumer alors qu'elle se rend compte qu'elle vient d'éveiller la colère d'un mec qui fait une tête et demie de plus qu'elle. Elle fait volte-face, mais c'est lui qui s'interpose cette fois.

— Vous ne savez rien, madame Gould ! Sally est dingue et elle est arrivée seule à ce résultat ! Moi, je n'ai pas eu d'autre choix que celui d'assister, impuissant, à sa déchéance. Elle a fait de ma vie un enfer, elle a pourri chaque instant de mon existence et elle a…

L'émotion le submerge sans prévenir, et il est obligé de s'arrêter.

Il prend une brusque inspiration.

— Vous ignorez la vérité, et celle que vous livre Sally est déformée par le prisme de sa folie, alors je vous interdis de vous ériger en juge. Je ne vous dois aucun compte. Vous entendez ? Ne vous mêlez plus jamais de cette histoire !

Il serre les poings pour se contenir. Loin d'avoir compris le message, sa voisine considère qu'il vient de lancer un défi à la féministe protectrice des droits des femmes qu'elle est.

— C'est une menace ? s'insurge-t-elle.

— Un conseil, plutôt. Foutez-moi la paix !

En la contournant d'un pas indigné, il la bouscule et manque de la faire tomber. Elle pousse un glapissement de douleur et se le tient pour dit. Il monte en voiture, démarre et disparaît rapidement.

Envahi par une rage sans bornes, Owen frappe le volant de toutes ses forces. Ce qu'il a toléré pendant ses cinq années de mariage, aucun homme ne l'aurait supporté. Il a encaissé tous les excès de Sally, toutes ses crises, toutes ses frasques. Et, même ainsi, il était prêt à rester avec elle. S'il a fini par demander le divorce, c'est parce qu'il n'a jamais pu surmonter le drame irréversible qu'elle a provoqué. Malgré tous ses efforts.

Et c'est lui qu'on accuse d'être un monstre.

16

Elle repose les ustensiles sur la console en inox et s'approche de son dictaphone pour transcrire ses dernières remarques.

— Les indices concordent avec la méthode observée sur les autres corps. La nouvelle victime découverte le 11 juin sur les rives du lac Plummer dans le parc Wagner a bien été assassinée par Twice, annonce la légiste en s'écartant de la table d'autopsie avec une moue désolée à l'intention de son auditoire.

Sous le choc de cette nouvelle, Dwain en oublie même de faire le paon devant elle. Lyle Esteves se tient immobile, presque sonné, devant le corps qui a été retrouvé dans une zone boisée au bout de Lewis Street, une rue sans issue, uniquement occupée par des hôtels.

Le doute s'insinue en lui, paralyse sa réflexion. Est-il devenu si obsessionnel à propos de cette affaire qu'il ait perdu de vue la réalité, comme le prétend sa hiérarchie ? Jusqu'à il y a peu, il aurait mis sa main à couper que Twice détenait deux femmes : Jacklyn Hollander et Lucy Anderson. À présent, il ne jurerait plus de rien puisque les faits lui ont donné tort.

— Vous êtes sûre de vous ? insiste-t-il.

Paula Atkins l'observe quelques secondes. En temps normal, elle lui aurait envoyé une pique bien sentie. Là, elle le voit si désappointé qu'elle a pitié de lui.

— J'ai fait ressortir les dossiers de plusieurs de ses anciennes victimes pour établir des comparaisons plus poussées qu'avec Abigail Larkin, juste au cas où il se remettrait à tuer. Tout correspond, je suis navrée.

Esteves approuve d'un signe de tête vaincu. Il suit la légiste, Dwain et Carol hors de la salle et jette machinalement ses gants, masque, chaussons et blouse dans la poubelle.

Dwain rallume son portable qui émet un bip caractéristique.

— J'ai un message. C'est peut-être Gert qui a trouvé une correspondance dans le fichier des disparitions.

Il s'éloigne pour l'écouter.

— Je suis désolée pour vos théories, soupire Carol. Si Twice a bien détenu Lucy Anderson et Jacklyn Hollander, on a à présent la preuve qu'il s'est débarrassé d'elles depuis longtemps et qu'il a poursuivi ses activités dans votre dos.

— On dirait bien, admet-il à contrecœur.

Esteves regarde la jeune femme. Elle a émis des hypothèses si fines et si intelligentes qu'il aurait dû y songer par lui-même, au lieu de s'arc-bouter sur ses positions de façon aussi péremptoire. N'est-ce pas la confirmation qu'il s'est enfermé dans un schéma de pensée erroné et que tout ce qu'on murmure sur lui est fondé ?

Il se rebiffe et refuse d'admettre qu'il a passé autant de temps sur ses recherches et ses recoupements et qu'il a sacrifié autant pour rien. C'est juste un incident de parcours.

— Jacklyn Hollander et Lucy Anderson sont peut-être mortes de maladie, comme vous le suggériez…

— C'est possible, approuve Carol avec modération.

Dwain revient vers eux avec une mine grave.

— Gert a parcouru le fichier des disparitions récentes. D'après la description et les vêtements de la victime, il s'agit d'Edwina Scofield, vingt-huit ans. Sa mère a appelé la police il y a environ trois mois quand sa fille n'est pas passée la chercher pour la conduire chez le médecin.

— On connaît les détails de son enlèvement ? demande Lyle.

Dwain secoue la tête.

— Gert a eu l'air de dire que le rapport était très lapidaire. Cette fille était une véritable globe-trotteuse. Sans emploi fixe, elle avait l'habitude de tout planter pour partir pendant des mois à l'autre bout du pays ou du monde, sans avertir personne.

— Pourquoi sa mère s'est inquiétée, dans ce cas ? demande Carol.

— Parce qu'elle venait d'annoncer son cancer à Edwina qui avait promis de rester à ses côtés pour s'occuper d'elle. Pourtant, très peu de temps avant, la jeune femme avait prévenu ses amis de son départ imminent pour le Pacific Crest Trail, un circuit de trekking de 4 240 km reliant la frontière mexicaine à celle du Canada. Comme elle avait retiré une grosse somme d'argent en liquide deux jours avant de se volatiliser, c'est cette version qui a été privilégiée par les enquêteurs qui n'ont pas insisté outre mesure, il faut bien l'avouer, déplore Dwain.

— Donc, nous avons tout à faire, conclut Esteves.

— Dans tous les autres cas, la voiture de la victime est restée sur place. Je pense qu'on devrait commencer par là pour établir le point de départ de nos recherches, propose Carol.

— Nous allons devoir contacter la mère d'Edwina Scofield pour lui apprendre la terrible nouvelle et lui demander de procéder à l'identification.

En voyant les deux hommes se détourner, Carol se dévoue.

— Je vais m'en occuper.

— Je t'accompagne, annonce Dwain.

Quand Laura Scofield leur ouvre la porte, ils doivent affronter une femme dont le regard fébrile paraît presque dérangeant au milieu de son visage anguleux et blafard. Une seconde leur suffit pour comprendre la gravité de son état. Elle avait déjà un combat difficile à mener, malheureusement, la disparition d'Edwina et l'angoisse qu'elle a générée ont permis à sa maladie de remporter la bataille. Pour eux, c'est d'autant plus terrible de lui annoncer qu'ils pensent avoir découvert le cadavre de sa fille et de devoir la conduire à la morgue. Quand ils la raccompagnent chez elle, elle est effondrée. Dwain a l'impression que la vie de cette pauvre femme ne tenait qu'à un fil et qu'ils viennent de le sectionner.

Le cœur encore lourd d'avoir assisté à ces instants déchirants, ils se retrouvent dès le lendemain matin au poste de police pour entamer des recherches concernant le véhicule d'Edwina Scofield.

— Je l'ai ! s'écrie Carol en raccrochant son téléphone après une heure passée à errer d'un service à l'autre et à tenter de tirer les vers du nez à des correspondants récalcitrants.

Penché sur son ordinateur, Dwain lui lance un coup d'œil éteint.

— Le patron du magasin de bricolage Madsen's a appelé la fourrière le 20 mars pour faire enlever une Micra beige immatriculée au nom d'Edwina Scofield, qui était stationnée sur son parking depuis plusieurs jours.

— Donc le véhicule était parqué à la fourrière pendant tous ces mois.

— Oui, confirme Carol. Les courriers envoyés par leurs services sont partis à l'adresse donnée lors de l'immatriculation. Autant dire qu'avec les déménagements successifs de la jeune fille personne ne les a réceptionnés. Ils se sont perdus dans la nature.

— Il ne nous reste plus qu'à faire du porte-à-porte pour essayer d'identifier le dernier endroit où elle a été vue, propose Dwain.

— Il n'y a pas de caméras dans le coin ?

— On est au beau milieu d'une zone commerciale. La municipalité n'a donc pas jugé utile de doubler le matériel de surveillance. Quand le besoin s'en fait sentir, on réclame les vidéos des magasins, explique Dwain en voyant le froncement de sourcils désapprobateur de Lyle. Le budget d'une petite ville comme Centralia n'est pas extensible…

— De toute façon, trois mois après les événements, j'ai bien peur qu'il n'y ait plus d'images exploitables à récupérer, conclut Carol pour les mettre d'accord.

17

Sur place, ils se sont réparti la visite des magasins voisins.

Après plusieurs tentatives infructueuses, que ce soit au niveau de la vidéosurveillance des boutiques ou de la présentation de la photo d'Edwina Scofield aux employés, Lyle Esteves franchit la grille d'un vendeur de voitures proche de Madsen's. Tassé sur lui-même pour éviter un début d'averse, il traverse la zone d'exposition au pas de course et entre dans le bâtiment.

— Bonjour, puis-je faire quelque chose pour vous ? lui demande une réceptionniste engoncée dans une robe en satin à fleurs mauves, qui moule sans pitié ses bourrelets et jure furieusement avec le gilet rouge qui couvre ses épaules.

— Bonjour, lance-t-il, une pointe de découragement dans la voix.

Il montre sa carte et se présente. Impressionnée, elle décroche son téléphone pour appeler son patron à la rescousse. Un homme blond et barbu, en costume sur mesure qui épouse à merveille sa silhouette massive, sort du bureau voisin.

— Le FBI ? s'étonne-t-il quand l'agent spécial s'est présenté une nouvelle fois. Que puis-je pour vous ?

— Nous sommes sur les traces d'un tueur en série.

— Vous voulez parler de Twice ? demande la réceptionniste avec une curiosité de mauvais augure.

Agacé, Esteves ignore son interruption.

— La voiture de sa dernière victime a été abandonnée dans le secteur. Nous cherchons donc à retracer les déplacements de cette jeune femme pour trouver d'éventuels témoins de son enlèvement. Y a-t-il un moyen de vérifier si elle est venue chez vous ?

L'homme approuve.

— Bien sûr. Maddy, vous pouvez aller prendre un café.

Même si le ton est poli, il est suffisamment ferme pour qu'elle ne s'y trompe pas. La réceptionniste, un peu dépitée de se voir congédiée, s'éloigne sans discuter.

— Combien de temps conservez-vous vos vidéos de surveillance ? demande Lyle.

— Quelques jours à peine, sauf si on a constaté un problème avec un des véhicules. Et on n'en a pas eu depuis presque six mois.

Lyle ne peut cacher sa déception.

— Suivez-moi dans mon bureau, nous serons plus tranquilles, propose le patron. Je vais faire mon possible pour vous aider, mais je préfère vous avertir que si cette personne est venue ici sans faire affaire nous n'aurons aucune trace de son passage.

— J'en suis conscient. Elle s'appelle Edwina Scofield.

Il lui montre son portrait, qui ne provoque aucune réaction chez son interlocuteur.

— Vous pouvez circonscrire la période de recherche à la mi-mars.

L'homme hoche la tête, puis se penche sur son ordinateur pour ouvrir plusieurs logiciels. Il saisit le nom mentionné dans son fichier clients. Soudain, son visage s'éclaire d'un sourire de satisfaction.

— Vous avez de la chance. Elle a acheté une voiture d'occasion le 16 mars.

Lyle se redresse légèrement.

— Elle est partie avec ?

Si c'est le cas, elle a pu être enlevée n'importe où ailleurs.

— Non, c'est ça qui est curieux. Quand on nous achète un véhicule, nous le lavons, le nettoyons, faisons le plein et le mettons à la disposition de l'acquéreur un ou deux jours plus tard. C'est un petit service en plus que j'ai instauré pour fidéliser la clientèle, explique-t-il avec une fierté qui s'éteint dès qu'il perçoit l'impatience de son vis-à-vis. Là, elle a payé, mais elle n'est jamais venue récupérer son achat.

— Personne ne s'est inquiété et n'a songé à prévenir la police ? s'étonne Lyle.

— Prévenir la police ? Eh bien, ce n'est pas notre rôle, s'excuse presque le gérant.

— Donc vous n'avez rien fait, conclut Esteves d'un ton accusateur.

— Au contraire. Je vois là que Maddy l'a appelée plusieurs fois sur le numéro inscrit dans son dossier, se justifie-t-il en fronçant les sourcils. Sans succès. La voiture est toujours dans nos stocks.

— Pourrais-je discuter avec la personne qui la lui a vendue ?

— Bien sûr. Il s'agit d'Owen Maker. Il doit être dehors, je vais le contacter.

Il s'exécute et, quelques minutes plus tard, un homme à la carrure solide et au visage crispé par l'inquiétude frappe à la porte.

— Vous avez besoin de moi, Jack ?

Il imagine déjà la scène que son ex-beau-père va lui faire parce qu'il a découché une fois de plus et que cela a encore mis Sally dans tous ses états. Ajouté à son hystérique de voisine, c'est le pompon. Quelle conne, celle-là ! Elle a vraiment tout compris de travers…

— Le FBI voudrait te parler à propos d'un meurtre, explique Jack avec un geste en direction d'un homme en costume âgé d'une soixantaine d'années.

— Un meurtre ? répète Owen.

Lyle Esteves lui montre sa plaque, puis la photo de la victime. Owen observe la jeune femme souriante, dotée d'une abondante chevelure rousse frisée. Vêtue d'un short et d'un maillot sans manches, elle tient une gourde entre ses doigts couverts de taches de rousseur.

— Vous avez vendu un véhicule à cette personne il y a trois mois environ, vous vous en souvenez ?

Owen secoue la tête.

— Je vends beaucoup de voitures, vous savez. Je ne me souviens pas de cette femme en particulier, je suis désolé.

— La transaction concernant la Ford Crown Victoria grise de 2009 a été enregistrée après 7 heures du soir, précise Jack en regardant son écran d'ordinateur. Ça n'arrive pas si souvent, alors tu devrais t'en souvenir, non ?

Après 7 heures du soir ? Owen se concentre un instant, et la mémoire lui revient.

— Oui, ça y est ! Il me semble qu'elle s'est pointée deux minutes avant la fermeture.

— Donc vers 6 heures, traduit Jack pour l'agent spécial.

— J'étais le dernier et j'avais commencé à tout fermer, mais elle m'a dit que c'était urgent, alors je l'ai reçue.

— Vous faites souvent ça pour les clients ? demande Lyle.

Owen jette un coup d'œil vers Jack. Que ce soit l'heure de la fermeture ou pas, son ex-beau-père serait plus furieux d'apprendre qu'Owen a manqué une vente que de savoir qu'il a dépassé l'horaire légal.

— C'est rare mais, quand ils se présentent à cette heure-là, oui. Elle m'a fait part de sa nécessité d'acheter une voiture en meilleur état que la sienne, pour pouvoir emmener sa mère malade à tous ses rendez-vous médicaux, si ma mémoire est bonne. On a discuté de ses besoins pour que je l'oriente au mieux. Je lui ai montré plusieurs modèles dans sa gamme de prix. Elle a fait son choix sans même l'essayer et a payé en liquide.

Lyle tient l'explication liée au fameux retrait d'argent qui a dérouté les enquêteurs…

— Et ensuite ? demande-t-il.

— Après qu'on a eu signé les papiers, elle voulait partir avec. Je lui ai annoncé que, même en accélérant les choses, elle ne pourrait pas la récupérer avant le lendemain, à cause des préparatifs d'usage. Elle a fini par entendre raison et elle a quitté la boutique.

— Sauf qu'elle n'a jamais atteint sa Micra, qui était garée sur le parking de Madsen's. Vous n'avez rien vu qui pourrait nous aider à reconstituer ce qui a pu lui arriver ? demande Lyle.

— Je devais mettre l'argent au coffre et tout fermer avant de partir. Je ne l'ai pas raccompagnée à l'extérieur. Je suis navré.

— Et vous êtes sorti combien de temps après son départ ?

— Le temps de tout éteindre… un quart d'heure peut-être.

— Et là, vous avez vu quelque chose de suspect ?

— Non plus, répond Owen d'un ton sec, car il est contrarié par un souvenir parasite.

Lyle a remarqué l'expression de culpabilité fugitive qui a traversé les traits d'Owen. Il sent qu'il lui cache des informations.

— Quand elle n'est pas revenue chercher son achat, cela ne vous a pas inquiété ?

— Owen ne s'occupe pas de la remise du véhicule qui est parqué sur une zone de transit, intervient Wallers pour couper court à ce flot de questions, qui monopolise son meilleur vendeur et lui fait perdre de l'argent. Il n'y avait aucune raison pour qu'il s'aperçoive que la voiture était toujours dans les stocks.

Esteves gribouille cette information dans son carnet. Il surprend alors l'échange de regards entre le gérant et son employé. Son instinct lui signale qu'on lui ment.

— Owen peut-il retourner travailler ? Il y a des clients qui attendent…

— Bien sûr, approuve Esteves. Cependant auriez-vous l'obligeance de passer au poste de police de Centralia pour faire une déposition dans les prochains jours, monsieur Maker ?

— Oui. Si ça peut vous rendre service.

18

— Bonsoir.

Deux agents de police en uniforme se tiennent sur le perron de sa maison.

— Vous êtes là pour la déposition ? demande Owen en fronçant les sourcils. Je croyais que c'était moi qui devais venir au poste de police.

Les deux hommes échangent un bref regard incertain.

— Vous êtes bien Owen Maker ?

— Oui.

— Nous sommes les agents Cooper et Hartman. Votre voisine, Masha Gould, a appelé la police hier matin pour signaler que vous l'aviez agressée.

Owen a l'impression que le sol s'ouvre sous ses pieds.

— Pardon ? C'est une blague, j'espère !

Sa réaction scandalisée les laisse de marbre.

— Pas du tout. Deux de nos collègues ont pris sa déposition vers 10 heures le 12 juin, annonce Hartman en vérifiant ses notes.

Owen ferme les yeux.

— Est-ce qu'on peut entrer pour parler de tout ça ? demande Cooper, le plus massif des deux policiers.

— Oui. Oui, bien sûr. Je vais tout vous expliquer. Il s'agit d'un malentendu.

Les deux hommes le suivent. Owen leur propose de prendre place sur le canapé.

— Vous voulez quelque chose à boire ?

Devant leur refus, Owen s'installe sur l'accoudoir du fauteuil. Une douleur fulgurante qui traverse son dos lui rappelle qu'il s'est montré présomptueux sur ce coup-là. Il s'assoit en calant ses lombaires bien au fond du siège.

— Mon ex-femme, Sally, et moi, nous avons séparé la maison en deux au moment du divorce.

Cooper ne peut cacher sa grimace expressive. Owen approuve avec fatalisme.

— Avec ses deux entrées sur Maple Street et Iron Street, sa grande surface, cette maison pouvait être scindée sans travaux conséquents. Il a suffi d'un mur en agglo et le tour était joué.

Sally dispose d'une cuisine en bas, dans leur ancienne buanderie, et du couloir qui mène à l'étage dont elle a l'usage exclusif. Owen a récupéré le reste du rez-de-chaussée, qui lui offre un honnête trois-pièces équipé de la cuisine d'origine, d'une salle d'eau et de toilettes séparées.

C'est la solution de facilité vers laquelle Jack l'a poussé, moyennant quelques menaces subtiles concernant son job. Owen n'a pas trouvé assez de force en lui pour affronter la recherche d'un nouveau boulot et un déménagement en plus de son divorce. Il ne s'est même pas rendu compte qu'il était tombé dans le panneau, avant de réaliser que la famille Wallers avait toujours considéré que leur séparation serait temporaire et qu'Owen retournerait un jour avec Sally.

Résultat, il a accepté le deal sans réfléchir aux conséquences administratives de son choix. Aujourd'hui, même s'il voulait partir, il ne pourrait pas vendre sa partie sans qu'elle signe également ces foutus papiers, la maison étant encore enregistrée comme un seul bien. Et cette décision, Sally ne la prendra jamais tant elle est aveuglément convaincue qu'ils sont toujours un couple à part entière.

— J'ai cru que notre proximité permettrait une transition en douceur, mais je me suis planté. Vous n'avez qu'à effectuer une recherche et vous verrez que mon ex enchaîne les tentatives de suicide, mais uniquement quand je suis dans les parages pour que je puisse la sauver en appelant les secours et culpabiliser à mort ensuite ! ironise-t-il.

— Quel rapport avec votre voisine ? demande Hartman avec une mine blasée à la hauteur de son indifférence.

— Mme Gould est bénévole dans une association pour soutenir les femmes battues. Chaque fois que Sally se donne en spectacle dans la rue, cette voisine trouve une excuse pour venir fouiner et s'en mêler. Je crois qu'en voyant Sally se mettre dans des états pareils elle en a déduit que je suis un monstre, une espèce de manipulateur qui, je cite, « la maintient sous sa coupe et prend un malin plaisir à la faire souffrir ».

— C'est vrai ?

Owen a envie de demander à Hartman si, dans ce cas-là, les mecs l'avouent spontanément, mais il n'a pas besoin d'aggraver son cas, il se retient.

— Pas du tout ! J'aimerais que Sally passe à autre chose. Moi, je l'ai fait. Je fréquente une autre femme. Enfin… je la vois autant que possible compte tenu des menaces que Sally fait peser sur mes épaules.

— Et, concernant la plainte de votre voisine, pouvez-vous nous en dire plus ? demande Cooper avec beaucoup plus de modération dans la voix, comme si une connivence tacite venait de naître entre eux.

— Comme je ne peux pas recevoir ma copine chez moi, on se retrouve dans un hôtel où nous avons pris nos habitudes. Une fois de plus, Sally a dû péter les plombs en constatant mon absence. Le lendemain matin, Masha Gould m'attendait pour me faire part de sa… désapprobation, conclut-il plus poliment qu'il ne l'aurait souhaité. Nous avons eu un échange assez virulent à propos de son avis totalement erroné sur la situation.

— Elle a dit que vous l'avez agressée physiquement, enchaîne Hartman en poursuivant sur sa lancée, tel un bulldozer.

— Jamais de la vie ! s'emporte Owen. Je l'ai juste bousculée quand je l'ai contournée pour partir au boulot alors qu'elle s'interposait pour m'empêcher de rejoindre ma voiture.

Il secoue la tête.

— C'est moi la victime, là-dedans ! Mme Gould s'est fait des films toute seule. Elle a cru aux élucubrations de Sally qui souffre de sérieux troubles psychologiques.

— Vous parlez de la femme qui réside encore dans la même maison que vous, enchaîne Hartman d'un ton chargé de sous-entendus.

— J'ai commis une erreur monumentale en n'exigeant pas la vente immédiate de cette maison et maintenant je suis coincé, professionnellement, financièrement et humainement. Croyez-moi, si je le pouvais, je mettrais fin à cette comédie à la seconde même.

Cooper semble savoir ce qu'un divorce houleux peut apporter comme complications. Il se lève.

— Merci pour votre témoignage, monsieur Maker. Nous allons retourner voir votre voisine pour tirer les choses au clair.

Owen les raccompagne à la porte. Il ne peut s'empêcher de surveiller les policiers alors qu'ils traversent la rue pour aller sonner en face. Au bout de plusieurs minutes d'efforts infructueux, ils font demi-tour et remontent dans leur véhicule de patrouille.

Owen ne saurait expliquer pourquoi il ressent un tel soulagement à l'idée que Masha Gould ne soit pas là pour l'enfoncer davantage avec ses mensonges.

19

— Merci de vous être déplacé, monsieur Maker. On va s'installer là, si vous le voulez bien.

Dès qu'Owen met un pied dans la salle d'interrogatoire, il ressent un frisson d'appréhension.

— Vous recevez toujours les témoins de façon aussi… *intimidante* ?

— Asseyez-vous, insiste l'agent du FBI avec un sourire qui n'atteint pas ses yeux.

Les deux autres policiers qu'il lui a présentés à son arrivée entrent à leur suite. Owen s'installe face à eux avec une boule d'angoisse nichée au fond du ventre.

— Je voulais qu'on éclaircisse certains points tous ensemble, commence Esteves.

— Si je peux vous aider…

— Bien ! Je vous ai senti assez nerveux quand je vous ai interrogé il y a deux jours, attaque Esteves.

— Nerveux ? Qu'est-ce que vous entendez par là ?

Owen perçoit le regard des trois policiers sur lui. Il ne comprend pas le changement brutal d'attitude de l'agent spécial à son égard ni la suspicion dont il semble faire l'objet.

— Que nous cachez-vous ? insiste Esteves.

Owen est partagé entre l'effarement et la colère. Qu'est-ce qui lui prend, à ce gars ?

— Absolument rien, répond-il en levant les mains en signe d'incompréhension. Je vous ai tout dit.

Lyle l'observe encore. Il perçoit son stress. Bien sûr, n'importe qui dans sa situation ressentirait un soupçon d'angoisse, mais ce qui se dégage de ce type dépasse la norme. Son instinct est au niveau alerte maximale depuis leur rencontre.

— Je vais être plus clair alors : que s'est-il passé avec Edwina Scofield que vous ne nous auriez pas signalé ?

Owen cherche à reconstituer les événements, malgré un début de mal de crâne. À quel moment a-t-il pu lui donner l'impression de lui cacher des éléments ?

— Vous avez mal interprété mon attitude, lance-t-il avec soulagement dès qu'il comprend l'origine du quiproquo. Quand Jack Wallers m'a fait appeler dans son bureau, j'ai cru qu'il me convoquait pour me faire des remontrances.

— Pourquoi vous en ferait-il ? demande la femme à l'allure de mec qui se tient en retrait dans un angle.

Bras croisés, elle le regarde par-dessous la mèche de cheveux noirs qui occulte une partie de son visage.

— J'ai divorcé de sa fille. Depuis, il ne perd pas une seule occasion de me le reprocher ou d'essayer de me forcer à retourner avec elle ! répond Owen avec un agacement perceptible à l'idée de devoir, encore une fois, étaler sa vie privée devant des inconnus.

Dwain se tourne vers Lyle avec un regard inquiet. Son ami ne serait-il pas en train de perdre la boule ? Cet homme n'a rien à se reprocher manifestement. Pourtant, loin de percevoir la limite, Lyle insiste.

— Admettons… Vous avez été évasif aussi concernant le moment où Edwina Scofield est censée avoir quitté le garage.

Censée ? Dwain grince des dents. Lyle y va trop fort avec ses allusions qui ressemblent à des accusations.

— Ça n'avait rien à voir avec elle.

Owen porte les doigts à ses tempes pour essayer d'en chasser la douleur.

— Permettez-moi de m'en assurer par moi-même, monsieur Maker.

Dwain et Carol échangent des regards gênés. Owen croise les bras devant lui. Cette histoire, sa vie, ses choix, toute cette merde tourne au cauchemar. Il se sent de plus en plus prisonnier ! Une colère flamboyante s'empare de lui.

— Mais bien sûr ! Je peux ? demande-t-il en fouillant dans sa poche. Rappelez-moi de quelle date il s'agit…

— Le 16 mars.

Owen sort son portable et fait défiler la liste de ses appels jusqu'à ce jour. Il pose le téléphone entre eux, d'un geste sec, en indiquant du bout du doigt un appel reçu à 7 h 17 ce soir-là.

— Voilà la raison qui fait que je suis resté évasif sur ce qui s'est passé après le départ de cette cliente ! Quand on était mariés, mon ex-femme me pistait. Elle surveillait mes moindres faits et gestes. Elle appelait au boulot pour savoir si je m'y trouvais bien. Elle venait même sur place et n'hésitait pas à me faire des scènes interminables si elle surprenait une femme en train de parler avec moi, si elle estimait qu'elle était trop séduisante, trop proche, vêtue trop légèrement… Toutes les raisons étaient bonnes ! Elle est complètement tarée, je vous dis !

— Et elle continue de vous pourrir la vie ainsi ? s'étonne Dwain en remarquant la durée particulièrement longue de l'appel incriminé.

Owen sent sa colère le quitter d'un seul coup. Vidé par les éclairs de douleur qui ont pris des proportions inquiétantes sous son crâne, il hoche la tête.

— Ce soir-là, Sally m'a appelé pour savoir où et avec qui j'étais. Elle est devenue hystérique au téléphone à cause de mon retard. Comme si mon emploi du temps la concernait encore…

— Pourquoi vous n'avez pas simplement raccroché ? demande la flic avec froideur.

— Je vous dis qu'elle est folle ! Si mon employeur n'était pas son père, j'aurais perdu mon job depuis longtemps à cause d'elle, de sa jalousie maladive et de ses lubies paranoïaques. D'ailleurs, me surveiller lui prenait tellement de temps pendant notre mariage qu'elle a fini par se faire virer. Sa principale occupation à présent, ce sont ses fausses tentatives de suicide pour me punir de l'avoir quittée. Vous comprenez sans doute mieux pourquoi je ne peux pas simplement raccrocher quand elle m'appelle…

Il se lève alors que sa colère et son sentiment d'injustice sont en train de dévorer ses entrailles, pendant que sa migraine se charge de son cerveau.

— Je peux y aller ?

Le regard de Lyle est éteint comme s'il venait de prendre conscience que son instinct l'avait trompé, une fois de plus. Il ne sait même plus ce qui l'a poussé à imaginer que ce type était coupable.

— Oui. Bien sûr. Merci d'avoir accepté de nous parler en tant que témoin, précise Dwain en insistant bien sur le mot. Nous vous sommes très reconnaissants de nous avoir consacré du temps sur votre jour de repos.

Owen lui lance un sourire sarcastique pour couper court au flot d'obséquiosités qui se déverse de sa bouche.

— Je vous en prie. Je préfère, et de loin, assumer mon statut de loser émasculé par son ex, qui n'a rien vu du tout, plutôt que celui que vous souhaitiez me faire endosser…

Sur cette repartie amère, il sort de la salle. Les trois policiers le suivent à distance pour retourner dans leur bureau. Quand il arrive au bout du couloir, deux agents de patrouille le reconnaissent.

— Monsieur Maker ! l'appelle Cooper.

— Bonjour, répond-il en plissant les yeux sous l'effet de l'humiliation qu'il ressent encore au souvenir des mensonges de sa voisine.

Une pierre de plus sur son mur personnel de la honte…

— Avez-vous aperçu Mme Gould, ces derniers jours ? demande Hartman. Nous avons fait plusieurs passages chez elle pour faire le point sur son témoignage, sans succès.

— Ah… non, élude Owen avec un manque d'intérêt manifeste.

— Nous avons appelé son travail, et personne ne l'a vue depuis le lendemain de votre altercation, le 13 juin, ajoute Cooper. Ça fait donc deux jours que tout le monde est sans nouvelles d'elle.

Owen entend la voix de l'agent spécial dans son dos.

— Quelqu'un a interrogé ses proches pour savoir si elle est coutumière du fait ?

— Non, pas encore, admet Cooper.

— Si ça ne vous gêne pas, on va s'en occuper…

Lyle lance un regard mielleux à Owen. Il semble avoir repris du poil de la bête, comme si quelqu'un venait de remettre une pièce dans la machine.

— Vous pouvez y aller, monsieur Maker, mais je pense que nous nous reverrons rapidement…

20

Carol tourne la tête vers Dwain.

— Tu peux me dire ce que nous sommes en train de faire ?

Il jette un bref coup d'œil las en direction de Lyle Esteves.

— C'est le FBI qui nous donne les ordres, maintenant ?

Contrarié par son insistance, il lève les yeux au ciel.

— C'est du délire ! lâche-t-elle sur un ton dédaigneux.

Dwain serre les dents et continue de fouiller la penderie de Masha Gould pour voir si elle a pris des affaires avec elle avant de disparaître.

— Dwain ! Tu dois le ramener à la raison ! reprend-elle encore.

— Tu ne vas pas me laisser tranquille, hein ? soupire-t-il.

— Non.

Au moment où il s'apprête à rejoindre Lyle pour lui faire part de son opinion et éviter que sa collègue ne le rende fou, son portable se met à sonner.

— Cartwright ?

— C'est Kyle Mackenzie, de la scientifique.

— Vous avez trouvé quelque chose ?

Pendant qu'eux sont là, à perdre leur temps, la voiture de Masha Gould est aux mains des techniciens de la police scientifique. Elle a été retrouvée sur le parking d'une supérette bio, qui n'est pas doté de caméras. D'après le gérant de la boutique, rencontré lors de leur bref passage sur place, le véhicule est stationné là depuis qu'elle y a fait ses courses le 13 dès l'ouverture à 7 heures du matin.

Lyle a décidé de concentrer les recherches de leur équipe chez Masha Gould dont il a imputé d'autorité la disparition à Twice.

— On a trouvé un cheveu sur le siège passager, indique Mackenzie. La couleur et la longueur ne correspondent pas à ceux de la victime.

— Excellent travail. Procédez aux comparaisons avec celui qui a été retrouvé sur le corps d'Abigail Larkin.

— C'est comme si c'était fait.

— On en est où ? demande Esteves en le voyant raccrocher.

Dwain le lui explique avant d'observer les lieux.

— Pourquoi tu as voulu qu'on vienne ici ? Twice n'a jamais pénétré chez ses victimes pour la bonne et simple raison qu'il ne s'en prend qu'à des inconnues.

Lyle ne réagit pas.

— Tu l'as dit toi-même ! Il saisit l'opportunité quand elle se présente, insiste Dwain. Alors, je répète : que faisons-nous ici ?

Pendant un instant, Lyle affiche une expression dépassée, comme s'il était perdu et qu'il ne savait plus par quel bout prendre cette affaire.

— D'habitude, on arrive toujours après la bataille. Je ne sais pas… Peut-être que nous allons trouver quelque chose…

— Ben voyons, murmure Carol à l'oreille de Dwain. On ne sait même pas si Twice est mêlé à cette disparition.

Dwain hausse les épaules pour montrer son impuissance. Carol change soudain d'attitude en entendant des cris à l'extérieur.

— Qu'est-ce que c'est que ce bordel ?

Dwain la suit hors de la maison, là où une femme blonde, ravagée par l'angoisse, est en train de prendre la tête à l'agent qu'ils ont placé en faction à l'extérieur du périmètre.

— Bonjour, commence Dwain en s'approchant. Pouvons-nous vous aider, madame…

— Que se passe-t-il ? attaque-t-elle sans préambule en se désintéressant, de fait, de sa cible précédente.

Son attitude aussi anguleuse que sa silhouette agace Carol.

— Qui êtes-vous ? demande-t-elle sur le même ton que l'intruse.

L'inconnue secoue la tête.

— Où est Masha ? répète-t-elle en restant sourde aux questions des policiers.

— Vous la connaissez bien ? s'enquiert Lyle en les rejoignant.

— C'est mon amie, approuve-t-elle.

— Et vous êtes ? insiste Carol.

Enfin, la blonde pose son regard vitreux sur eux.

— Sally Maker.

Dwain et Carol la dévisagent avec plus d'attention.

— Vous êtes l'ex-épouse d'Owen Maker ?

— Son épouse, oui.

Dwain saisit ce que leur témoin voulait dire concernant l'aveuglement de son ex.

— Quand avez-vous vu Masha Gould pour la dernière fois ?

Au lieu de répondre à la question d'Esteves, elle observe la maison avec une expression absente.

— Madame Maker ? insiste l'agent spécial.

Elle se mord les lèvres comme si elle n'arrivait pas à reconstituer le fil de ses souvenirs. Elle cligne des yeux et les regarde comme s'ils venaient de surgir devant elle.

— Où est Masha ?

— Nous n'en savons encore rien, répond Dwain sur le ton qu'il emploierait avec un enfant à amadouer.

— Au contraire, nous pensons qu'elle a été enlevée, assène Esteves.

— Enlevée ?

Dwain doute que ces mots aient un sens pour elle. Il éprouve une sincère compassion pour son ex.

— Votre mari et elle se sont disputés, n'est-ce pas ?

Elle met quelques secondes à répondre à la question de Lyle.

— Je ne sais pas. Owen ne l'aime pas trop, parce qu'elle prend tout le temps ma défense contre lui.

— Vous avez besoin d'être défendue ?

— Mon mari refuse d'admettre que je suis la seule femme de sa vie. Il voit quelqu'un d'autre… alors bien sûr que j'ai besoin de soutien ! hurle-t-elle, au bord de la crise.

Dwain fait signe à Lyle de laisser tomber. Ils ne tireront rien de cette femme shootée aux anxiolytiques et aux antidépresseurs, et qui plane à mille lieues de la réalité.

Ils échangent encore quelques propos décousus, quand une Dodge Challenger noire s'arrête le long du trottoir d'en face. Dès qu'il voit l'attroupement autour de la maison de sa voisine, Owen se crispe, mais il ne ralentit pas. Il contourne sa voiture pour rentrer chez lui.

— Owen ! l'appelle Sally, un sourire extatique plaqué sur le visage.

Il hésite une seconde, puis avec une expression vaincue il fait demi-tour pour les rejoindre.

— Masha a disparu… lui annonce-t-elle en essayant de se blottir dans ses bras.

Avec une grimace qui ne trompe pas, il recule de plusieurs pas pour échapper à son contact.

— Elle va sans doute bientôt revenir. Tu devrais rentrer, Sally. Là, tu risques de gêner les policiers dans leur travail.

— D'accord, Owen. Je peux venir chez toi ? demande-t-elle avec le même regard désarmant qu'un chiot voulant être adopté.

Il a l'air ennuyé par la présence de tous ces témoins.

— Non, c'est impossible.

— Mais pourquoi ? geint-elle.

— Sally… nous sommes divorcés. Je t'ai déjà dit de passer à autre chose. Comme moi.

— Tu n'as pas le droit de faire comme si tu ne m'avais jamais aimée, comme si mon avis concernant notre avenir ne comptait pas, s'énerve-t-elle en serrant les poings.

— Il ne s'agit pas que de toi, Sally. Nous en avons déjà parlé des dizaines de fois : moi aussi j'ai mon mot à dire.

Menaçante, elle fait un pas en avant.

— Mais je ne veux pas l'entendre, ce mot !

Son ton a grimpé d'une octave, sous le regard médusé des policiers qui tournent la tête d'un côté et de l'autre à chaque réplique.

— Évidemment, puisqu'il ne va pas dans ton sens, conclut Owen.

— Pourquoi tu m'as quittée, Owen ? Tu avais pourtant juré d'être à moi pour la vie ! Tu devais rester à mes côtés, pour le meilleur et pour le pire !

Il passe la main devant sa bouche.

— Pour ce qui est du pire, tu n'as pas lésiné sur la marchandise, ironise-t-il.

Elle plisse les yeux alors qu'une vague de colère l'envahit. Elle lui a tout donné, tout : sa vie, son amour, sa dévotion, chaque seconde de son temps. Et il a tout rejeté en bloc, comme si ses attentions étaient nocives, comme si son amour fusionnel était malsain, comme si sa jalousie était une tare, comme si le fait de refuser de le partager avec qui que ce soit était une faute. Et, à présent, il se fout d'elle ! Elle voudrait arracher son visage de ses souvenirs, pour ne plus souffrir. Elle se prend la tête entre les mains et se met à gémir. Ou, mieux encore, effacer réellement son visage pour qu'elle seule puisse le revoir dans toute sa perfection.

Prenant tout le monde de court, elle passe à l'attaque. Avec un temps de retard, Owen l'attrape par les épaules pour la tenir à distance. Elle continue de le frapper et de chercher à le blesser.

— Sally, arrête de te donner en spectacle, s'il te plaît.

Après un instant d'effarement, Carol et Dwain s'interposent pour éloigner Sally d'Owen qui s'en sort avec une série de griffures sanglantes dans le cou. C'est congestionné par la honte qu'il les remercie, la tête basse.

Dwain propose de le raccompagner jusqu'à sa porte.

— Vous devriez soigner vos blessures avant qu'elles s'infectent.

— Si Masha Gould était là, elle trouverait encore le moyen de prétendre que Sally n'est pas folle à lier et que c'est moi le méchant.

Dwain perçoit son désespoir d'homme traqué. Tout comme il entend les hurlements de Sally qui appelle Owen et le supplie avec des trémolos poignants dans la voix.

Lyle l'entraîne à l'intérieur pour la calmer. Et pour vérifier un détail…

— Madame Maker, j'ai besoin que vous me donniez votre accord pour procéder à un prélèvement.

Secouée par de gros sanglots, Sally ne l'écoute même pas. Elle regarde derrière lui, là où Owen est en train de regagner son domicile.

— Vous avez entendu ? Est-ce que vous êtes d'accord ? insiste Lyle.

Elle hoche la tête et répond machinalement.

— Oui.

Lyle appelle un technicien de la scientifique avant qu'elle change d'avis.

— Pouvez-vous relever le sang que cette femme a sous les ongles, s'il vous plaît ?

Pendant que Lyle rassure Sally et la console, elle se laisse faire avec docilité.

— C'est bon, vous allez pouvoir rentrer chez vous.

Lyle la raccompagne alors jusque sur le pas de sa porte. Elle se fige et cherche à repartir en sens inverse.

— Je veux voir Owen !

Il secoue la tête et pose délicatement la main dans son dos.

— Ça ne va pas être possible, Sally. Je vous raccompagne chez vous.

Tout en pleurnichant, elle finit par obtempérer. Dwain rejoint Lyle sur le trottoir et remarque son sourire satisfait.

— Laisse-moi deviner : tu as récolté des échantillons de sang d'Owen Maker grâce à cette folle hystérique ? l'accuse-t-il.

Surpris par la clairvoyance de son ami, Lyle ne se dégonfle pas pour autant.

— Et alors ? Ne me dis pas que tu ne trouves rien de suspect dans son histoire ?

— Ces échantillons n'auront aucune valeur devant un tribunal. Et tu le sais, n'est-ce pas ? lui assène Dwain.

— Si on a une correspondance, il sera toujours temps d'agir dans les règles, élude Esteves.

Dwain secoue la tête.

— Moi, je le plains, ce pauvre type. Tu as vu quelle pression il doit supporter dès qu'il s'agit d'elle ? Il aurait pu la maîtriser sans mal et pourtant il a encaissé ses coups, sa paranoïa et sa jalousie. Et toi, tu en rajoutes en profitant de la situation pour essayer de l'entuber.

— Les voisins des plus grands tueurs en série du pays n'auraient pas hésité à leur confier leurs nourrissons. Sa bonne mine ne veut rien dire.

— Tu brûles les étapes, Lyle.

Sans attendre la réaction de l'agent spécial, il s'éloigne en secouant la tête avec dépit.

21

Lyle Esteves balance un dossier entre eux au milieu du bureau.

— Le rapport de la scientifique vient d'arriver et il établit que les résultats concordent : les cheveux trouvés sur les vêtements d'Abigail Larkin et dans la voiture de Masha Gould appartiennent bien au même homme.

Esteves fixe Dwain pour lui asséner le coup de grâce.

— Ils correspondent également à l'ADN retrouvé sous les ongles de Sally Wallers. Donc à celui d'Owen Maker qui devient, de fait, notre seul et unique suspect.

Carol jette un regard gêné vers Dwain, qui semble sonné par la nouvelle. Il lui aurait donné le bon Dieu sans confession, à ce type ! En voyant son expression déconfite, elle s'empresse donc de voler à son secours.

— Sauf que ce prélèvement, vous ne l'avez pas obtenu légalement. Vous pouvez foutre cette information à la poubelle, car elle nous conduirait directement au vice de forme en cas de procès. La seule façon pour nous de revenir dans les clous, c'est qu'Owen Maker accepte de nous fournir volontairement un échantillon de son ADN. Parce que vous savez comme moi qu'aucun juge ne l'y contraindra avec des faisceaux d'indices aussi minces.

— Je vous le concède. Pourtant, pour la première fois, nous avons une direction dans laquelle chercher.

Il a l'air soulagé, comme si l'origine de ce prélèvement était sans importance au regard de tous les sacrifices consentis au cours de sa vie, qui trouvent enfin une justification.

— Et si les liens entre les dernières victimes et Owen Maker n'étaient que le fruit du hasard ? se décide à demander Dwain. La principale caractéristique de Twice, c'est justement de s'attaquer à des inconnues. Et là, d'un seul coup, il change de méthode et commet bourde sur bourde pour nous conduire jusqu'à lui ? J'ai du mal à y croire, vu le niveau de perfection auquel il nous a habitués jusqu'à présent.

— Tu sais comme moi que tous les tueurs en série cherchent un jour à se faire prendre.

Carol reste dubitative face à l'affirmation de Lyle Esteves.

— Dwain n'a pas tort, renchérit-elle. De son propre aveu, Owen Maker était pisté par son ex-femme ; or, pour enlever et séquestrer des femmes pendant plusieurs mois, il faut un minimum de latitude.

— Et c'est pareil avec son boulot où son beau-père a toujours gardé un œil sur lui, rebondit Dwain avec reconnaissance.

Lyle secoue la tête.

— Dois-je vous rappeler que Twice n'avait pas sévi depuis cinq ans ?

— À quoi tu penses ? demande Dwain dont l'intérêt a été piqué malgré lui.

— Imaginons que Sally Wallers constate après quelques mois de mariage que son mari s'absente très souvent. Elle resserre la vis au point de devenir complètement obsessionnelle. Avant que sa situation dégénère, il se débarrasse discrètement de Jacklyn et Lucy, se range pendant quelque temps. Quand la pression inhérente à ce genre de fantasme augmente, il divorce pour reprendre le cours de son existence. Pris entre ses pulsions et Sally qui continue de le marquer à la culotte, il a peut-être agi dans l'urgence et avec moins de prudence que d'habitude.

Dwain hoche la tête presque à contrecœur.

— Ça se tient. Et le reste colle aussi ?

— Maker a une quarantaine d'années.

— Quarante-deux, confirme Carol à l'intention de Lyle après avoir rapidement consulté son dossier.

— Il aurait démarré vraiment jeune. C'est possible, ça ? demande-t-il à Lyle.

Esteves hausse les épaules.

— On dit que les tueurs en série tuent pour la première fois entre vingt et vingt-cinq ans. Il a dû bénéficier d'un terrain particulièrement propice à son premier passage à l'acte. Nous en savons trop peu sur lui pour le moment.

— Que suggères-tu, alors ? demande Dwain.

— Je pense qu'il faut creuser. Vérifier ses alibis et pas seulement pour les derniers meurtres… On va le convoquer. On va essayer de le pousser dans ses retranchements. Twice n'a jamais été inquiété de près ou de loin. Il n'a jamais subi la pression d'un interrogatoire. Ça pourrait suffire à le faire craquer.

— Ça mérite d'être tenté, reconnaît Dwain.

— Il faut aussi vérifier si Owen Maker détient une autre maison, car on est tous d'accord pour dire qu'avec la surveillance dont il est l'objet jamais il ne pourrait séquestrer ces femmes chez lui pendant des mois sans que son ex s'en aperçoive, ajoute Carol.

À nouveau, Dwain ressent un frisson d'appréhension en voyant l'expression perdue de Lyle, comme s'il réalisait l'existence des obstacles à son raisonnement quand les autres les lui signalent.

Un sombre pressentiment l'étreint : à un moment ils risquent d'aller droit dans le mur avec une attitude pareille.

— Excellent, Carol. Merci, lance-t-il.

22

— Je ne comprends pas bien pourquoi je suis encore là.

Enfin, si. Owen a un très mauvais feeling depuis qu'il a reconnu la voix de son interlocuteur au téléphone.

— Est-ce que vous accepteriez de nous fournir un échantillon de votre ADN ? attaque Esteves sans préambule.

Owen se fige.

— Dans quel but ? Vous me suspectez de quoi ? s'exclame-t-il, effaré.

— C'est la procédure, vu que vous avez été en contact avec plusieurs victimes. Nous souhaitons justement vous éliminer de l'équation, le rassure Dwain avec un regard exaspéré en direction de Lyle.

Owen réfléchit quelques instants. Il sait qu'il n'a rien à se reprocher. Même si leur demande l'effraie, ils ne pourront pas inventer des liens ou des preuves qui n'existent pas, n'est-ce pas ? Il finit par approuver.

— OK. Dites-moi ce que vous attendez de moi.

Dwain s'approche avec un kit de prélèvement.

— Ouvrez la bouche. Je vais collecter un peu de salive.

Il s'exécute en passant un coton-tige à l'intérieur de la joue d'Owen.

— Parfait. C'est terminé, dit-il en refermant le tube. Je vous remercie pour votre collaboration.

Dwain quitte la pièce pour porter l'échantillon au labo afin de procéder à une comparaison « officielle » prioritaire avec l'ADN dont ils disposent.

— Vous allez devoir patienter, le temps qu'on obtienne les résultats, annonce Esteves.

Ils sortent en le laissant seul dans cette salle d'interrogatoire.

Au bout d'une heure, Owen commence à penser qu'il a eu tort de leur faire confiance. Et son impression se confirme quand il les voit revenir, la mine fermée.

— Qu'avez-vous fait lors de la soirée du 27 avril ? démarre Esteves.

Owen écarquille les yeux.

— Le 27 avril ? Pourquoi me demandez-vous ça ?

— Répondez !

Avec un soupir agacé, Owen sort son portable. Comme la plupart de ses semblables, il y note toutes les informations importantes.

— Sally n'avait rien de prévu, donc je suis rentré directement à la maison après le boulot.

Dwain secoue la tête.

— Vous voulez dire que vous calez votre existence sur la sienne ?

— La plupart du temps, oui, approuve Owen avec une petite mimique désabusée.

— Je ne saisis pas pourquoi.

— J'ai eu l'occasion de vous parler de ses tentatives de suicide. C'est sa façon de me sanctionner chaque fois que je tente de reprendre le cours de ma vie. Vous comprendrez donc pourquoi j'essaie de la contrarier le moins possible.

Exaspéré par cette conversation, Esteves tapote la table pour attirer l'attention d'Owen.

— Quand elle est là, vous ne ressortez jamais ? Même en douce ?

— Jamais, effectivement, répond Owen en secouant la tête.

— Vous avez pourtant rencontré une autre femme, d'après votre ex, intervient Carol.

Owen serre les lèvres en captant l'accusation sous-jacente dans sa voix.

— Ça fait quasiment dix ans que Sally pourrit chaque seconde de mon existence ! Je suis divorcé depuis deux ans et, à quarante-deux ans, je viens seulement d'oser retenter ma chance avec les femmes. Alors faites-moi un procès si vous pensez que je n'ai pas assez payé ! Pour ma part, si Sally parvient à ses fins, ce sera son choix. J'en ai marre de culpabiliser en permanence à cause d'elle.

Seul son souffle court emplit le silence pendant quelques secondes.

— Il y a une chose que je ne comprends pas, déclare Dwain. Lui avez-vous donné des raisons de se montrer aussi possessive envers vous ? Je ne sais pas, moi, l'avez-vous trompée ? Étiez-vous souvent absent ou en retard du temps de votre union ?

Lyle hoche la tête pour saluer l'ingéniosité de son collègue.

— Si seulement elle avait eu besoin d'excuses... répond Owen en haussant les épaules. Sally a toujours été une enfant gâtée, capricieuse, et ses parents n'ont jamais posé de limites à ses extravagances. Elle a grandi en pensant que le monde entier était là pour son bon plaisir.

Soudain, Owen fronce les sourcils.

— Au fait, je peux savoir pourquoi mon mariage vous intéresse à ce point ? finit-il par s'étonner.

Jusqu'à présent, Owen Maker a l'air de répondre avec sincérité. S'il n'y avait pas son ADN, ils le laisseraient partir dans l'instant.

Carol pose une photo devant lui.

— Est-ce que cette femme vous dit quelque chose ?

Owen l'observe avec attention.

— Elle me rappelle quelqu'un... On dirait la serveuse du pub que je fréquente quand Sally mange chez ses parents.

— Exact, il s'agit d'Abigail Larkin, serveuse au Joe's Tavern, confirme Lyle. Vous la connaissiez bien ?

— On n'a pas besoin de connaître quelqu'un pour lui commander une bière, répond Owen avec retenue.

— Je voulais dire : est-ce que vous la connaissiez au point de la toucher ?

Owen les dévisage tous un par un.

— Je n'avais pas de liaison avec elle, si c'est là le sens de votre question...

— Et là, vous la reconnaissez aussi ? attaque Lyle.

Il pose à côté du portrait souriant de la jeune femme, la photo de son cadavre. Owen la fixe en silence pendant plusieurs secondes avec un léger tressaillement.

— Elle est morte ? demande-t-il d'une voix sans timbre.

— Oui, tout comme Edwina Scofield, la fille à qui vous avez vendu une voiture.

Une seconde photo rejoint la première sur la table. À nouveau, Owen l'observe longuement. Quand il relève la tête, il n'y a pas d'horreur dans son regard, juste de l'incompréhension.

— Quel est le rapport avec moi ?

— Nous voulons comprendre comment votre ADN a pu se retrouver trois semaines après son enlèvement sur les vêtements d'une femme à qui vous avez simplement commandé une bière, susurre Esteves.

Owen referme la bouche. Ils constatent tous qu'il cherche une explication logique à cette situation, avant de renoncer.

— Je n'en sais rien. Je vous assure ! Il y a toujours du monde chez Joe's. On s'est forcément frôlés à un moment. Mon ADN a pu se retrouver sur elle de cette façon…

— Êtes-vous déjà monté dans la voiture de Masha Gould ?

— Laissez-moi deviner, là aussi vous avez trouvé mon ADN ? soupire Owen.

— Oui, répond Dwain.

Owen se mord les lèvres.

— Récemment, elle m'a demandé de l'aider parce que sa voiture refusait de démarrer.

— Je croyais qu'elle vous détestait, lance Carol.

— Il faut croire que son mépris envers moi était moins important que le fait d'arriver à l'heure à son travail.

— Avez-vous un alibi pour les journées des 11, 12 et 13 juin ? enchaîne Lyle.

— J'ai travaillé, comme tous les jours.

— Et pour les soirées ?

— Le 13, j'étais chez moi. D'ailleurs, vos collègues peuvent en témoigner, vu qu'ils sont venus m'interroger à cause de mon altercation avec Masha Gould. Le 12, je n'ai rien fait de particulier. Le 11, je n'étais pas à la maison. J'ai passé la nuit à l'hôtel avec ma copine.

Il sort son portefeuille et leur tend un reçu. Dwain le vérifie. Tout se tient. Le corps d'Edwina Scofield a été abandonné dans la nuit du 11, quand Owen Maker était occupé dans un hôtel à l'autre bout de la ville. Masha Gould a été vue à la supérette le 13 au matin. Matériellement, cet homme ne peut pas être leur coupable.

— Avez-vous une autre maison ? demande Lyle.

Owen ne peut retenir un ricanement désabusé.

— Vous pensez vraiment que je m'infligerais toute cette merde en continuant à vivre sous le même toit que mon ex et à me payer des chambres d'hôtel miteuses pour pouvoir passer du temps avec ma copine si c'était le cas ? ironise-t-il.

Soudain, l'injustice de tout ceci – ces questions, sa vie, cette convocation, son ex tarée – le rattrape. Il tape du poing sur la table.

— J'ai commandé une bière à une fille dans un bar, et mon ADN s'est retrouvé sur elle pour une raison que j'ignore, mais qui est sans doute tout à fait explicable, vu son métier. Le fait que j'étais chez moi le soir de sa disparition n'a pas l'air d'entrer en ligne de compte pour vous. Soit…

Il leur jette un coup d'œil pour voir s'ils se rendent compte du ridicule de la situation.

— J'ai croisé une autre fille qui a disparu juste après notre rencontre d'après ce que vous me dites. Là encore, j'ai un appel téléphonique qui prouve que je n'ai matériellement pas pu l'enlever puisque je suis rentré directement chez moi. Sally m'y attendait et m'a fait une scène dont elle a le secret. Vous pouvez, sans doute, interroger mes voisins pour qu'ils vous le confirment. Et enfin, vous me suspectez de m'en être pris à Masha Gould, un jour où je commençais à 8 heures et où mon emploi du temps est vérifiable à la seconde près jusqu'au moment où vos collègues m'ont rendu visite.

Il affiche une expression ouvertement moqueuse à présent.

— J'ai bien résumé la situation ?

Dwain se tourne vers Lyle pour scruter sa réaction. Pour lui, il est inutile de creuser plus loin pour le moment. Il faut qu'ils vérifient d'abord les alibis que Maker leur présente pour ces deux meurtres avant de songer à lui coller les plus anciens sur le dos.

Owen sent leur infime désaccord. Il se lève.

— Vous vous plantez complètement de cible. Si vous n'avez rien de plus à me demander et si je ne suis pas en état d'arrestation, j'aimerais partir.

Lyle Esteves n'en démord pas. Même si tous les faits qu'il pensait solides sont finalement aussi ténus, il ne veut pas reculer. Ce sont ses collègues qui sont contraints de le faire pour lui.

— Bien sûr, confirme Dwain.

— On va vérifier tout ce que vous nous avez dit, déclare Carol. En attendant, vous pouvez rentrer chez vous. Mais ne quittez pas la ville, au cas où on aurait besoin de vous reparler.

La liste des témoins à entendre s'allonge, mais Dwain est certain qu'ils vont aller dans le sens de ce gars pour lequel il ressent de plus en plus de compassion.

Owen se lève. Il sort de la pièce, puis du poste de police. Là, il a la désagréable surprise de se retrouver nez à nez avec des journalistes qui le mitraillent, le filment sous toutes les coutures et lui posent des questions très orientées. Des questions déjà accusatrices.

Il s'engouffre dans sa voiture et démarre sans perdre un instant. Sa playlist lance immédiatement un morceau, et les notes suaves de la chanson *Us* de James Bay s'élèvent dans l'habitacle. Tout comme le chanteur, Owen aimerait savoir comment exister dans ce monde, comment inspirer sans avoir mal et croire en quelque chose. Que ce soit en Jenna et lui ou en n'importe quoi d'autre. Là, il ne s'est jamais senti aussi seul et désemparé.

23

Il remonte sa braguette et se passe la main sur les lèvres pour masquer son désappointement. Il fait quelques pas en arrière pour s'éloigner du corps avachi de Lucy. Elle a à peine réagi quand il a prononcé la formule habituelle à son entrée dans sa cellule et elle ne s'est presque pas débattue quand il l'a pénétrée.

Soudain, elle roule sur le côté pour éclater en sanglots déchirants. Il n'ignore pas qu'il leur arrive de craquer quand il est à l'étage, mais Lucy n'avait jamais perdu pied devant lui. Elle qui a joué le jeu pendant tant d'années pour survivre semble avoir atteint ses limites.

Il est peut-être temps de la libérer. Avant de sortir, il dépose une assiette en plastique remplie de nourriture près de la porte.

— Mange.

Il a tué un poulet et l'a préparé en fricassée en pensant à elle. Elle a beaucoup maigri ces derniers temps, comme l'ont fait toutes celles qui ont cessé d'espérer avant elle. Ses os pointent sous sa blouse, elle a vraiment besoin de se remplumer. Il referme derrière lui et donne également sa pitance à Jacklyn.

Quand il remonte du sous-sol, il jette un coup d'œil sur sa montre. Il va bientôt être l'heure du bulletin météo. Il s'assoit à table face à la télé après s'être servi une assiette identique à celle de ses captives. Il mange avec le son en sourdine. Les prévisions météo constituent un des rares contacts qu'il s'autorise avec le monde extérieur et, s'il s'astreint à ce rituel, c'est pour les besoins de son activité. Sinon, ses interactions sociales se réduisent au strict minimum : chercher une proie, acheter des produits pour la ferme et vendre sa production de viande et de légumes sur les marchés des villes voisines. En dehors des filles, il vit seul, ici.

Pourtant, il doit avouer que depuis qu'on lui attribue les forfaits d'un autre, deux meurtres de femme pour le moment, il a tendance à passer plus de temps devant les chaînes d'information en continu.

Il se penche en avant dès qu'il voit la présentatrice à l'écran.

« Un nouveau rebondissement vient d'éclater dans l'affaire du tueur en série surnommé Twice. »

Il tend la main vers la télécommande et monte le volume.

« Après une période d'inactivité, le meurtrier a rendu les corps d'Abigail Larkin et Edwina Scofield à quelques semaines d'intervalle. Les autorités ont annoncé que de solides indices permettent de relier la disparition de Masha Gould au célèbre tueur en série. »

Il grogne sa désapprobation.

Ben voyons !

« Dans le cadre de l'enquête, poursuit la journaliste, la police vient d'interroger un suspect. Même s'il a rapidement été relâché, c'est la première piste sérieuse dans cette affaire qui s'étale sur une durée record. N'est-ce pas, Howard Forks ? »

Le reportage qui démarre montre la façade d'un immeuble en briques. Un homme grand et carré en sort. Il se crispe en voyant le comité d'accueil.

Howard Forks, l'envoyé spécial, un micro à la main, annonce que dans le cadre de l'enquête la police a effectivement entendu un témoin qui réside à Centralia. Il poursuit son laïus d'un ton monocorde à propos de la vérification de ses alibis et de sa libération qui pourrait n'être que temporaire.

Devant sa télé, Twice repose sa fourchette et plisse les yeux pour observer ce rival avec une attention brûlante. Un lent sourire étire ses lèvres.

— C'est donc là que tu te cachais…

Il tend la main vers l'écran et effleure les traits de l'homme au regard traqué, qui s'engouffre dans sa voiture avant de démarrer. Il reste ainsi, immobile, bien après que les journalistes sont passés à autre chose.

Quand il s'écarte du poste de télévision, son cœur bat à cent à l'heure. Il sort de la pièce et court dans l'escalier. Il se fige, les doigts sur la poignée d'une porte qu'il n'a pas franchie depuis des années. Il hésite un instant sur le seuil avant de faire un pas à l'intérieur, là où rien n'a changé. Il inspire pour tenter de capter des odeurs qui auraient survécu à l'absence de l'enfant qui vivait là. Rien. Cette pièce n'est plus qu'une coquille vide. Avec un soupir, il s'assoit sur le lit.

— Liam, murmure-t-il en caressant l'oreiller.

Le sentiment de trahison qu'il a ressenti à l'époque où Liam s'est volatilisé resurgit, intact. Twice lui a tout appris et l'a protégé du monde extérieur. Et un jour, l'enfant s'est retourné contre lui. Liam a si bien caché ses traces qu'il a été incapable de le retrouver et de lui faire payer sa félonie.

Il revoit en pensée le visage viril de l'homme que la police suspecte. Ses traits se sont raffermis, et sa silhouette s'est épaissie, mais Twice le reconnaîtrait entre mille. À l'instinct.

À présent, la vie lui offre une seconde chance, et il s'en réjouit. Lentement, il fait le tour de la pièce avant de la refermer.

Il rejoint son bureau et allume son ordinateur. Il lance quelques recherches, mais pour le moment l'identité de Liam n'a pas fuité. Il ne s'agit donc plus que d'une question de temps et de patience.

24

Owen est assis sur son canapé. La tête entre les mains, il se demande pourquoi le sort s'acharne ainsi contre lui.

Il ne s'est jamais plaint, et pourtant il a eu plus que sa part de merde et de souffrance dans la vie. Il a tenté de faire face avec courage et détermination mais, là, il doit avouer qu'il a envie de baisser les bras. Se retrouver suspecté de meurtres en série, c'est la cerise sur le gâteau de sa misérable existence. Putain !

Il a vu les photos de ce dont les enquêteurs le croient responsable. Il se sent nauséeux depuis, incapable de penser à autre chose qu'à ces pauvres filles, à la façon dont quelqu'un a mis fin à leur vie. Il se passe les doigts dans les cheveux avant d'oser poser les yeux sur l'écran de sa télé.

Il ne peut retenir un gémissement atterré avant de se mettre à zapper comme un fou. Les images de lui fuyant le poste de police tournent en boucle sur toutes les chaînes locales et, vu la notoriété de Twice, ce n'est qu'une question de temps avant que les chaînes nationales prennent le relais. Bientôt, pour tout le monde, son visage sera associé à celui d'un assassin. Ce qu'il ressent maintenant sera anecdotique à côté de ce qu'il éprouvera au moment où son nom sera révélé par les médias et qu'ils feront de lui l'ennemi public numéro 1.

Il a l'impression qu'il se tient au bord d'un précipice. Il a déjà la moitié des pieds dans le vide, et seule l'autre moitié le sépare du foirage complet de sa vie. Il en a assez de lutter sans cesse ! Il a juste envie que tout cela s'arrête. Un instant, il songe même à aller demander conseil à Sally pour mettre fin à ses jours… Il ne peut retenir un ricanement en réalisant qu'elle a survécu à chacune de ses tentatives. Non. Il ne peut manifestement pas compter sur elle pour ce genre de situation.

Quelle merde ! Avant que Jenna prononce le nom du tueur en série devant lui, il ignorait tout de ce Twice. Comment son putain d'ADN a-t-il pu se retrouver mêlé à tout ça, alors qu'il n'a jamais touché volontairement cette Abigail et qu'il n'est jamais monté dans la voiture de Masha, contrairement à ce qu'il a affirmé aux flics ?

Il a eu la malchance d'être le dernier salarié présent à la boutique le mauvais soir et de se montrer nerveux quand il a parlé à l'agent spécial Esteves la première fois. Et voilà où il en est à présent… Comment les policiers ont-ils pu en arriver à la conclusion qu'il est l'auteur de ces meurtres à partir d'indices aussi bidon ?

Un coup frappé à la porte le fait sursauter. Il se lève avec la sensation que son corps n'est plus qu'une boule de nerfs dont chaque terminaison hurle à l'agonie. Il jette un regard dans la rue pour s'assurer que ce ne sont pas des journalistes qui l'auraient suivi jusqu'ici. Il reconnaît immédiatement la haute silhouette de Jack Wallers. Pitié ! Il n'a pas besoin de ça en plus du reste…

— Bonsoir, Owen.

Ses mains immenses croisées sur le ventre, comme s'il ne savait pas quoi en faire, prouvent sa nervosité.

Owen lui répond d'un simple salut de la tête. Il imagine parfaitement la raison de sa venue. Un employé accusé de meurtre, ou en passe de l'être, c'est mauvais pour le commerce. Jack s'est probablement déplacé pour le mettre à la porte et s'épargner des amalgames entre lui et sa société.

— Je peux te parler ?

Comme s'il avait le choix…

— Bien sûr.

— Tu n'aurais pas un truc à boire ? demande-t-il en s'installant sur le canapé.

Owen s'exécute et leur sert deux verres de bourbon. Jack en avale plusieurs gorgées avant de claquer la langue sur son palais.

— Mon garçon, tu sais à quel point je t'apprécie, commence-t-il. Je te considère comme le fils que je n'ai jamais eu, et cela malgré tes choix récents…

Owen se rembrunit.

— Je ne te cache pas que ce qui se passe en ce moment est un coup dur pour nous tous, mais ta famille d'adoption est d'accord pour te soutenir, poursuit Jack.

— Me soutenir ?

Jack hoche la tête.

— Tu sais à quel point Sally tient à toi et à votre couple. Elle est prête à te fournir des alibis pour tous les soirs où ces femmes ont été enlevées. Et moi, je vais te payer un bon avocat afin de t'aider à sortir de ce pétrin.

Owen reste muet de stupéfaction avant de secouer la tête.

— Jack, les enquêteurs m'ont déjà posé des questions, et j'ai répondu. Sally ne peut pas faire ça !

Ils sauraient tout de suite qu'il s'agit d'un faux témoignage. Ça ne ferait qu'aggraver les choses.

— Pas si tu bénéficies d'un excellent avocat qui jouera sur ton amnésie, réplique Jack.

— Mon amnésie ?

— Oui. On pourrait prouver que tu souffres toujours de troubles de la mémoire suite à ton accident.

— C'est trop dangereux, Jack. Ils en déduiraient juste que je suis un menteur.

Jack lui lance un regard agacé.

— Ne rends pas les choses plus difficiles qu'elles ne le sont déjà, Owen. Nous sommes prêts à te tendre la main, malgré tout ce dont la police t'accuse. Ne repousse pas notre aide.

Owen reste silencieux quelques instants.

— Pourquoi feriez-vous ça ?

— Nous te sauvons la mise et, en échange, nous voulons que tu retournes avec Sally.

Owen se crispe, comme chaque fois que ce sujet est évoqué.

— Sois raisonnable, Owen ! insiste Jack. Sans nous, tu finiras en prison. L'amour que te porte notre fille est ta seule chance.

Owen ne mentionne pas que, pour lui, les deux options se valent. Il remarque aussi que la question de son innocence ou du fait que Sally se retrouve potentiellement entre les pattes d'un tueur en série n'effleure même pas Jack et Kathleen. Ils veulent juste se libérer d'un fardeau encombrant, quel qu'en soit le prix.

— Je n'ai rien fait à ces filles, Jack, clame Owen dans un sursaut d'optimisme. Ils s'en rendront bien compte d'eux-mêmes.

— C'est ce que tu crois ! Les erreurs judiciaires sont courantes. Ne reste pas seul pour affronter cette situation alors que, grâce à nous, tu pourrais reprendre le cours de ta vie avec Sally. Tu pourrais lui donner un enfant pour remplacer celui que vous avez perdu. Ensuite, tout rentrera dans l'ordre.

L'esprit d'Owen se fissure à ce douloureux rappel. Profitant de cette brèche, un flot de souvenirs qu'il tient d'habitude à distance l'envahit.

Quand il a fini par céder en acceptant de sortir avec Sally, il a ouvert la boîte de Pandore. Il imaginait qu'en restant distant lors de leur premier rendez-vous elle comprendrait qu'il n'était pas intéressé. Il s'est trompé, une fois de plus. Rapidement, il s'est retrouvé à la voir deux à trois fois par semaine. Le fait qu'il ne soit pas demandeur ne l'a jamais découragée. Sans s'en rendre compte, Owen a fini par se laisser amadouer et par attendre leurs rencards avec une certaine forme d'impatience.

Owen se prend la tête entre les mains pour essayer de bloquer le flux de ses pensées. Peine perdue.

Quand, un mois et demi après leur première sortie, elle lui a demandé si elle pouvait passer chez lui après la séance de cinéma, il a accepté. Et l'inéluctable s'est produit. À cet instant de ses souvenirs, il pourrait se mentir en disant que c'est elle qui lui a sauté dessus, mais ça serait faux. Après tout ce temps à la fréquenter sans la toucher, c'est lui qui l'a prise dans ses bras pour l'embrasser, lui qui l'a conduite jusqu'à sa chambre pour la déshabiller et lui faire l'amour. Encore une fois, il pourrait travestir la vérité en affirmant que, dès le départ, il a détesté le contact de sa peau et sa façon de se donner à lui. Oui. Ça serait sans doute plus facile de nier leur complicité immédiate et la passion qu'il a éprouvée pour elle, afin de mieux accepter tout ce qu'il a perdu par la suite.

Après cette soirée, ils ne se sont quasiment plus quittés et, à peine deux mois après, elle emménageait chez lui, dans son petit deux-pièces. À cette époque, il se sentait vraiment bien avec elle, suffisamment en tout cas pour la demander en mariage un peu plus d'un an plus tard. La cérémonie a eu lieu deux ans après leur premier rendez-vous. Ce jour-là, Sally et sa famille ont presque réussi à lui faire oublier le fait qu'il était le seul représentant de son côté.

Owen passe la main dans ses cheveux, alors que Jack observe ses réactions.

Quelques mois après leur union et l'emménagement dans leur maison, Sally a changé, elle est devenue plus directive, plus intransigeante, plus cassante. Comme une grenouille placée dans l'eau froide, Owen a laissé l'eau chauffer sans réagir lorsque Sally a commencé à l'appeler de plus en plus souvent pour savoir ce qu'il faisait, où et avec qui il était. La situation n'a fait qu'empirer par la suite puisqu'elle s'est mise à le prendre en filature. Ça n'était pas normal, mais par amour il supportait tous ses excès. Et puis, vers qui aurait-il pu se tourner pour s'en plaindre ? Jack et Kathleen lui trouvaient toujours des excuses et minimisaient la gravité de son état.

— Vous voulez que j'aie un autre enfant ! Avec Sally ? manque-t-il de s'étrangler.

— Oui. Je pense que cette décision serait une bonne chose, pour vous deux.

Owen attrape son verre de whisky et observe le liquide ambré lécher les parois.

Sally et lui étaient au restaurant quand elle a évoqué l'idée d'avoir un bébé. Après trois années de mariage orageuses, Owen a imaginé que ce bébé la rassurerait sur son engagement envers elle et que cela apaiserait ses crises d'angoisse et de paranoïa. Il a donné son accord, et Sally a arrêté de prendre la pilule le soir même. Trois mois plus tard, elle était enceinte. Owen a alors vécu un cauchemar ininterrompu de neuf mois pendant lesquels il a fini par comprendre que Sally était vraiment malade. Encore une fois, ses parents sont restés sourds à ses appels au secours.

Owen était dans la salle d'accouchement pour soutenir Sally quand Amy est née. Il se souvient que la sage-femme lui a posé le bébé dans les bras et donné un biberon. Jamais il n'oubliera la chaleur des petits doigts de sa fille serrés autour de son index pendant qu'elle tétait goulûment.

Un flot d'émotions l'envahit. Owen avale d'un trait le contenu de son verre pour chasser ces images qui ne peuvent lui apporter que souffrance et regrets. Pourtant, cette fois rien n'y fait. Sa mémoire si capricieuse en temps normal laisse se dérouler des souvenirs qui se plantent dans son cœur comme des flèches.

Owen a rapidement constaté que, loin d'apaiser Sally, la naissance d'Amy l'a encore plus fragilisée nerveusement. Les thérapeutes qu'il l'a obligée à consulter ont évoqué une dépression post-partum particulièrement sévère, qui s'est ajoutée à ses problèmes existants. Owen a une nouvelle fois cherché le soutien de Kathleen et Jack, mais ils se sont réfugiés derrière l'avis des médecins. Leur fille irait très bien maintenant qu'elle était sous médicaments.

De plus en plus alarmé par ses sautes d'humeur et ses coups de sang, Owen s'occupait le plus souvent possible de sa fille, un véritable rayon de soleil illuminant les ténèbres de sa vie aux côtés d'une folle. Les sourires d'Amy aplanissaient tous les hauts et les bas de Sally et rendaient chaque moment passé à se faire humilier par elle moins douloureux. Sa fille valait bien ce sacrifice.

Et puis, il y a eu cet appel fatidique. Sally lui a téléphoné pour savoir où il était. Le matin même, elle lui avait ordonné de faire une halte dans une supérette pour acheter du lait pour la petite, mais elle avait dû oublier. Il est rentré le plus rapidement possible pour essayer d'enrayer la crise. Rendue hystérique par son retard, Sally errait dans l'entrée en s'arrachant les cheveux et en tenant des propos incohérents. Terrifié par son état, il lui a demandé où était Amy. Sa réponse lui a glacé le cœur.

« Dans son bain. »

Comme si un bébé d'un an pouvait prendre un bain seul ! Owen est monté à l'étage en courant. Il a ouvert la porte de la salle de bains si fort qu'elle a rebondi en claquant contre le mur. Il s'est penché au-dessus de la baignoire. Encore aujourd'hui, il ressent la même appréhension face au silence qui l'a accueilli, la même terreur insidieuse, la même fatalité face à l'évidence et la même souffrance à l'état brut, qui a labouré son âme quand il a vu le corps de la petite en train de flotter sur le ventre, son visage immobile immergé dans l'eau. Il l'a immédiatement sortie de là. Malgré ses tentatives désespérées pour essayer de la ranimer et l'intervention rapide des secours, Amy n'a pu être sauvée.

Owen a perdu son magnifique et adorable bébé.

Il écrase une larme sous ses doigts alors que la colère enfle en lui.

Après l'enterrement, il a tout fait pour que Sally soit internée, principalement parce qu'à la suite du choc elle ne se souvenait plus qu'ils avaient eu un enfant ensemble et qu'elle l'avait tué. Ses parents ont fait appel à leurs relations afin qu'elle s'en sorte indemne, et le tour était joué : la noyade d'Amy a été classée comme un regrettable accident.

Owen n'a pas pu le supporter. C'est à ce moment-là qu'il a jeté l'éponge et contacté un avocat pour demander le divorce.

Il prend une inspiration comme si c'étaient ses poumons à lui qui s'étaient remplis d'eau au fil de ses souvenirs. Il relève ses yeux pleins de larmes vers Jack.

— Alors que dis-tu de mon offre, Owen ? insiste un Jack mal à l'aise à cause de son silence.

Et, deux ans après avoir obtenu gain de cause, Owen en est encore réduit à devoir justifier ses choix, alors qu'ils font tous comme si Amy n'avait jamais existé.

— Amy est morte parce que votre fille l'a laissée se noyer ! lance-t-il d'une voix brisée. Jamais je ne lui donnerai un autre enfant ! Vous entendez ? Elle est trop dangereuse et incapable de s'en occuper. Je vous ai alertés un nombre incalculable de fois sur son état, mais vous ne m'avez pas cru. Vous et Kathleen êtes aussi responsables qu'elle de la mort d'Amy !

Choqué par son accès de rébellion inédit, Jack le dévisage.

— Sois raisonnable, Owen. Ne repousse pas ma main tendue.

— Sortez de chez moi, Jack. Sortez immédiatement !

Son regard effraie suffisamment son ex-beau-père pour qu'il prenne la fuite sans demander son reste.

Owen s'affale sur son canapé, le cœur ravagé par les souvenirs qui dansent dans son esprit : le rire cristallin d'une petite fille qu'il ne verra jamais grandir, la texture chaude de ses joues potelées, l'odeur de ses cheveux soyeux, le bruit de sa respiration qu'il venait écouter en cachette la nuit, le petit ange ailé gravé sur sa pierre tombale…

Un coup timide contre la porte d'entrée le sort de son apathie. Anéanti, il se relève et ouvre sans même vérifier qui peut bien se tenir derrière. Un corps se précipite contre le sien et le serre, l'obligeant à se réancrer dans le présent. Il baisse la tête vers son visiteur.

— Jenna ? s'étonne-t-il.

— Owen ! Je suis désolée…

— Qu'est-ce que tu fais là ? demande-t-il avec agressivité.

Après tout, elle fait partie du camp de ceux qui l'accusent d'être un meurtrier.

— Je suis venue dès la fin de mon service. Comment vas-tu ? s'inquiète-t-elle en découvrant sa mine épouvantable et ses yeux rouges.

Visiblement, elle ne le considère pas comme ses collègues. Il se détend.

— Je me sens… comme un mec innocent que le FBI accuse de meurtres. C'était horrible d'être face à eux et d'avoir l'impression qu'ils avaient déjà décidé de ma culpabilité. Tu comprends, la première fois, j'y étais en tant que témoin… Là…

— Chut, Owen. Nous étions ensemble le soir où le corps d'Edwina Scofield a été déposé. Ils ne peuvent pas inventer des charges contre toi.

— Tu oublies mon ADN ? Comment est-il arrivé sur ces filles, bon sang ?

— Tout va s'arranger, Owen. Je te le promets. Ils vont forcément découvrir le vrai coupable.

Elle ouvre les bras pour qu'il s'y réfugie. Il enfouit son visage dans le cou de la jeune femme, et sa chaleur le réconforte.

25

La lumière qui provient du plafond l'éblouit. Il grogne et tend le bras pour se protéger les yeux. Son cerveau lui envoie des décharges fulgurantes de douleur qui irradient jusque dans son cou. Il tangue comme un homme ivre, mais poursuit son avancée.

Il doit avoir une commotion pour être aussi mal en point. Il n'a qu'une seule envie : s'allonger et dormir. Mais il n'a pas le choix parce que son erreur pourrait s'avérer fatale. Un frisson de terreur chasse une partie de son étourdissement. Poussé par un sentiment d'urgence, il se précipite droit devant. Il entend des encouragements mêlés de sanglots qui résonnent faiblement dans l'espace clos. D'ailleurs, ces voix semblent si étouffées qu'il ne parvient pas à en déterminer la provenance.

L'instinct l'emporte sur son état. Il accélère encore. Il pose le pied sur une première marche et s'aide de la rambarde pour franchir la deuxième. Animé par sa seule volonté, il a atteint le milieu de l'escalier quand sa semelle en caoutchouc dérape sur une matière visqueuse. Il n'en fallait pas plus. Il glisse, perd l'équilibre et se sent partir sur le côté. Il a juste le temps de se rattraper à la rampe qui grince sous son poids. Ses côtes heurtent les arêtes carrelées. Il pousse un ahanement de souffrance. Affalé dans l'escalier, il souffle comme un bœuf. Sa main repose au milieu d'une flaque de sang, pas le sien, heureusement. Cette vision lui redonne un peu de force. Il se relève et reprend son ascension.

Il débouche dans la cuisine, remarque la porte arrière restée grande ouverte et les silhouettes fantomatiques qui s'éloignent dans la nuit. Il se met à courir. Son pas est mal assuré, pourtant il gagne rapidement du terrain. Il atteint la forêt. Aiguillonné par la certitude de ce qui l'attend s'il échoue, il avance encore plus vite. Dans le noir, il ne voit pas les pièges tendus par la nature. Son pied s'enfonce entre deux racines, et il fait un vol plané. Il s'écorche le front et les paumes en heurtant le sol. Sonné, il met quelques secondes à stabiliser le décor qui tourne dans une farandole folle autour de lui.

Vite !

Il se redresse en gémissant. Son corps lui envoie des signaux d'alerte de toutes parts, mais il n'en tient pas compte. Il reprend sa course en boitillant en direction des voix qu'il croit entendre devant lui. Bientôt pourtant, la furie du torrent voisin qui coule au fond d'un ravin encaissé noie toutes ses autres perceptions. Il ne distingue plus que le bruit de l'eau qui se déchaîne. L'angoisse se diffuse dans ses veines.

Il ne peut pas abandonner maintenant !

Il avance à tâtons entre les arbres, de plus en plus lentement à mesure que chaque pas déclenche des ondes de souffrance partant de sa cheville et remontant le long de sa jambe. Il sort du couvert de la forêt. La lune éclaire le promontoire rocheux où il se trouve et les parois abruptes des gorges du torrent.

Il tourne sur lui-même sans savoir où chercher, se penche légèrement en avant pour voir le fond du canyon, où l'eau bouillonne avec furie. Soudain, il entend un craquement derrière lui. Le temps de se retourner, une ombre fond sur lui. Un choc brutal au niveau de l'abdomen le propulse en arrière. L'air s'échappe de ses poumons.

Il recule, mais son pied ne rencontre que le vide. Il est entraîné vers l'abîme par son propre poids. Il pousse un cri déchirant. Ses mains s'agitent devant lui en une tentative désespérée pour se raccrocher à quelque chose. Peine perdue. Il se sent tomber. Le bruit de l'eau se rapproche dangereusement alors que la lune rétrécit dans son champ de vision. Et soudain, il perçoit le son mat de son dos heurtant la roche. La douleur explose dans tout son corps, sature ses nerfs et lui donne envie de mourir. Il ne trouve même pas la force de crier tant la souffrance est insoutenable.

Son cerveau ne fonctionne plus que de façon erratique, mais il comprend vite que le torrent n'en a pas fini avec lui. Le courant s'est, en effet, emparé de sa jambe et l'entraîne irrésistiblement. Sans qu'il puisse s'y opposer, sa carcasse brisée glisse du rocher. Il est emporté par les flots et malmené comme un pissenlit dans le vent. Il n'a plus le contrôle de ses membres, et cela le terrifie presque plus que lorsque sa tête passe sous la surface et qu'il coule à pic. L'eau envahit sa bouche. Il pousse un hurlement de détresse. Ses doigts presque inertes frôlent quelque chose au-dessus de lui. Dans un réflexe désespéré, il s'accroche et tente de se hisser, mais ses forces s'amenuisent.

Owen ouvre les yeux. Il met quelques secondes avant de reconnaître le décor de sa chambre et de discerner le souffle paisible de Jenna qui dort à côté de lui. Il se redresse, s'assoit au bord du matelas et se prend la tête dans les mains.

Les images de ce rêve se fichent de plus en plus précisément dans son esprit dorénavant. Il n'aime pas ce qu'elles éveillent en lui. Il déteste la sensation de terreur et d'insécurité qu'elles drainent dans leur sillage.

— Owen ? Tu as encore fait un cauchemar ? demande Jenna en calant sa paume fraîche sur sa nuque avant de suivre les cicatrices qui courent le long de sa colonne vertébrale avec ses doigts.

Il se tourne vers elle.

— Rendors-toi, ne t'inquiète pas.

Au contraire, elle se met à genoux derrière lui et plaque le ventre contre son dos pour le serrer dans ses bras.

— J'aimerais tellement te soulager, souffle-t-elle.

Il pose la main sur les siennes et les étreint.

— Ta présence me réconforte. Merci d'être venue, malgré tout ce que tes collègues disent de moi.

— Je ne comprends même pas comment tu as pu douter de ce que, moi, j'en penserais.

— Tu n'es peut-être pas très objective…

— Sans doute, mais je sais aligner des informations et voir qu'elles ne concordent pas.

Sentant son désespoir, elle saisit son menton entre ses doigts pour lui faire tourner la tête vers elle. Elle l'observe un instant comme si elle cherchait une réponse en lui, avant que son expression s'adoucisse sous l'effet de la compréhension.

— Je t'aime, Owen.

Et, sans lui laisser le temps de réagir, elle l'embrasse.

26

Comme Annie le lui avait annoncé, les trois premiers jours de sa captivité furent sans conteste bien plus difficiles que tout ce que Mary avait pu traverser jusqu'à présent. Enfermée dans cet espace réduit, enchaînée comme un chien, condamnée à l'inactivité et à vivre au rythme imposé par l'éclairage de sa cellule et par les visites de son tortionnaire, elle avait frôlé la folie. Rien dans sa pitoyable situation ne pouvait, en effet, la détourner de la pulsation douloureuse qui vrillait son bas-ventre et ramenait sans cesse son esprit sur ce que ce monstre lui avait fait subir, malgré ses vaines tentatives de résistance et la crispation de son corps perclus de souffrance. Les images tournaient en boucle dans sa tête et avec elles les questions : pourquoi, pourquoi elle, comment osait-il faire aussi mal à un autre être humain, que cherchait-il en lui infligeant ça, combien de temps la garderait-il prisonnière ?

Quand elle le vit entrer pour la onzième ou douzième fois depuis son arrivée dans cette cage et surtout si rapidement après sa dernière visite, elle sut qu'il avait gagné. Elle ne résisterait pas à un viol supplémentaire, que ce soit physiquement ou moralement. Pourtant, une petite voix lui souffla que si elle montrait son abattement elle deviendrait inutile pour lui. Mary rassembla les ultimes bribes de sa volonté pour lui jeter un regard haineux qui le fit ricaner.

Elle avait échoué... Une terreur rampante balaya ses résolutions et lui donna envie de mourir dans l'instant, mais elle la masqua derrière une attitude bravache. Il la dévisagea avec insistance avant de déposer à terre une assiette de nourriture dont la simple odeur la fit saliver.

Il ressortit et rapporta un carton rempli d'ustensiles. Il les lui montra un par un : du savon, de la sciure pour recouvrir ses besoins, du papier-toilette et des récipients en plastique de tailles diverses pour collecter de l'eau.

— Mange et lave-toi. Je veux que tu sentes meilleur la prochaine fois que je te rendrai visite.

La prochaine fois ? Obnubilée par l'effroyable perspective de son avenir, elle ne répondit pas. Il lui saisit le menton entre ses doigts puissants, la faisant gémir sous l'effet de la surprise et de la douleur.

— Tu as entendu ?

— Oui ! cracha-t-elle en reculant pour échapper à son contact répugnant.

En voyant l'étincelle de désir dans son regard, elle comprit qu'il hésitait à profiter de son état d'esprit belliqueux. Puis il baissa les yeux sur le sang encore frais qui maculait l'intérieur de ses cuisses. Il sembla peser le pour et le contre, avant de changer d'avis, car il devait savoir quand il fallait lâcher du mou, le temps qu'elles reprennent des forces et qu'elles se remettent de leurs émotions.

Dès qu'il referma la porte derrière lui, Mary se jeta sur l'assiette en plastique et utilisa ses doigts pour manger le ragoût qu'il lui avait servi. Elle crut défaillir en sentant le goût délicat de la viande et des pommes de terre rôties sur sa langue. Après tous ces jours passés à ne boire que de l'eau, l'explosion de saveurs lui donna envie de fondre en larmes. Elle dégusta chaque bouchée en la faisant durer au maximum, tout en repoussant la sensation déroutante de gratitude qui menaçait de l'envahir.

Quand elle fut rassasiée, elle se tourna vers ses « cadeaux ». Elle s'en approcha avec prudence et les frôla du bout des doigts. Annie lui avait parlé de ces récompenses qui venaient à l'issue des trois premiers jours de séquestration. Mary s'effondra presque sous l'effet du soulagement en se souvenant de ses paroles : à présent, il ne viendrait plus aussi souvent lui rendre visite. Cette baisse brutale dans ses priorités la terrifia, et pourtant ce maigre répit lui fit encore monter les larmes aux yeux.

Elle s'autorisa un bref moment d'autoapitoiement avant de se secouer pour analyser sa situation. Les circonstances de son départ en pleine nuit de chez son père induisaient que personne ne la chercherait du côté des victimes. Ils concluraient au contraire à une cavale consécutive au crime qu'elle avait commis. Elle ne pouvait donc compter que sur elle-même pour trouver un plan pour s'échapper. Elle abandonna d'emblée l'idée d'utiliser le savon, la sciure et le papier-toilette contre lui, ça aurait été ridicule. Elle s'empara des boîtes pour tester leur résistance. La bonne blague ! Le plastique était si mou et déformable que, même en frappant une mouche de toutes ses forces avec, elle ne l'aurait pas tuée. Il était bien trop rodé pour fournir à ses captives des armes contre lui !

Le découragement lui serra la gorge. Était-elle capable d'endurer ça jusqu'à ce qu'une hypothétique opportunité de fuir se présente ? Elle frémit en songeant à l'ingéniosité du dispositif de ce type. Et si cette chance ne se présentait jamais ? Et si elle se présentait mais qu'à ce moment-là Mary ne trouvait plus la volonté nécessaire en elle pour la saisir ? C'est vrai, ça ; en combien de temps pouvait-on perdre la tête dans sa situation ? Il suffisait de constater ce qui se passait dans la cellule voisine pour se rendre compte que l'esprit humain avait ses limites et que, dans ce genre d'environnement, elles pouvaient très vite être atteintes. Lasse de cette nuée de questions sans réponses, Mary finit par se rouler en boule sur son lit.

Un claquement de porte la tira du sommeil. Elle n'eut pas le temps d'avoir peur, car elle entendit le déclic de la serrure d'Annie.

Presque immédiatement, cette dernière se mit à hurler. Horrifiée, Mary plaqua la paume de ses mains sur ses oreilles, mais les cris de son infortunée compagne, portés par cette maudite grille de séparation, pénétrèrent ses défenses. Voilà qu'elle revivait, à travers les bruits, les grincements et les gémissements, tout ce qu'elle-même avait subi.

L'écho de la souffrance de l'une réveillant celle de l'autre dans un kaléidoscope de désespoir sans fin. Son dispositif cruel avait été pensé pour maximiser leur découragement. Pourtant, au lieu de la fragiliser davantage, cette certitude lui permit de reprendre l'ascendant sur sa détresse. Il fallait faire appel à ses vieux réflexes de survie. Son père recevait souvent du monde le soir. Le bruit avait accompagné presque toutes ses nuits depuis quelques années. Au fil du temps, elle avait appris à faire abstraction de tout ce qui se déroulait hors de sa chambre pour grappiller quelques heures de sommeil. Elle clôtura son esprit et, quand elle osa tendre à nouveau l'oreille, l'homme était reparti.

C'est à cet instant que Mary sut qu'elle serait assez forte pour survivre et pour s'en sortir. Elle ne savait pas encore comment, mais elle aurait le dessus sur lui.

Un jour, oui.

Pendant les semaines et les mois qui suivirent, Mary se conforma aux règles et s'adapta aux visites impromptues de ce monstre. Dès qu'elle entendait la clé dans la serrure de sa cellule, elle se tenait prête. Elle l'observait sans relâche pour chercher à détecter les failles exploitables lorsque la porte restait ouverte. Elle n'en trouva pas, mais elle ne se résigna jamais.

Mary apprit à reconnaître chacun des sons produits par Annie et, grâce à eux, à savoir comment elle se sentait. Elle apprit à calmer l'agitation de sa voisine et à soulager ses angoisses en lui parlant d'une voix douce. Quand son état se détériora, Mary apprit à mettre son corps en veille pour rester saine d'esprit dès qu'Annie partait en vrille. Mary apprit surtout à diriger sa volonté vers une seule idée, un seul but, sans en dévier.

Un jour, peut-être.

Finalement, elle perdit le compte du temps, mais il devait s'être écoulé plusieurs années, car sa morphologie avait changé. Elle était bien contrainte de le constater, même si elle refusait de s'appesantir sur le sujet. Pour elle, son organisme était un boulet qu'elle abandonnait contrainte et forcée à ce monstre, quand sa détermination, elle, restait focalisée sur son objectif.

Alors que la volonté de Mary devenait plus forte, celle d'Annie chancela. Elle se renferma sur elle-même. Elle, qui avait l'habitude de chantonner, n'émettait plus un son depuis plusieurs jours. Son esprit finit même par rompre totalement. Lors des dernières visites de leur tortionnaire, elle ne réagissait plus. Mary imaginait bien que cela ne devait pas plaire à ce taré.

La sanction ne tarda d'ailleurs pas à arriver. Mary était en train de se laver les cheveux quand elle entendit une cavalcade dans l'escalier. Il ne s'était jamais déplacé aussi bruyamment, même si le claquement de ses talons sur le sol faisait partie intégrante de sa mise en scène quand il leur rendait visite.

La porte voisine s'ouvrit. L'homme entra. Mary distingua alors des bruits qui ressemblaient à des petites tapes, comme celles qu'on donne à quelqu'un qui est tombé dans les vapes.

— Elle ne réagit plus du tout, constata-t-il au bout d'une poignée de secondes.

Mary capta son désappointement, alors qu'il se parlait à lui-même, en bon fou qu'il était.

Sans refermer la porte de la cellule derrière lui, il remonta l'escalier. Mary se redressa avec une lueur d'espoir dans le regard. Et si c'était ça, la solution ? Il revint presque immédiatement cependant. Son déplacement était accompagné d'un son qu'elle n'avait pas entendu depuis très longtemps, celui d'un sac plastique qu'on froisse.

Annie s'agita.

— Ne bouge pas. Là, là, c'est bientôt fini, lança-t-il, vaguement essoufflé.

Mary distingua des chocs comme si Annie avait repris la lutte. Son lit grinça et heurta violemment le mur. Mary ne savait pas ce qu'il lui faisait, mais elle comprit l'aspect définitif de la chose quand l'homme soupira.

Il avait usé Annie jusqu'à la corde et il se débarrassait d'elle comme il l'aurait fait d'un déchet. Mary espéra ne jamais devenir aussi inutile que sa défunte voisine.

— C'est plié pour toi. Place à la suivante.

Mary ne put retenir un gémissement qui fut heureusement masqué par le bruit du corps d'Annie qu'il jeta en travers de son épaule.

Une autre ? Mary cacha sa bouche derrière ses mains pour étouffer sa réaction horrifiée. Le découragement s'abattit sur elle comme une vague immense. Ce type avait manifestement l'habitude. Quelles étaient ses chances à elle de le vaincre, là où toutes les autres avaient échoué, y laissant leur vie ? Elle enfouit la tête dans son oreiller pour évacuer son désespoir. Elle ne s'accorda cet instant de faiblesse que parce qu'il s'occupait du corps d'Annie et ne pouvait l'entendre. Il fallait bien admettre que ce n'était pas une bonne idée du tout, car elle eut un mal de chien à renfiler les pièces de son armure mentale pour leur prochain affrontement.

Cependant, il la laissa tranquille pendant ce qui lui sembla plusieurs jours. Il ne lui apporta même pas de quoi se nourrir. À bien y réfléchir, elle n'entendait plus les raclements qui signalaient sa présence à l'étage. Et s'il avait eu un accident ? Mary s'imaginait en train de mourir de faim, seule ici, en enfer. Cette image la décida à tenter quelque chose, mais elle eut beau essayer, elle ne parvint pas à se débarrasser de ses chaînes. Et de toute façon, à quoi bon, puisqu'il y aurait eu l'infranchissable porte entre elle et la liberté ensuite...

Quand elle entendit ses pas lourds dans l'escalier, elle fut stupéfaite de ressentir autant de haine que de soulagement à l'idée qu'il ne l'avait pas oubliée. Encore une fois, pourtant, il ne venait pas pour elle. Elle perçut des mouvements et le tintement de la chaîne d'Annie.

— Et voilà. Tu seras bien ici.

Mary distingua un claquement alors que le bracelet métallique se refermait sur une nouvelle captive. Il avait trouvé une remplaçante à Annie. Comme il l'aurait fait avec une ampoule cassée, il venait d'aller faire ses courses et il revenait avec sa nouvelle trouvaille.

Elle ne devait pas être réveillée et apte à subir ses assauts bestiaux dans l'immédiat, car Mary entendit la clé tourner dans sa serrure. Elle se détourna, refusant de lui montrer à quel point elle avait attendu sa venue et à quel point elle avait faim. La porte s'ouvrit et se referma derrière lui. Il resta silencieux et immobile. Mary n'osait même pas respirer.

— Tu vas m'ignorer encore longtemps ?

Avec un froncement de sourcils étonné, elle lui fit face avant de se figer. Un froid terrible satura ses perceptions, comme si quelqu'un avait versé un bol de glaçons directement dans sa boîte crânienne.

— J'ai réussi à attirer ton attention, c'est bon ? Alors, allonge-toi et écarte les jambes.

Elle qui était restée si forte, ou presque, jusqu'à présent sentit sa raison s'effondrer. C'était un cauchemar !

Mary recula en hurlant et en faisant tinter sa chaîne. Amusé au point de rire de sa surprise, il se pencha au-dessus d'elle et attrapa sa cheville pour la tirer vers lui. Sous le choc, elle se débattit mollement, mais il ne sembla pas se formaliser de son manque de combativité.

Le poids de son corps lui coupa le souffle, surtout lorsqu'il s'appuya sur elle le temps de libérer son sexe. Elle ferma les yeux, mais ce fut encore pire, car elle ne sentait plus que la brutalité exacerbée avec laquelle il se comportait. Les sons qu'il émit en jouissant lui soulevèrent le cœur.

Avant de ressortir, il se tourna une dernière fois vers elle.

— Au fait, tu n'as pas faim ?

Il déposa une assiette pleine à sa place habituelle près de la porte avant de refermer derrière lui et de la laisser seule.

À cet instant seulement, elle s'autorisa à pleurer, sans penser à son armure ou aux risques encourus. Elle qui pensait avoir saisi les règles de sa captivité venait de comprendre qu'il n'en était rien. D'un geste négligent, son tortionnaire venait de balayer tous ses repères. Son univers venait une nouvelle fois de voler en éclats.

27

Lorsqu'il ouvre les yeux le lendemain de tout ce cirque médiatique, Owen s'assoit au bord de son lit, se passe la main dans les cheveux et derrière la nuque pour tenter d'en dénouer les tensions. Son état de nerfs ne joue vraiment pas en faveur de ses douleurs, devenues chroniques suite aux multiples fractures et aux névromes qu'elles ont occasionnés. Sa consommation de Fentanyl crève le plafond ces derniers temps.

Le regard dans le vide, il hésite sur la conduite à tenir. Doit-il se rendre au travail, comme si de rien n'était, après son altercation avec Jack ? D'ailleurs, peut-il considérer qu'il fait encore partie du staff de la Wallers Auto Sales, après son coup d'éclat ? Et, si oui, est-ce que les gens accepteront d'être conseillés par un homme dont ils ont vu le visage aux infos ?

Le découragement s'empare de lui. Il a envie de se recoucher et de faire le mort jusqu'à ce que le vrai coupable soit arrêté et que toute cette merde se termine.

— Owen… Tu peux pas arrêter ton foutu réveil… grogne Jenna.

Il attrape son téléphone et coupe la sonnerie.

— Désolé.

Elle s'assoit dans le lit en bâillant, passe les mains dans ses cheveux emmêlés par leur nuit agitée.

— Laisse-moi deviner, tu dois aller bosser ? soupire-t-elle.

— Je dois discuter avec mon patron. J'ai besoin de ce job, alors…

— OK, alors je suis déjà partie.

Elle s'étire avant de rejeter les draps et de se lever. Nue, elle se déplace dans la pièce sans aucune gêne. Tandis qu'il la regarde se rhabiller avec ses vêtements de la veille, il observe son corps et ne peut s'empêcher de faire la comparaison avec celui de Sally. C'est comme si l'une incarnait la vie pendant que l'autre n'était plus qu'un cadavre en sursis. Inconsciemment, il lève les yeux vers le plafond, là où se trouve la chambre de son ex, qui n'a pas dû manquer grand-chose de leur nuit.

— Tu crois qu'elle est toujours en vie ? demande Jenna avec désinvolture en devinant la tournure de ses pensées.

— C'est pas drôle… soupire-t-il en grimaçant. Imagine… Tu pourrais vivre avec ça sur la conscience, en sachant que c'est notre bonheur qui l'a tuée ?

Jenna secoue la tête et s'approche pour lui caresser la joue.

— Mon pauvre Owen. Je ne sais pas dans quelle famille de timbrés tu es tombé, mais tu mérites que quelqu'un te dise que, si elle meurt, la seule coupable ce sera elle. Tu mérites de sortir de cette spirale infernale et, pour ça, tu devrais commencer par chercher un autre boulot.

— Tu crois vraiment que c'est le bon moment avec ce que tes collègues essayent de me mettre sur le dos ?

Elle suspend son geste alors qu'elle était en train d'attacher ses cheveux avec une pince.

— Un point pour toi. Mais promets-moi que, dès que tu seras lavé de tout soupçon, tu feras ce qu'il faut pour toi et pour nous deux.

Un sourire éclaire son visage à cette idée.

— Bien sûr, Jenna. Merci de croire en moi.

Il file sous la douche pour se préparer. Quand il sort de sa chambre, elle est assise dans le salon, absorbée par la lecture de son écran de téléphone.

— Alors, je suis coupable ? lance-t-il.

Elle se tourne vers lui.

— Non. Comme ils n'ont rien à se mettre sous la dent, les journalistes répètent que la police est en train de vérifier ton témoignage.

— Je suis redevenu un simple témoin ? demande-t-il avec soulagement.

— Il semblerait, répond-elle en se glissant entre ses bras.

Il se sent soudain fier d'avoir réussi à conquérir l'amour d'une femme aussi indépendante et intrépide. Il la serre contre lui et lui embrasse le sommet de la tête. Elle s'écarte d'elle-même.

— Allons-y avant que je te mette en retard.

Ils rejoignent la porte. Owen ouvre le battant et invite Jenna à sortir. Il a juste le temps de se retourner quand il entend un hurlement glaçant.

— Salope ! Sale pute !

Sally court vers eux, un couteau à la main. Dans un réflexe, Owen repousse Jenna derrière lui et s'interpose. Le regard fou de Sally se voile avant de s'éteindre. Elle a vu son geste protecteur. Comme elle ne pourra jamais s'en prendre à lui, elle tombe à genoux à ses pieds. Les épaules basses, elle se met à gémir.

— Owen ! Pourquoi tu cherches à me faire souffrir ? Je t'aime, reviens ! Je t'en supplie…

Il se crispe en la voyant agiter sa lame de façon inconsciente. Il avance la main vers elle avec autorité.

— Donne-moi ce couteau, Sally.

— Et tu m'aimeras à nouveau ? lui demande-t-elle avec le regard d'une dévote.

— Obéis !

Comme il vient de hausser la voix, elle lui tend son arme qu'il récupère d'un geste sec.

— Rentre chez toi, Sally.

— Mais tu as dit que…

Il secoue la tête.

— Ça suffit, maintenant ! Arrête tes conneries ! Je ne reviendrai pas avec toi. Tu entends ? Alors, fais ce qu'il faut pour te soigner et trouve un autre mec à emmerder !

Il jette le couteau dans son entrée avant de fermer la porte à clé.

— C'est pas possible, Owen ! geint-elle en s'accrochant à son bras comme une désespérée. Tu ne peux pas me sortir de ton existence comme ça. Pas après tous les beaux moments qu'on a passés ensemble…

Il s'écarte d'elle avec un mouvement de répulsion qui lui arrache une grimace de douleur. Damnées articulations…

— Des beaux moments ? Tu veux parler de ta paranoïa, de ta jalousie maladive et de ta cyclothymie qui m'ont fait vivre un enfer ? Tu veux qu'on évoque la noyade de notre fille que tu as complètement oubliée dans son bain ?

Sally pose les mains sur ses oreilles. Owen a aussi capté la réaction choquée de Jenna.

— Tu as tout gâché, Sally ! Tout. Il n'y a rien à sauver dans notre mariage. Admets-le avant de faire une chose stupide pour une histoire qui n'en valait vraiment pas la peine.

Elle reste là, au milieu de son allée ombragée, sonnée mais pas vaincue. Il le sait.

— Écarte-toi de notre chemin, maintenant.

Surprise par son ton, elle esquisse un pas de côté. Owen attrape la main d'une Jenna sidérée par la scène et l'entraîne derrière lui en contournant Sally.

— Owen… entendent-ils, je ne te laisserai pas faire. Tu reviendras avec moi, de gré ou de force.

Owen ne ralentit pas, malgré la chape de plomb qui vient de se poser sur ses épaules.

— Je préférerais te tuer et vivre le reste de ma vie sans toi, plutôt que de te savoir heureux dans les bras d'une autre !

— Sally a vraiment tué votre enfant ? lui demande Jenna au bout de quelques pas.

— Elle s'appelait Amy et elle avait à peine un an, lâche-t-il du bout des lèvres.

— C'est pour ça que tu as fini par la quitter et que tu ne supportes plus qu'elle te touche ?

— Oui.

Il tourne la tête. Son ex erre sur sa pelouse en sanglotant bruyamment.

— OK, j'ai pu avoir des doutes sur la question, mais Sally est totalement à la masse, admet Jenna.

— Tu trouves ? Pourtant elle était dans un bon jour, lance-t-il avec un clin d'œil dont la désinvolture est à l'exact opposé de ce qu'il ressent à cet instant.

— Tu n'as pas peur qu'un jour elle s'en prenne vraiment à toi, Owen ?

— Pff… Tu parles ! À qui pourrait-elle pourrir la vie si elle me…

Il vient de se figer, la bouche ouverte.

— Qu'est-ce…

Jenna suit son regard et découvre que quelqu'un, Sally selon toute vraisemblance, a passé sa colère sur la voiture d'Owen. Furieux, il fait volte-face.

— Je vais la tuer !

Jenna court derrière lui et le rattrape.

— Owen ! S'il te plaît. Calme-toi. Ce sont juste des ordures.

Il continue à tirer sur son bras. Elle s'interpose et plaque les mains sur son torse.

— Owen ! Ne lui montre pas que ça t'affecte, sinon elle recommencera.

Il s'arrête en fermant les yeux. Il tremble de rage, les poings serrés.

— Je n'en peux plus de toute cette merde.

Elle l'attire vers elle pour qu'il pose la tête sur son épaule.

— Je sais. Je vais t'aider à tout ramasser.

Il la suit et soulève la poubelle en fer de son capot enfoncé par le choc. Bien consciente de son état, Jenna se charge de presque tout, alors qu'hébété il enregistre les bosses sur sa carrosserie et les rayures sur la peinture mate.

— Bon, c'est à moi d'aller prendre une bonne douche à présent, annonce-t-elle après avoir récupéré le dernier emballage graisseux.

— Merci, Jenna. Sans toi…

Owen secoue la tête.

— Je ne comprends pas son acharnement. Est-ce que je ne suis pas assez clair dans mes propos ?

— Bien sûr que si, tu l'es !

Il voit les taches sur ses vêtements.

— Je suis désolé que tu te retrouves mêlée à tout ça. Si tu veux lâcher l'affaire pour te trouver un mec moins compliqué, je comprendrai…

— Je suis avec toi, Owen. Ça va aller, tu es sûr ?

Il desserre les dents et hoche la tête.

— Je sais que c'est con de me mettre dans un état pareil pour une caisse, mais je tiens vraiment à cette voiture.

Elle n'apprécie pas sa pirouette pour éviter de répondre.

— Je dois y aller, annonce-t-il.

Elle croise les bras devant elle.

— Pour te frotter au père de la nana qui vient de t'attaquer avec un couteau et de jeter le contenu d'une poubelle sur ton bien le plus précieux.

— Ouais, soupire-t-il après un instant de réflexion.

— Reste zen surtout. En ce moment, tu ne peux pas te permettre de déraper, cela te desservirait.

Pour l'instant, il lui semble tout sauf calme. Owen finit par percevoir son inquiétude. Il bouge les épaules pour se détendre.

— Je vais aller laver ma voiture, ça ira mieux après…

Il ne croit pas lui-même à ce qu'il vient de dire, mais elle se force à lâcher prise. Elle se met sur la pointe des pieds pour l'embrasser.

— Allez, file ! Et tiens-moi au courant. Au cas où il te faudrait un alibi…

Il rit.

— Attention à ce genre de promesse, je risque vraiment de t'appeler.

28

Le rythme rock rapide de *Bad Habit* des Kooks lui donne des ailes, celles de la vengeance, quand près d'une heure plus tard il pile devant le garage Wallers. Il entre avec l'assurance de celui qui a le droit d'être là, même si en réalité rien n'est moins sûr. Dès qu'il franchit le seuil de l'accueil, Maddy se précipite vers lui.

— Owen, je voulais te dire à quel point je suis désolée pour tout ce qui t'arrive.

Elle lui tapote maladroitement l'épaule.

— Merci de votre soutien, Maddy.

Il est tout juste capable de lui offrir un pauvre sourire.

Quand il a décidé de s'établir à Centralia, il a consulté les petites annonces pour trouver un logement abordable pour son maigre budget. Maddy louait des chambres dans sa grande maison pour arrondir ses fins de mois, et il s'est installé chez elle. À l'époque, elle travaillait déjà pour Jack Wallers, et c'est par son intermédiaire qu'Owen a obtenu un job ici. Elle est ce qui se rapproche le plus d'une présence maternelle pour lui.

— Je sais que tu es incapable de faire du mal à qui que ce soit.

— C'est très gentil de votre part. J'avoue que ces accusations sont très déstabilisantes.

Il ferme les yeux un instant.

— J'ignore comment Jack va réagir à ce genre de publicité. Je dois en parler avec lui.

Elle jette un coup d'œil vers la porte de son bureau.

— Il est là. Je vais faire en sorte qu'on ne vous dérange pas.

— Merci. Vous êtes une perle, assure-t-il en posant la main sur la sienne.

Il entre sans attendre qu'on l'y invite. Jack observe l'écran de son ordinateur. Il relève les yeux vers lui.

— Owen ?

Owen constate qu'il a l'air plus étonné qu'en colère.

— Je ne vais pas y aller par quatre chemins, lance-t-il. Est-ce que je travaille toujours pour vous ?

Jack croise ses mains immenses sur son estomac.

— Il faut qu'on discute, répond-il en lui indiquant un siège.

Avec l'impression d'avoir repris un tour gratuit dans l'éternelle boucle temporelle, Owen s'installe. Jack prend une inspiration.

— Je voulais te dire que je suis désolé pour ce qui s'est passé hier soir. J'ai été très maladroit avec toi.

Owen manque de tomber de sa chaise.

— Après la journée que tu venais de vivre, j'ai essayé de te forcer la main et j'ai eu tort. Je ne me suis pas rendu compte à quel point mes propos concernant Amy pouvaient être blessants. Je ne cherchais pas à minimiser sa mort, je te l'assure. Et j'imagine à quel point tu as dû souffrir d'être le seul à porter son deuil.

Jack lui fait comprendre d'un regard qu'il ne concédera rien de plus. Owen accepte le package *excuses & rétropédalage* d'un hochement de tête.

— Merci, Jack. Je peux aller travailler ?

— Bien sûr.

Au moment de sortir du bureau, Owen se retourne une dernière fois.

— Au fait, je sais que vous avez pris par-dessus la jambe un certain nombre de mes avertissements et que vous n'en êtes pas au stade d'admettre l'état de votre fille mais, ce matin, Sally nous a attaqués avec un couteau, mon amie et moi.

Jack se tend.

— Elle a aussi jeté une poubelle en fer sur ma voiture. Les dégâts sont importants. Je vous informe que je vais demander à Jay de la réparer et de la repeindre, et cela à vos frais.

Jack ouvre la bouche pour répondre, mais Owen a déjà refermé la porte derrière lui.

29

La chaleur moite de ce 24 juin trempe immédiatement le dos de Dwain quand il sort de sa voiture. Un peu surpris de découvrir un décor aussi champêtre si près de la ville, il observe les alentours de Central Boulevard, une route au nom pompeux désignant presque un chemin qui serpente le long de la rivière Skookumchuck. Le nez rivé sur son portable, Carol le suit.

— On nous a demandé de venir sur place, car la légiste a un doute concernant le corps. Il a été retrouvé sur le bord du sentier par le propriétaire de la ferme que tu vois là-bas, indique-t-elle.

Dwain lève les yeux et aperçoit la haute silhouette délabrée et rouillée d'un hangar derrière les arbres. Lyle avance à côté d'eux en direction de la ferme.

— Il a vu quelque chose ?

— Apparemment, non. La victime n'a pas été tuée sur place, son corps a dû être déposé là en pleine nuit.

— Et en face, on pourrait trouver des témoins ? s'interroge-t-il en se retournant pour pointer du doigt les parkings remplis de voitures de l'autre côté de la route.

— C'est une entreprise spécialisée dans la robotique, la Willamette Valley Company, répond la jeune femme.

— Comment sais-tu déjà tout ça ? s'étonne Dwain.

Elle montre son téléphone avec un haussement de sourcils amusé.

— Ils indiquent une heure de fermeture à 4 heures, là-dessus, mais on peut aller vérifier si vous préférez.

— Ils ont peut-être des caméras qui ont filmé le tueur en train de déposer son colis, suggère Lyle.

— Peut-être…

Ils parcourent une centaine de mètres pour rejoindre la zone où le corps a été trouvé. Ils montrent leur plaque à un agent qui les laisse approcher. Dwain salue la légiste après avoir lissé nerveusement sa chemise, ce qui la fait sourire. Insensible à la parade amoureuse de son collègue, Carol est la première à se pencher au-dessus du cadavre.

— Putain de merde ! s'exclame-t-elle.

Surpris, Lyle et Dwain se tournent vers elle.

— Quoi ?

— Que se passe-t-il ?

— Mais regardez : vous ne la reconnaissez pas ? C'est Sally Wallers !

Elle recule, sonnée, alors que ses deux acolytes vérifient par eux-mêmes.

— Comment est-elle morte ? demande Dwain.

— Je vous le donne en mille, explique la légiste : étouffée. Il y a des marques sur son poignet qui ressemblent beaucoup à celles retrouvées sur les corps d'Abigail Larkin et d'Edwina Scofield, ce qui tend à prouver qu'elle a été retenue en captivité elle aussi. Je vérifierai le reste à la morgue mais, si je devais parier, je dirais que Twice vient de nous rendre une autre victime.

— C'est impossible, bégaye Lyle. On ne nous a même pas signalé sa disparition…

Il se ressaisit vite, cependant.

— Il va falloir qu'on discute sérieusement avec Owen Maker.

Dwain se tourne vers lui, les dents serrées.

— Tu ne crois quand même pas qu'il serait assez con pour s'en prendre à son ex ?

— S'il n'y est pour rien, il va falloir comprendre pourquoi Twice l'a dans le collimateur à ce point. On dirait qu'il fait le vide autour de lui.

— Vous rigolez ? s'exclame Carol. Dans ce cas précis, Twice lui a plutôt fait un putain de cadeau !

30

Le corps pâle et décharné de Sally est allongé sur la table d'autopsie devant Paula Atkins. La légiste repose ses instruments sur la console métallique à côté d'elle et recule de quelques pas.

— Alors ? souffle anxieusement Lyle.

Elle se met à énumérer ses conclusions en levant un doigt pour ponctuer chaque affirmation.

— En résumé, notre victime a été attachée avec une chaîne comme en témoignent les marques sur son poignet. Elle a été étouffée à l'aide d'un sac en plastique. La voisine qui a aperçu Sally au moment où elle sortait de chez elle trois jours avant que son corps soit découvert a décrit les vêtements dans lesquels elle a été retrouvée. Et pour finir, elle a été violée.

La légiste repose la main sur le bord de la table.

— Mon rapport établira que Sally Wallers est une nouvelle victime de Twice.

— Vous êtes certaine que nous n'avons pas affaire à un imitateur ? s'enquiert Carol. Genre son ex-mari qui se débarrasse d'elle en faisant porter le chapeau à Twice ?

Paula se mord la lèvre inférieure, bien consciente de la responsabilité qui pèse sur ses épaules à cet instant.

— J'ai consulté les dossiers de tous les autres meurtres qui lui ont été attribués pour établir des comparaisons fiables.

— Et... s'impatiente Lyle.

— Calme-toi, Lyle. Tu ne vois pas que c'est difficile, la défend Dwain.

Une petite moue attendrie tord la bouche de la légiste.

— La seule différence perceptible entre elle et les précédentes victimes qui ont été rendues rapidement par Twice concerne l'importance des lésions vaginales.

— Vous voulez dire qu'il l'a moins malmenée que les autres ? demande Carol.

— Beaucoup moins. C'est exact.

Un silence chargé de réflexion s'installe.

— Cela ne signifie pas que ce n'est pas lui, assène Lyle. Nous savons tous que Sally Wallers était folle à lier. Son état psychologique a dû déstabiliser Twice. Il a pu se lasser beaucoup plus vite que d'habitude du fait que celle-ci était particulièrement fragile et qu'elle l'a déçu.

Dwain n'en démord pas.

— Ça ne colle pas avec son profil. Rappelons tout de même que la principale caractéristique de Twice, c'est qu'il séquestre des femmes pour profiter de leur corps malgré leur résistance. Tu l'as dit toi-même, Lyle, cette variable de tempérament fait toute la différence entre celles qu'il rend rapidement et les autres. S'il a décidé de changer de méthode et de ne plus s'en remettre au hasard, pour choisir dorénavant des victimes liées à Owen Maker, pourquoi s'encombrer de son ex-femme dont l'état n'était un secret pour personne ? Elle ne pouvait constituer qu'une perte de temps et une prise de risque inutile.

— Dwain a raison, intervient Carol. Ce meurtre-là n'a pas de sens, sauf si on considère qu'il débarrasse une personne de notre connaissance d'une sacrée épine dans le flanc.

Tous les regards se tournent vers elle.

— À quoi bon discuter puisque cette déduction nous ramène tout droit vers Owen Maker ? conclut Lyle Esteves.

Elle approuve.

— On doit l'interroger à nouveau.

31

Dwain Cartwright remercie son interlocuteur et raccroche. Ses appels pour réactiver d'anciens contacts ont nécessité plus de temps que prévu.

Un sentiment de malaise persistant chevillé au corps, il essaie de se persuader que, même si son petit acte de trahison pourrait avoir des conséquences dramatiques, c'est tout de même en son âme et conscience qu'il a pris sa décision.

Certains détails ne collent pas. Et le Lyle Esteves que Dwain a connu la première fois qu'ils ont bossé ensemble aurait dû s'en rendre compte depuis le premier instant. Aujourd'hui, Esteves ressemble plus à un chien fou courant après des papillons dans un jardin qu'au prestigieux agent spécial que les policiers consultaient avec respect dès que Twice se manifestait.

Dwain a donc lancé ses lignes, il ne reste plus qu'à attendre que le poisson morde à l'hameçon.

— Ah ! Dwain ! s'exclame Carol quand elle le repère près de la machine à café. Viens par là. On est passés récupérer Owen Maker chez lui, avant qu'il parte au boulot ! On l'a laissé mariner en salle d'interrogatoire pour faire monter la pression. Pendant ce temps, Esteves et moi on prend un café.

— Où étais-tu ? demande Lyle.

— J'effectuais des recherches complémentaires.

Ce qui n'est pas totalement faux. Dwain a été le premier à plonger tête baissée sur la version Twice et pourtant, plus les indices les poussent vers Owen Maker et plus il doute. Le moins qu'il puisse faire reste de collecter des informations à décharge pour aider ce pauvre type.

Carol lui montre une pièce de monnaie.

— C'est moi qui rince.

— J'en veux deux, alors ! réplique Dwain du tac au tac.

— Je ne pense pas que la légiste aime les hommes radins ! l'asticote-t-elle en lui tendant un gobelet brûlant.

Lyle ricane.

— Arrêtez de vous moquer de moi ! lance-t-il sur le ton d'une vierge effarouchée. Je suis marié ET fidèle.

— Elle apprécie peut-être les vieux en couple depuis très longtemps, et qui cherchent à s'encanailler, même s'ils s'en défendent… continue Carol pour le narguer.

— Tu crois ? lui demande Dwain avec espoir, avant de se rendre compte qu'elle se fout de lui. On ne pourrait pas parler de ta vie privée, au lieu de la mienne ?

— Dis donc, papy, tu crois que je ne te vois pas venir avec tes gros sabots ? Tu ne sauras rien à part que tout va bien pour moi, de ce côté-là.

Lyle tousse dans son poing pour masquer son fou rire.

— On devrait peut-être y aller avant qu'il y ait des morts.

Renfrogné, Dwain le suit dans la salle d'interrogatoire. Owen Maker est assis, les coudes sur la table.

Son visage est caché dans ses mains. En les entendant entrer, il redresse sa grande carcasse et se recompose une attitude.

Carol s'installe face à lui. Avec désinvolture, elle étale entre eux les photos de la scène de crime de Sally Wallers. Il les observe sans sourciller.

— Je voudrais que vous me parliez de votre dernière entrevue avec Sally.

Il ferme les yeux.

— Je n'arrive pas à croire qu'elle ait été tuée…

— Répondez à ma question, s'il vous plaît, insiste Carol.

— C'était le 19 juin, le lendemain de ma venue ici. Je l'ai croisée en partant au travail.

Carol attend la suite, mais il serre les lèvres.

— Son père nous a dit que vous vous étiez plaint auprès de lui parce que Sally vous avait menacé, le relance Lyle Esteves.

Owen hoche la tête avec réticence.

— J'ai passé la nuit avec ma copine. Quand on est sortis de chez moi, Sally a voulu l'attaquer avec un couteau. C'était la première fois qu'on ne prenait pas la précaution de louer une chambre. Sally a dû nous entendre et péter les plombs. Je me suis interposé, et elle a fini par me remettre son arme sans que personne soit blessé.

— Vous n'avez pas appelé la police pour signaler cette agression ? s'étonne Carol.

Owen hausse les épaules.

— Cette altercation, c'est du Sally tout craché. Rien de plus ou de moins que les scènes qu'elle m'inflige régulièrement.

— Elle vous menaçait comme ça chaque fois ? l'interroge Dwain.

— Non. Comme vous avez pu le voir, elle avait tendance à me frapper et à me griffer. Cette fois, elle a dit qu'elle préférait m'assassiner plutôt que de me savoir heureux sans elle. C'était à la fois pitoyable et terrifiant, s'excuse-t-il presque.

Lyle lance un coup d'œil vers Carol avant de secouer la tête.

— Une femme, même dans son état, sait quand il faut tourner la page. Comment se fait-il qu'elle ne l'ait pas fait ? Est-ce que vous avez remis le couvert avec elle ?

— Remis le couvert ? répète Owen sans comprendre.

— Oui, recouché avec elle. Beaucoup d'hommes le font, et c'est à cause de ça que leurs ex gardent l'espoir de les reconquérir.

Owen se ferme.

— Recouché avec elle ? Non, mais je crois que vous n'avez pas saisi l'état de notre relation, que je me tue à vous expliquer depuis le début ! Jamais de la vie je n'aurais fait ça.

Son mouvement de dégoût est si perceptible qu'il brise net le fil conducteur de l'interrogatoire que Lyle Esteves voulait suivre.

— Vous avez demandé le divorce très peu de temps après la noyade de votre fille, Amy, n'est-ce pas ? intervient Dwain avec douceur.

Les deux autres se tournent vers lui dans un bel ensemble, presque surpris par cette interruption. Owen se crispe avant de se dégonfler comme un ballon percé.

— Oui. Elle m'a fait une scène ce soir-là. Je devais faire un détour pour acheter du lait pour la petite, et elle avait oublié. Elle a laissé Amy dans son bain sans surveillance. Elle n'avait même pas conscience de l'avoir mise en danger tant elle était accaparée par sa jalousie…

Sa voix se brise, et il est obligé de faire une pause, le temps de se ressaisir.

— Après ça, elle a fait une sorte de black-out. Elle a rayé les souvenirs d'Amy de sa tête. J'ai essayé de la faire interner, ses parents s'y sont opposés. C'est à ce moment-là que j'ai jeté l'éponge. Je ne pouvais plus supporter de l'entendre me réclamer de lui faire un enfant alors qu'elle avait provoqué la mort du premier.

— Est-ce que vous lui en vouliez au point d'éprouver le besoin de la tuer ? demande Lyle en rompant le silence stupéfait qui s'est installé après la confession d'Owen.

Owen comprend enfin le sens de toutes ces questions.

— Quoi ? Mais vous n'écoutez rien ! C'est moi qu'elle a menacé et attaqué ! s'indigne-t-il. Malgré toutes les fois où elle aurait mérité des baffes, je n'ai jamais rien fait contre elle, sauf la quitter. Dois-je vous signaler d'ailleurs combien de fois j'ai appelé les secours alors qu'elle avait attenté à ses jours ?

— Plus d'une vingtaine, d'après mes recherches, confirme Dwain en coupant l'herbe sous le pied de Lyle.

Owen approuve. Tout en montrant Dwain d'un geste à ses collègues pour appuyer ses propos, il poursuit sa démonstration.

— Si j'avais dû me débarrasser d'elle, il m'aurait suffi de ne pas répondre à un de ses appels. Ce qu'au contraire j'ai toujours fait. Tout cela est ridicule, et vos accusations n'ont pas de sens !

— Et vous ne l'avez pas revue après la scène matinale du 19 juin ? reprend Carol avec la sensation qu'encore une fois leur unique suspect leur échappe.

Déstabilisé par ce changement de sujet, Owen prend une inspiration profonde pour se calmer.

— Non. Je suis parti au travail. Les jours suivants, elle ne s'est pas montrée, et j'ai cru qu'elle avait compris que son insistance était inutile... Jamais je n'aurais imaginé qu'elle était tombée entre de mauvaises mains...

Il secoue la tête, et sa peine chargée de compassion est perceptible.

— Une de vos voisines a vu Sally Wallers en train de sortir de chez elle vers 6 h 20, le soir du 21 juin. Où étiez-vous à cette heure-là ? demande Esteves avec l'opiniâtreté d'un mulet.

— Je suis rentré directement chez moi, comme tous les jours ou presque.

— Quelqu'un peut en témoigner ?

Owen lève les yeux au ciel.

— J'en ai assez de toutes vos questions ! Vous imaginez que je serais assez idiot pour faire du mal à Sally alors que vous me soupçonnez déjà du pire ?

— Répondez, insiste l'agent spécial.

— Non, je n'ai pas d'alibi ! Mais cela ne fait pas de moi un meurtrier pour autant ! s'emporte Owen.

— Et pourtant, vous en avez des mobiles : la vengeance parce qu'elle a tué votre bébé, la cupidité parce qu'elle détient la moitié de votre maison, la colère parce qu'elle vous pourrit la vie, la honte parce qu'elle vous humilie en permanence. Et elle a récemment endommagé votre voiture, non ? demande Lyle.

— Je ne parlerai plus qu'en présence d'un avocat, se ferme Owen en comprenant qu'il a eu tort de leur répondre sans assistance alors qu'ils l'ont informé de l'aspect officiel de cet interrogatoire, à défaut de prononcer clairement le mot *arrestation*.

Dwain chuchote à l'oreille de Carol. Elle saisit le message et invite Lyle Esteves à la suivre dehors. S'il prend mal l'initiative de ses deux collègues, il n'en montre rien et hoche la tête avant de quitter la salle.

À son tour, Dwain s'installe en face d'Owen. Il commence par ramasser les photos étalées sur la table avant de les ranger dans une pochette.

— Vous allez me jouer la scène du gentil flic maintenant ? ironise Owen en le voyant faire.

— Avouez que tous les indices mènent à vous.

— Nous en avons déjà parlé la dernière fois, attaque Owen en martelant le bois éraflé de la table avec son index. Tout ce que vous croyez avoir contre moi peut s'expliquer autrement qu'en me collant ces meurtres sur le dos. Rien de sérieux ne me relie aux cadavres de ces femmes en réalité. Soyez honnête et reconnaissez-le.

— Êtes-vous Twice ? demande Dwain à brûle-pourpoint.

Owen secoue la tête.

— J'ai découvert l'existence de ce type quand ma copine, qui bosse pour la police, m'a montré l'endroit où vous avez retrouvé une de ses victimes. Avant ça, je ne savais même pas qu'il sévissait.

Dwain en a connu des menteurs dans sa vie et, d'ordinaire, il est plutôt bon pour les repérer. Là, toutes ses perceptions sont au vert. Pour lui, cet homme dit la vérité. Il est innocent.

— Quel est le nom de votre copine ?

— Elle s'appelle Jenna Stones.

Dwain hoche la tête en remettant ce beau brin de fille.

— Elle est technicienne au labo de la police scientifique, il me semble. Cela ne vous dérange pas qu'on l'interroge ?

— Comme si j'avais le choix… ironise Owen.

Il croise les bras devant lui. Dwain se penche au-dessus de la table.

— Je vais vous expliquer pourquoi ce tueur nous met sur les dents. Twice sévit depuis très longtemps. Il ne nous a jamais laissé d'indices exploitables, jamais une piste. Et, d'un seul coup, on retrouve votre ADN sur une scène de crime, et vous connaissez trois des victimes récentes, quatre si on ajoute Masha Gould. Vous vous rendez compte ? C'est la première fois qu'il commet des erreurs, et elles conduisent tout droit à vous.

— Et vous ne vous êtes pas dit que c'était trop beau pour être vrai ? Que quelqu'un m'utilise peut-être pour vous faire gaspiller votre temps ?

— Si, mais nous savons aussi que tous les tueurs en série cherchent un jour ou l'autre à se faire prendre.

Lyle Esteves entre en coup de vent dans la pièce. Il a l'air fier de lui.

— Je viens de recontacter la voisine qui a vu Sally partir de chez elle le 21 juin, c'est-à-dire le jour de sa disparition. Elle m'a indiqué qu'elle n'a pas vu votre voiture garée devant chez vous à l'heure habituelle, pas plus que les deux soirs suivants.

— Mais ça n'a pas de sens ! se désespère Owen. Elle se trompe !

— Je la crois, au contraire, car elle m'a révélé que vos scènes de ménage et les crises de Sally l'ont presque poussée à vendre la maison qu'elle a héritée de sa grand-mère. Aussi, quand elle a constaté votre absence à tous les deux, elle s'est sentie immensément soulagée à l'idée de pouvoir bénéficier de soirées tranquilles. Où étiez-vous, alors ? Avez-vous un alibi convaincant à nous communiquer ? insiste Esteves.

— Je n'ai pas d'alibi parce que la folie de Sally m'a condamné à l'isolement quasi total ! peste Owen.

— J'ajoute ce mobile à la longue liste de vos griefs contre votre ex, jubile Esteves.

Owen referme la bouche avant d'aggraver un peu plus son cas.

— Je suis navré pour ce qui va suivre, soupire Dwain. C'est la procédure, compte tenu de tout ce qui vous relie aux victimes.

32

Allongé sur le sol brut, il relève péniblement la tête. Des flashs crépitent devant ses yeux, brouillant sa vue. Ses oreilles bourdonnent. Il a un mal de crâne terrible. Il pousse un gémissement sourd, s'appuie sur les mains pour s'asseoir. Il patauge dans un liquide épais. Il tâte son front et en retire ses doigts couverts de sang.

Il pose un regard vitreux vers la peinture écaillée et le décor austère de la pièce. Sur la porte grande ouverte. Une sonnette d'alarme résonne en lui pour l'avertir que ça n'est pas normal.

Il entend un cri de douleur et des encouragements chuchotés à voix basse. Soudain, il prend conscience de ce qu'il a laissé se produire et des conséquences que cela pourrait avoir pour lui. Paniqué, il veut se mettre debout trop vite, mais il est saisi de vertiges. Il heurte le mur le plus proche, sur lequel il s'appuie quelques secondes. Avec un grognement, il se détache de la paroi d'un coup de bassin et rejoint le couloir.

L'ampoule nue du plafond l'éblouit. Il lève le bras pour se protéger les yeux. Son cerveau lui envoie des décharges fulgurantes de douleur, qui irradient de son front jusque dans son cou et brouillent ses perceptions.

Il tangue comme un homme ivre, poursuit son avancée par la seule force de sa volonté.

Commotionné, il n'a qu'une envie : s'allonger et dormir sur le petit lit qui l'appelle, mais il n'a pas le choix. Son erreur pourrait se révéler fatale. Un frisson de terreur chasse une partie de son étourdissement. Poussé par un sentiment d'urgence, il se précipite. Les voix ! Il entend encore des exhortations mêlées de sanglots. Elles semblent si étouffées qu'il ne parvient pas à en déterminer la provenance.

Ce constat l'inquiète. Il accélère. Il pose le pied sur une première marche et s'aide de la rambarde pour franchir la deuxième. Animé par un instinct de survie féroce, il atteint le milieu de l'escalier quand sa semelle en caoutchouc dérape sur une matière visqueuse. Il n'en fallait pas plus. Il glisse, perd l'équilibre et se sent partir sur le côté. Il a juste le temps de se rattraper à la rampe qui gémit sous son poids. Ses côtes heurtent les arêtes carrelées, et il grogne. Affalé dans l'escalier, il souffle comme un bœuf. Sa main repose au milieu d'une flaque de sang, pas le sien, heureusement. La certitude qu'il est responsable de cette hémorragie lui redonne un peu de force. Il se relève et reprend son ascension.

Il débouche dans la cuisine, remarque la porte arrière restée grande ouverte et les silhouettes fantomatiques qui s'éloignent dans la nuit. Il se met à courir. Son pas est mal assuré, pourtant il gagne rapidement du terrain. Il atteint la forêt. Aiguillonné par la fatalité de ce qui l'attend s'il échoue, il avance encore plus vite. Dans le noir, il ne voit pas les pièges que lui tend la nature. Son pied s'enfonce entre deux racines, et il fait un vol plané. Il s'écorche le front et les paumes en heurtant le sol. Sonné, il met quelques secondes à stabiliser le décor qui tourne dans une farandole folle autour de lui.

Vite !

Il se redresse en gémissant. Son corps lui envoie des signaux d'alerte de toutes parts, mais il n'en tient pas compte. Il reprend sa course en boitillant en direction des voix qu'il croit entendre devant lui. Bientôt pourtant, la furie du torrent voisin qui coule au fond d'un ravin encaissé noie toutes ses autres perceptions. Il ne distingue plus que le bruit de l'eau qui se déchaîne. L'angoisse se diffuse dans ses veines.

Il ne peut pas abandonner maintenant !

Il avance à tâtons entre les arbres, de plus en plus lentement à mesure que chaque pas déclenche des ondes de souffrance partant de sa cheville et remontant le long de sa jambe. Il sort du couvert de la forêt sur un promontoire. Devant lui, la lune éclaire les parois rocheuses abruptes des gorges du torrent.

Il tourne sur lui-même, sans savoir où chercher, se penche légèrement en avant pour voir le fond du canyon. Soudain, il entend un craquement. Le temps de se retourner, une ombre fond sur lui. Un choc brutal au niveau de l'abdomen le propulse en arrière. L'air s'échappe de ses poumons.

Il recule, mais son pied ne rencontre que le vide. Il est entraîné vers l'abîme par son propre poids. Il pousse un cri déchirant. Ses mains s'agitent devant lui en une tentative désespérée pour se raccrocher à quelque chose. Peine perdue. Il se sent tomber. Le bruit de l'eau se rapproche dangereusement alors que la lune rétrécit dans son champ de vision. Et soudain, il perçoit le son mat de son dos heurtant la roche. La douleur explose dans tout son corps, sature ses nerfs et lui donne envie de mourir. Il ne trouve même pas la force de crier tant la souffrance est insoutenable.

Malheureusement, le torrent n'en a pas fini avec lui. Le courant s'est emparé de sa jambe et l'attire par à-coups sans qu'il puisse résister. Sa carcasse brisée glisse du rocher. Il est emporté par les flots et malmené comme un pissenlit dans le vent. Il n'a plus le contrôle de ses membres, et cela le terrifie presque plus que lorsque sa tête passe sous la surface et qu'il coule à pic. L'eau envahit sa bouche. Il pousse un hurlement de détresse. Sa main frôle une matière rugueuse. Il s'y accroche avec désespoir, use ses dernières forces pour émerger. Les bras serrés autour de la branche qui vient de le sauver, il est ballotté par les remous. Épuisé, grelottant, il ferme les yeux en remettant son destin à qui voudra bien écouter ses prières. Soudain, le grondement de l'eau enfle, devient presque cataclysmique. Devant lui, la lune éclaire des rapides encadrés par des rochers aux arêtes qui promettent mille morts. Son radeau improvisé heurte violemment une pierre et reste coincé. Comme par un effet de levier, il est soulevé, et ses forces l'abandonnent. Il lâche prise. Il est balayé tel un fétu de paille et entraîné plusieurs mètres plus bas, vers la mort. Son esprit n'enregistre plus les chocs ni la souffrance. Il a atteint le point de non-retour.

Les remous l'envoient dans un bassin naturel plus abrité. C'est au moment où il commence à penser qu'il va s'en sortir que la branche qui l'a sauvé est poussée à pleine vitesse vers lui. Il ne peut rien faire pour éviter la collision. Il a brièvement l'impression que son crâne vient d'exploser avant que le néant l'accueille.

Owen se redresse, la bouche ouverte sur un hurlement muet. Son regard paniqué parcourt l'espace inconnu devant lui. Il se trouve dans une cellule après avoir été arrêté par les flics qui le prennent pour Twice.

Il se demande si son cauchemar n'était pas préférable à la réalité. Comme chaque fois qu'il s'appesantit sur ce qui lui arrive, une chape de désespoir le recouvre tout entier.

Il est foutu.

Cette arrestation n'est qu'une putain de goutte d'eau dans l'océan de sa vie de merde, mais quelle goutte ! Celle qui lui donne envie de hurler, de se cogner la tête contre les murs jusqu'à oublier qui il est encore une fois…

Est-ce qu'un mec lambda comme lui, un loser au passé déjà jonché de malheurs, peut vraiment être accusé des crimes d'un autre sans que personne s'interpose ?

33

Mary sursauta. Des sanglots étouffés venaient de la sortir de son demi-sommeil. Sa voisine avait fini par se réveiller et par découvrir son nouvel environnement.

Mary imagina ce qu'elle pouvait ressentir à cet instant. Il lui suffisait d'observer les murs décrépis, son matelas taché par son propre sang et celui des autres captives ayant occupé cette cellule avant elle, les cadeaux de son geôlier posés sur l'étagère, la chemise informe qu'il lui fournissait, pour se souvenir du choc qu'elle aussi avait éprouvé au moment où elle avait ouvert les yeux dans cet endroit, juste après son enlèvement.

Et, malgré ce constat déjà calamiteux en soi, le pire restait encore à venir. Car le réveil de la nouvelle venue signifiait que l'homme ne tarderait pas à l'honorer de sa première visite. Un élan de compassion envahit Mary à cette pensée. L'envie soudaine de soutenir sa camarade s'empara d'elle, comme si ce changement dans la monotonie de sa captivité lui donnait un nouveau but, celui d'être une meilleure voisine qu'Annie ne l'avait été pour elle, celui de se faire une alliée partageant le même but qu'elle et d'avoir une compagne pour se divertir de sa solitude. Mary descendit de son lit et s'approcha le plus possible de la grille.

— Hé ! Ça va ? demanda-t-elle doucement.

Elle entendit un bruit de chaîne et une voix paniquée lui répondre.

— Qui es-tu ?

— Je m'appelle Mary, et toi ?

— Vicky. Je ne sais pas ce que je fais ici, mais je dois absolument sortir. C'est une question de vie ou de mort ! Je suis malade et j'ai besoin de prendre mon traitement à heure fixe !

Mary n'osa pas lui dire qu'il y avait bien peu de chances pour que l'homme accède à sa requête.

— Tu te souviens de quoi ?

— Je me rendais à la pharmacie quand un mec m'a demandé son chemin. Et je me réveille ici. Qu'est-ce qu'il me veut ?

Elle ne lui répondit pas. À quoi bon...

À peine quelques heures plus tard, l'homme fit irruption dans la cellule de sa voisine. Mary fit de son mieux pour se réfugier loin à l'intérieur d'elle-même et s'épargner les hurlements horrifiés et les suppliques désespérées de Vicky. Et dire que, pendant trois jours, il allait revenir et revenir inlassablement... Après le départ de l'homme, Vicky se mit à appeler à l'aide.

— Ne te fatigue pas. C'est inutile... l'avertit Mary.

— Je ne veux pas crever ici, gémit-elle.

Elle se remit à crier. Les pas furieux de l'homme dans l'escalier puis le long du couloir annoncèrent la tempête à venir. Mary entendit la porte s'ouvrir.

— Tu n'as pas eu ton compte ? demanda-t-il avec un calme glaçant.

— Je suis malade ! Je vais mourir si vous ne me donnez pas mon médicament. Je vous en prie... supplia Vicky. Si vous me laissez repartir, je ne dirai rien à personne. Je vous le promets !

— Qu'est-ce que tu veux que j'en aie à foutre de ta santé ? Tu crois que tu es dans un club de vacances, ici ? Allonge-toi et écarte les jambes.

— Non ! Vous ne pouvez pas faire ça ! C'est mon cœur. Il va s'arrêter !

— Si tu as assez de forces pour brailler, c'est que je ne t'ai pas assez épuisée. J'ai dit : allonge-toi et écarte les jambes.

Mary ferma son esprit pour ne pas ressentir ce vide immense fait de dégoût, d'impuissance et de haine.

Contrairement aux pronostics de Vicky, son cœur se montra plus résistant que prévu. Elle tint plusieurs mois, faits de hauts et de bas, avant de crever alors que l'homme la brutalisait. Comme il l'avait fait pour Annie, il monta le corps pour le faire disparaître, avant de repartir en chasse.

Et le cycle infernal du réveil et des larmes de la nouvelle venue recommença. Mary hésita avant d'engager la conversation et de se projeter dans les souffrances à venir de cette fille. Pourtant, l'envie de rompre avec l'ennui et la monotonie de ses journées, uniquement entrecoupées par les visites de son tortionnaire, l'emporta sur toute autre considération.

— Bonjour.

— Qui a parlé ? Aidez-moi !

— Parle moins fort ! Je suis dans la cellule voisine.

— Une cellule ? De quoi tu parles ? C'est une blague ? Un putain de cauchemar ?

— J'aimerais te dire que oui, soupira Mary. Mais ça n'est pas le cas. De quoi te souviens-tu ?

La fille resta silencieuse pendant un instant, comme si elle hésitait à se confier, avant de lancer :

— Je me rendais à une soirée où je devais retrouver des amis, et un type m'a abordée pour me demander son chemin. Il m'a frappée. Je... je ne sais pas ce que je fais ici.

— Il t'a enlevée... Tu es sa prisonnière. Il...

— Prisonnière ? C'est impossible, je ne te crois pas !

Mary soupira.

— Je t'assure que ça veut dire quelque chose avec lui.

Elle se mura dans un silence sidéré pendant quelques minutes, avant de craquer.

— Je ne suis pas sûre d'avoir envie de le savoir, mais qu'est-ce qu'il va me faire ?

— Du mal, souffla Mary. Te violer. Ce qui l'intéresse, c'est d'avoir nos corps à disposition.

— Non !

Mary avait eu la même réaction incrédule qu'elle, Vicky et sans doute Annie et les autres, avant elles. L'évidence insupportable de la situation leur échappait à toutes dans un premier temps, qui ne durait jamais longtemps. L'homme s'en assurait.

— Ne crie pas ! Sinon, il va venir, l'avertit Mary. Il faudra que tu sois forte. Très forte, si tu ne veux pas qu'il se débarrasse de toi.

Mary n'en revenait pas de prononcer de tels mots, d'annoncer à cette fille avec autant de sang-froid qu'elle avait dorénavant le choix entre subir toujours plus ou mourir.

— Qu'est-ce que ça signifie, être forte, face à un gars comme ça ?

Mary comprenait la terreur rampante dans sa voix, mais elle ne pouvait pas se laisser atteindre.

— Il ne faudra pas t'effondrer ou perdre la raison.

— Et toi ? Pourquoi tu me préviens de tout ça ? Qu'est-ce qui me dit que tu n'es pas avec lui ?

— Avec lui ? cracha Mary. Je hais cet enfoiré au-delà de tout ! J'aimerais pouvoir le tuer de mes propres mains.

— Depuis combien de temps es-tu là ?

— Longtemps.

— Non ! J'y crois pas ! Je devais aller au bal de fin d'année avec Gail Forester ! Il avait enfin décidé d'officialiser notre relation après tous ces mois passés à baiser en cachette à cause de sa copine.

Mary ressentit une pointe de jalousie en comprenant que sa nouvelle compagne d'infortune n'était plus vierge. Elle au moins avait connu l'étreinte passionnée d'un homme et le plaisir avant d'arriver ici. Pour autant, ses aspirations seraient bientôt réduites au strict minimum : survivre à la douleur, à l'humiliation, à l'enfermement, à l'inactivité et à la folie insidieuse qui s'installe et envahit progressivement votre esprit.

— Il faut que tu comprennes que Gail Forester deviendra bientôt le cadet de tes soucis, lui avoua-t-elle avec douceur.

— Je veux rentrer chez moi !

— Ne crie pas. Il va t'entendre et il va descendre...

— J'en ai rien à foutre ! Qu'il vienne !

Le bruit de la porte retentit.

— Qu'est-ce...

— Il arrive. Sois forte ! chuchota Mary en regagnant son lit dans la précipitation.

Le claquement de ses talons se rapprochait.

— Non !

— Chut…

Le bruit de la clé dans la serrure de la cellule voisine la tétanisa presque comme si c'était à elle qu'il rendait visite pour la première fois. Elle tenta de mettre son esprit en berne quand il prononça la phrase fatidique, la même que chaque fois.

Les yeux clos, le cœur au bord des lèvres, les mains pressées contre ses oreilles, elle essaya de ne pas entendre les bruits de lutte, les cris, les gémissements, les grincements du matelas et les sanglots, mais ce fut peine perdue.

Elle eut l'impression qu'il ne repartirait jamais, comme s'il se délectait de ce que lui offrait cette fille. Quand il se décida enfin et qu'il referma la porte de l'étage derrière lui, Mary reprit sa place près de la grille.

— Hey ? demanda-t-elle timidement.

— Fous-moi la paix !

Assise sur le sol, Mary laissa tomber sa tête en arrière contre le mur.

— Je suis avec toi, dans la même galère.

— Il… il m'a violée, avoua la nouvelle dans un sanglot empli de honte.

— Et il va recommencer. Il faut que tu sois solide et que tu protèges ta raison, surtout au début.

— Je ne veux pas ! Je ne pourrai pas.

— Ne dis pas ça. Je suis là, avec toi. Je vais m'occuper de toi, t'aider à surmonter toutes ces épreuves.

Et, dès que l'occasion se présentera, on va s'échapper. Ensemble. Tu entends ? Je te le promets.

À cet instant, Mary comprit que cette promesse n'était pas vaine. Elle ferait tout pour sortir de là et pour sauver cette fille. Elle trouverait le moyen de fuir cet endroit maudit et de se venger.

— Je m'appelle Mary, et toi ?

— Emily.

Elle ne put retenir ses sanglots plus longtemps.

— En quelle année sommes-nous ? demanda Mary pour la détourner de ses pensées déprimantes.

— 1997, répondit Emily entre deux reniflements.

— Ça veut dire que je suis là depuis deux ans...

— Ne dis pas ce genre de choses. Je ne peux pas m'imaginer prisonnière de ce taré pendant autant de temps, sinon je vais devenir folle !

Mary dut reconnaître que la réponse d'Annie le jour de son arrivée lui avait fait le même effet.

— De quoi veux-tu que je te parle ?

— Même si c'est un rêve, raconte-moi ce que tu feras quand on sera sorties d'ici.

Elles commencèrent à discuter de tout et de rien pour meubler les silences et leur solitude, entre chaque visite. Emily lui raconta sa vie à l'extérieur et les changements survenus depuis son enlèvement. Elles partageaient leurs souvenirs, leurs espoirs, leurs idées, leur souffrance. Elles établissaient des plans, tous plus fous les uns que les autres. Elles échangeaient leurs observations sur tout ce qui pouvait les aider dans la réalisation de leurs projets.

Pour la première fois depuis le début de sa captivité, les ténèbres se dissipèrent pour Mary, à mesure que son objectif devenait sa seule et unique raison de vivre, plus seulement pour elle, mais aussi pour Emily. Elle prit d'ailleurs rapidement la place de leader.

Bien qu'Emily soit sa troisième voisine, Mary n'avait jamais éprouvé un tel attachement envers les deux précédentes ou un tel besoin de les protéger. Elle la portait à bout de bras en l'empêchant de sombrer, car l'homme ne respectait pas du tout son rythme habituel avec elle. Il venait la voir bien plus souvent que toutes les autres, Mary comprise.

« Écoute ma voix, lui répétait-elle sans cesse. Tu es forte. Tu vas t'en sortir. Et moi, j'ai besoin de toi. » Alors Emily s'accrochait dans l'espoir que, la fois suivante, il lui ferait moins mal et resterait moins longtemps.

Par sa seule force de persuasion, Mary comblait les failles béantes creusées par l'homme dans la tête d'Emily. En se déversant ainsi dans son esprit fracturé, elle l'empêchait de sombrer. Créant un lien de dépendance qui maintenait Emily en un tout à peu près sensé, Mary remodela sa personnalité et lui insuffla la capacité à être plus résistante, plus persévérante, plus déterminée.

34

Il est accoudé au comptoir du magasin de fournitures agricoles et attend sagement son tour pour payer ses sacs de graines et ses plants de salades et de tomates. Au moment où il pousse son chariot pour s'avancer, il voit le regard de la caissière se poser au-dessus de son épaule.

— Ah ! Enfin ! Il était temps que la police fasse quelque chose.

Il constate que plusieurs personnes se sont retournées et semblent se réjouir de la nouvelle, alors il suit le mouvement. Il découvre une télévision dont le son est coupé. La chaîne en continu diffuse le portrait de Liam. Le bandeau qui défile en bas de l'écran n'est pas raccord avec l'image et annonce un nouveau scandale au Congrès, ce qui le laisse dans l'expectative.

— Que se passe-t-il ? demande-t-il.

— Je savais bien que ce type n'était pas net. Dès la première fois où ils ont montré sa photo, j'ai dit : c'est lui ! Ils viennent de l'arrêter pour tous les crimes commis par Twice. Il s'est fait prendre parce qu'il a buté sa propre femme… J'espère qu'ils vont l'enfermer dans un trou et jeter la clé !

Un frisson désagréable court le long de sa colonne vertébrale alors qu'il ne l'écoute même plus.

— Ils ont des preuves que c'est lui ?

Elle lui lance un regard surpris à l'idée qu'il ne partage pas son enthousiasme vengeur.

— Suffisamment, on dirait.

Distraitement, il pose ses achats sur le comptoir et les règle. Quand il rentre chez lui, il décharge vite fait ses fournitures dans la grange avant de s'installer devant la télé. La nouvelle fait la une de toutes les chaînes. Il s'assoit et monte le son.

Il apprend ainsi la nature des preuves qui pèsent sur Liam, ou plutôt sur Owen Maker comme il se fait appeler maintenant : de l'ADN, des liens avec ses prétendues victimes et une absence d'alibi sérieux. Comme par hasard, tous ces éléments à charge sont liés à l'irruption de cette série de victimes qu'on lui impute à tort. Il fronce les sourcils.

Si Liam s'était mis à tuer en solo en imitant sa méthode après toutes ces années de silence radio, il ne se serait pas fait prendre bêtement. S'attaquer à des filles qu'il connaît, c'est de la folie ! Le Liam qu'il a côtoyé n'aurait jamais commis une erreur aussi grossière.

Des pensées se déversent dans son esprit sans qu'il puisse retenir leur flot. Ainsi, il se souvient encore de sa surprise lorsqu'une de ses captives s'est retrouvée enceinte. À l'époque, il ne prenait pas de précautions particulières puisqu'il ne rendait pas les corps et que les filles duraient rarement assez longtemps pour tomber en cloque. Il n'avait donc pas besoin de cacher ses traces ou d'utiliser des préservatifs. Il a hésité sur la conduite à tenir pendant des jours et des jours. Devait-il la tuer, elle et sa progéniture ? Devait-il attendre ? Finalement, il a laissé sa grossesse suivre son cours, assistant, fasciné, à la formation de cet être issu de sa chair. Il imaginait que l'accouchement se déroulerait comme pour ses animaux. Au lieu de ça, il s'est terminé en véritable boucherie. Les contractions duraient depuis plus de trente heures sans que son col daigne se dilater, et la fille ne trouvait même plus la force de geindre. Il a commencé à avoir peur pour son enfant et a dû faire un choix. Il a tué la mère avant de lui ouvrir le ventre.

Et, d'un seul coup, face à ce petit corps couvert du sang encore chaud de sa génitrice et crispé par les pleurs, il s'est retrouvé responsable d'une vie. Son fils ! L'émotion qu'il a éprouvée était indicible, son attachement immédiat.

Malgré cela, il s'est vite rendu compte qu'observer un ventre s'arrondir, ça ne voulait pas dire savoir s'y prendre avec un bébé. C'est comme s'il venait de sauter dans le grand bain et qu'il avait dû apprendre à nager le crawl aussitôt.

Il l'a lavé avant de le caler dans un panier rempli de couvertures. Il a ensuite filé dans un supermarché anonyme de la ville la plus proche en regrettant de ne pas avoir anticipé ce moment. Face au rayon, il est resté paralysé. Heureusement, une femme qui attendait son troisième enfant a capté son désarroi et l'a aidé à choisir des couches, un peu de layette, des biberons en verre, des tétines spécial nouveau-nés et du lait en poudre. Il l'a chaleureusement remerciée.

Quand il est rentré, il a éprouvé des sentiments surprenants en entendant ses vagissements affamés et en nourrissant cette petite chose dépendante. Les jours et les mois suivants, il a été happé par le rythme inhérent à la présence d'un bébé : réveil en pleine nuit, couches, biberons, grappillage d'un peu de sommeil, réveil, tentatives de trouver le temps de se laver et de grignoter un morceau, biberons, bains, coucher. Pendant que son univers se réduisait peu à peu à Liam, son cœur se remplissait de lui.

Il n'a jamais déclaré sa naissance à qui que ce soit, elle aurait été bien trop épineuse à justifier pour l'ermite qu'il prétend être. Il l'a élevé seul depuis le premier instant. Il lui a appris à lire, à écrire, à compter et à travailler à la ferme. Ils ont partagé chaque moment de leur existence ensemble. Ce gosse a d'ailleurs comblé des besoins qu'il ignorait posséder.

Il lui a transmis tout ce qu'il pouvait. Il peut donc affirmer avec certitude que des accusations aussi grossières contre lui n'ont aucun sens. Liam était encore plus méticuleux que son père dans tous les domaines ! Et c'est peu dire…

Non. Liam n'y est pour rien. Malgré sa trahison et ces années de silence, il va faire tout ce qu'il faut pour le sortir de ce merdier. Parce que, à défaut d'autre chose, il a toujours été un bon père.

Sans réfléchir davantage, il descend au sous-sol et s'arrête devant la porte de la cellule de Lucy. Il devait se débarrasser d'elle de toute façon, autant que sa mort soit utile. Il déverrouille la serrure et entre. Elle est recroquevillée sur son lit et ne réagit même pas à son arrivée. Son esprit a fui son corps depuis quelque temps maintenant. Il sort un sac en plastique de sa poche et le place sur sa tête. Elle se débat à peine alors qu'il l'étouffe.

Il la remonte ensuite à l'étage. Il la lave, la peigne avant de lui remettre les vêtements qu'elle portait le jour de son enlèvement, une jupe très courte en cuir, un pull corail et une veste noire. Après ça, il n'a plus qu'à attendre la nuit pour aller déposer le cadavre dans un endroit public.

35

— Qu'ont donné les vidéos de la Willamette Valley Company ? demande Lyle en entrant dans le bureau.

Carol remercie son correspondant et raccroche avec un air contrarié. Elle consulte le rapport des policiers qui se sont rendus sur place et ont visionné l'ensemble des enregistrements extérieurs.

— La compagnie a beau être située presque en face du lieu où on a retrouvé le corps, il n'y a rien d'exploitable. Les angles des prises de vues ne permettent pas de savoir par où est arrivé le tueur ni où il s'est garé. Quant à le voir, lui, c'est râpé…

— Et merde !

Lyle se rejette au fond de son fauteuil, l'air excédé.

— Et les analyses effectuées dans la voiture de Maker ?

La capacité de son cerveau à sauter d'un sujet à l'autre, du désespoir le plus profond à la motivation, la dépasse. Carol soupire avant de lui annoncer ce qu'elle vient d'apprendre.

— La Dodge Challenger a été confiée en réparation au garage du beau-père, à cause de la poubelle que Sally a balancée sur son capot. Ils lui ont prêté une voiture de courtoisie pendant les six jours durant lesquels ils ont gardé le véhicule. Et, avant que vous posiez la question, Maker a exigé une intervention gratuite qui n'a donc pas été traitée en priorité. Interrogé à ce sujet, il nous a indiqué qu'il a préféré garer cette voiture de prêt loin de chez lui pour éviter un coup de folie de Sally. Avec cette information, on est retournés voir la voisine qui a témoigné des absences de Maker les trois soirs durant lesquels Sally a disparu. Elle n'a du coup plus aucune certitude. Et, pour couronner le tout, le labo de la scientifique n'a trouvé aucune trace de l'ADN de Sally Wallers, que ce soit dans la Dodge ou dans l'autre.

Si Esteves a enregistré ce nouveau revers, il n'en fait pas cas.

— On a retrouvé le véhicule de Sally ?

— Oui. Il était garé sur un parking en périphérie de la ville.

— On a pu récupérer des vidéos de surveillance ?

— Non. Rien d'exploitable.

Agacé, il se frotte les joues. Pourtant, encore une fois, il rebondit.

— Qu'en est-il de la petite copine de Maker ?

— Jenna Stones, indique Carol après avoir rapidement vérifié l'information.

— Ouais ! la coupe Esteves avec un soupçon d'impatience. Qu'est-ce qu'elle a dit ?

— Elle confirme les ingérences régulières de Sally Wallers dans leur vie de couple et le fait qu'ils ont été obligés de recourir à des techniques radicales pour pouvoir se voir. Elle a mentionné à plusieurs reprises la compassion infinie dont Owen faisait preuve envers Sally quand elle s'en prenait à lui, comme lors de leur altercation du 19 juin, par exemple. Elle nous a fait part des menaces que Sally a lancées à leur encontre et de ce qu'elle a fait à la voiture d'Owen Maker. Elle a confirmé à Dwain que son mec vit de façon quasi monacale dès qu'ils ne se voient pas. Il rentre immédiatement après le boulot, ne sort pas, ne s'éloigne pas du téléphone, au cas où…

— Comment explique-t-elle ça ?

— Pour elle, la soumission d'Owen à l'égard de son ex est liée à sa peur de se retrouver responsable de sa mort. Elle lui a suggéré une fois, pour rigoler, de ne pas décrocher quand Sally l'appelle, mais il a eu l'air terrifié à l'idée de porter une telle responsabilité sur les épaules. Depuis leur divorce, Maker a donc sacrifié son existence pour pouvoir répondre présent à chaque coup de folie de son ex. Seule sa relation récente avec Mlle Stones lui a permis de prendre du recul et d'accepter de lâcher du lest par rapport aux menaces de Sally.

Elle lui lance un regard dubitatif.

— Vous croyez vraiment que ça colle avec le profil de l'homme qu'on recherche ?

Esteves se frotte le menton.

— Les brimades quotidiennes et une virilité contrariée se sont révélées de puissants moteurs pour de nombreux tueurs en série, qui se vengent sur leurs victimes de ce qu'ils subissent chez eux. Avec elles, ils détiennent le pouvoir et le contrôle qui leur échappent par ailleurs.

Carol retient de justesse un soupir irrité en voyant qu'il reste inébranlable et fermé à toute autre option, alors que leurs prétendues preuves fondent comme neige au soleil.

— Owen Maker a eu une vingtaine d'occasions d'éteindre son portable et de ne pas répondre aux appels de son ex ; malgré toutes les raisons qu'il aurait eues de ne pas céder, il l'a sauvée chaque fois, insiste-t-elle. Il a dit la vérité. Vous avez vu sa tête quand on évoque le fait qu'il la touche à nouveau ? Pourtant, Sally Wallers a bien été violée.

— Moins que les autres, semble-t-il.

Elle comprend que, pour lui, cette différence peut s'expliquer par ce contentieux et le dégoût que la victime inspirait à son assassin. Bref, il n'en démord pas. Elle préfère changer de sujet.

— Dwain est chargé de creuser le passé d'Owen Maker afin qu'on puisse l'inculper aussi des crimes les plus anciens de Twice. En ce qui me concerne, je n'ai pas acquis de certitudes pour les trois derniers meurtres. Les voisins ont été incapables de me dire si sa voiture était là. Comme il l'a affirmé, il n'a pas utilisé ses cartes de crédit les soirs où Abigail Larkin et Edwina Scofield ont disparu. En revanche, il était bien au travail quand Masha Gould s'est volatilisée. Et enfin, je n'ai déniché aucune possession à son nom pouvant lui servir de lieu de séquestration.

Lyle fait mine d'ouvrir la bouche pour répliquer quand Cartwright entre en coup de vent dans la pièce.

— Laissez tomber ! On a fait fausse route.

Il s'assoit lourdement dans son fauteuil.

— Qu'as-tu trouvé ? demande Carol.

— En fouillant dans la vie d'Owen Maker, j'ai découvert qu'il n'existe que depuis dix-neuf ans.

— Et c'est seulement maintenant que quelqu'un s'en aperçoit ? tonne l'agent spécial.

Dwain hausse les épaules et pose une copie d'article de journal entre eux.

— On l'avait surtout entendu comme témoin, jusqu'à présent, je te rappelle. Bref, j'ai mené mon enquête : Owen Maker a été retrouvé presque mort par un pêcheur au bord de la rivière Skookumchuck. Je me suis rendu au Northwest Hospital & Medical Center de Seattle dans lequel il a été conduit en état d'urgence absolue. J'ai réussi à rencontrer plusieurs médecins qui l'ont suivi pendant sa convalescence. Ils se souviennent parfaitement du courage de ce patient qu'ils pensaient perdu, mais qui a passé quasiment deux ans sur place, le temps que ses vertèbres et ses os se ressoudent et qu'il réapprenne à marcher, à parler et à effectuer tous les gestes du quotidien. J'ai consulté tes dossiers, Lyle, et sur cette même période, Twice a enlevé et rendu plusieurs victimes.

Il sort son calepin de sa poche de poitrine et lit les noms qu'il y a inscrits.

— Theresa Hoover, Monica Johns et Vera O'Donnell.

Esteves ouvre la bouche, mais ne profère pas un son. Encore une fois, son expression se fait vide comme s'il n'y avait plus personne aux commandes.

— Twice n'a pas varié de méthode depuis vingt-cinq ans. Or, Owen Maker s'est réveillé sans passé, continue Dwain.

— Que veux-tu dire ? demande Carol.

— Il a totalement perdu la mémoire et ne se souvient plus de son identité ni d'aucun événement antérieur à son accident.

— Il aurait pu simuler ? insiste Carol avant qu'Esteves s'en charge.

— Pas à ce point. Le neurologue qui l'a suivi m'a dit qu'il souffrait d'une amnésie rétrograde, provoquée par un important traumatisme crânien. S'il avait été Twice avant sa chute, il ne l'aurait même pas su après.

— Donc, Owen Maker est une fausse piste, conclut Carol d'une voix blanche.

— J'en ai bien l'impression.

— Entre ça et les preuves qu'on pensait solides pour les dernières victimes, qui finalement ne sont que du vent, on a perdu notre temps ! Il faut tout reprendre de zéro… lance-t-elle d'un ton accusateur à l'intention de l'agent spécial.

Lyle est resté immobile, comme absent pendant leur échange. Il cligne soudain des yeux.

— Attendez ! Il ne faut pas tirer de conclusions hâtives.

— Tu as entendu ce que je t'ai dit ? demande Dwain. Plus rien ne colle. Owen Maker ne peut pas être Twice.

Le téléphone posé sur le bureau de Dwain se met à sonner et brise leur silence tendu et incertain. Il hésite à décrocher, tant il a envie de crever l'abcès. Carol se décide à jouer les standardistes.

— Bowns à l'appareil.

Son visage se fige, et elle tourne un regard soucieux vers eux.

— On arrive immédiatement.

Elle repose le combiné.

— Des promeneurs viennent de nous alerter. Un nouveau corps a été découvert.

— Et il y a un lien avec Twice ? demande Dwain.

— Il semblerait…

Un frisson secoue la carcasse de l'agent spécial. Avec Owen Maker en prison, ses certitudes finissent de s'effondrer.

Ils se rendent sur place, sur Fort Borst Park Road. Tout près de là, la rivière Skookumchuck se jette dans la rivière Chehalis.

Dwain et Carol restent légèrement en retrait alors qu'Esteves rejoint la légiste. Il se penche au-dessus du cadavre. Les deux autres le voient reculer comme s'il venait d'être frappé par la foudre.

— Vous la reconnaissez ? demande Paula Atkins.

Blême, il hoche la tête.

— C'est Lucy Anderson.

Cette fois, il ne peut plus nier l'évidence.

— Faites libérer Owen Maker.

36

Mary observa l'homme à travers ses yeux plissés par la rage alors qu'il ressortait de sa cellule en rebouclant sa ceinture. Une haine incandescente enflamma chaque parcelle de son corps. Elle ne pouvait plus supporter son odeur, le contact de ses mains sur elle, ses grognements tout contre son oreille, la douleur infligée à répétition. Elle ne pouvait plus encaisser les humiliations, la captivité, les échecs cuisants de ses piètres tentatives de rébellion, la promiscuité instaurée entre elle et Emily, le rituel sadique, dégradant, sordide dans lequel il se vautrait et l'entraînait bien malgré elle.

Elle entendit la clé tourner dans la serrure en se posant pour la millième fois la même question : comment la lui dérober ?

Elle se leva pour rejoindre la porte, en grimaçant sous l'effet des élancements au niveau du bas-ventre. Sa progression fut stoppée net par la chaîne entravant son poignet. Elle y jeta un regard incrédule. Elle se demanda comment toutes ces années avaient pu s'écouler sans qu'elle songe une seule fois que l'homme, la porte, la clé et la chaîne appartenaient au même casse-tête à résoudre avant de réussir à fuir. Il fallait briser cette laisse, éliminer l'homme, récupérer le sésame et filer d'ici ! Cela lui semblait si évident soudain ! Jusqu'à présent, sa survie puis celle d'Emily avaient occupé la moindre de ses pensées conscientes, ne laissant que peu d'espace pour mettre ses idées d'évasion en ordre.

Au fil des ans, elle avait essayé des centaines de fois de se débarrasser de son bracelet, sans parvenir à un autre résultat que celui de s'arracher la peau, de se blesser et de provoquer l'hilarité de l'homme quand il remarquait le fruit de ses piteuses tentatives. Concernant la porte, elle n'avait jamais pu s'en approcher d'assez près pour tester sa résistance. Et, pour la clé, c'était pire. Elle avait toujours eu trop peur d'agir. Et à quoi bon la subtiliser si quelques secondes plus tard, au moment où l'homme en avait besoin pour sortir, il se rendait compte de son absence ? Les étapes homme et clé étaient indissociables et ne pourraient se dérouler que dans un affrontement direct qui signerait son arrêt de mort si elle échouait.

Un long cri s'échappa de la cellule voisine, suivi de sanglots déchirants. Mary sentit un frisson courir le long de son dos. Emily déraillait de plus en plus souvent. Cette fille était faite pour une vie de paillettes, de plaisirs et d'amitiés, bien loin de leur quotidien merdique. Les efforts de Mary pour la maintenir à flot commençaient à montrer leurs limites. Cette certitude et la peur de perdre sa camarade et de devoir tout reconstruire avec quelqu'un d'autre lui donnèrent envie d'abattre tous les obstacles à mains nues !

Mary se boucha les oreilles. Une seule idée tournait en boucle dans sa tête : agir. Elle se rapprocha de l'attache de la chaîne, le dernier maillon était relié à un anneau scellé dans le mur. Un mur couvert de taches d'humidité qui s'étaient étendues au fil des ans et des infiltrations...

Elle passa le doigt dedans et entreprit de tester sa résistance. Elle crut percevoir un infime mouvement lorsqu'elle agita l'index de droite à gauche. Son cœur s'emballa. Si elle pouvait l'arracher du mur, elle serait enfin libre, de se cacher et de tendre une embuscade à l'homme ! Son enthousiasme retomba aussitôt. Comment pourrait-elle le piéger dans un espace aussi réduit et dépourvu de cachette ? Sans compter que, s'il ne la trouvait pas au bout de sa chaîne, il saurait tout de suite qu'elle préparait quelque chose.

Il fallait résoudre chaque problème l'un après l'autre, décida-t-elle. Mary passa le reste de la journée à agiter le doigt dans l'anneau pour lui donner de plus en plus de jeu. Il lui fallut deux jours entiers d'efforts et d'ampoules pour que l'espace autour de la tige métallique s'élargisse. Elle recula pour observer le résultat de son opiniâtreté.

Si l'homme débarquait, ce qui ne saurait tarder s'il respectait son rythme habituel, il remarquerait forcément la dépression autour de la tige. L'angoisse serra le cœur de Mary. Elle s'était mise à croire à son projet d'évasion, mais elle avait eu tort de trop espérer. Avec dépit, elle passa sa paume sur le plâtre qui s'émietta davantage. L'humidité qui régnait dans ce sous-sol avait fini par le rendre friable.

Animée par l'énergie du désespoir, elle se redressa. Plus question d'y aller doucement, il fallait qu'elle ait dégagé ce truc avant que l'homme franchisse à nouveau cette porte. Elle tira, tourna et donna de furieux à-coups jusqu'à ce que le piton lui reste dans les mains. Elle observa avec émerveillement cette arme tombée du ciel. Elle avait perdu tant d'années à essayer de trouver un plan valable, à tenter de retirer cette chaîne de son poignet, alors qu'il avait suffi de laisser le temps et l'eau fragiliser la paroi et faire leur œuvre ! Elle avait pris le problème à l'envers.

La seconde suivante, elle déchantait pourtant. Si elle avait craint que l'homme puisse voir la dépression autour du piton, il ne pouvait manquer son absence totale. Retour à la case départ : il lui fallait une autre arme. Elle parcourut la pièce des yeux avant de se mettre à genoux pour chercher une idée. Sous son lit, elle finit par remarquer une fissure peu profonde, mais dont les bords dentelés couraient sur une dizaine de centimètres. Elle enfonça la tige métallique dedans, fit levier. Un morceau de plâtre tomba.

Mary ne put retenir un sourire. Elle récupéra son oreiller dont elle déchira la housse usée jusqu'à la trame. Elle planqua le rembourrage sous son matelas, afin de le remplacer par les plaques d'enduit qu'elle parvenait à détacher, une à une. Quand elle eut quasiment mis à nu tous les parpaings sous son lit, elle disposait d'un bloc assez lourd pour assommer un homme.

Dorénavant, elle était libre de ses mouvements et armée. Il était temps de mettre son piège en action. Elle replaça le piton dans le mur, reboucha le trou avec de la poussière de plâtre mouillée à l'eau, refit son lit et attendit.

Pour la première fois, elle était impatiente de le voir et elle ne put s'empêcher de craindre qu'il ne lui fasse faux bond. Et s'il avait entendu les coups dans le mur, s'il préparait une riposte à la hauteur de sa faute ?

La panique menaça de la submerger. Elle songea à Emily qui commençait à perdre la raison et à toutes ces années passées ici ! La colère supplanta la peur et le doute.

Et enfin, il se décida à descendre. Il ouvrit la porte, déposa son plateau de nourriture près du mur et entra. Constatant qu'elle était déjà allongée, il écourta sa formule rituelle.

— Écarte les jambes.

Mary resta inerte, le poing enserrant le coin de son oreiller transformé en arme. Il s'approcha. Dès qu'il fut à portée, elle se redressa pour le frapper. Toucha son oreille. Il recula en chancelant, l'air abasourdi. Elle arracha le piton du mur et le dirigea vers sa gorge. Il saisit sa main au vol et retourna la pointe contre elle sans fournir d'effort démesuré. Mary poussa un cri lorsque le métal entailla la peau nue de sa cuisse. La douleur la fit battre en retraite. Avant qu'il reprenne l'avantage, elle lui balança l'oreiller sur le crâne. Il tituba. Sans attendre, elle recommença. Une fois, deux fois, trois fois. Il s'effondra à terre. Pour faire bonne mesure, elle le frappa encore plusieurs fois jusqu'à ce qu'il ne bouge plus du tout et qu'un filet de sang s'écoule de sa tête.

Elle lâcha son arme. La peur rétrospective la laissa tremblante, épuisée. Mary s'exhorta au calme. Elle n'avait pas de temps à perdre. Elle fouilla la poche du jean de l'homme pour prendre la clé. Avec un soupçon d'incrédulité, presque terrifiée à l'idée d'être en train de rêver et de se retrouver à nouveau enfermée au réveil, elle récupéra son oreiller et sortit. Le couloir ressemblait en tout point à l'image qu'elle s'en était faite. Elle se précipita vers la porte voisine de la sienne. Elle essaya plusieurs clés avant d'entendre le déclic de la serrure.

— Non ! Laissez-moi tranquille ! hurla une forme hirsute recroquevillée au bout du lit.

— Emily, c'est moi ! Je t'avais dit que je réussirais. Lève-toi, vite ! On doit partir.

Elles s'observèrent un bref instant, le temps de se rendre compte qu'elles ne s'étaient pas du tout imaginées telles qu'elles étaient, grande et fine pour Mary et plus petite et voluptueuse pour Emily.

— Mary ? C'est bien toi ? demanda Emily. Je ne suis pas en train de perdre la tête ?

Mary lui toucha les mains.

— Non. Je suis bien devant toi. C'est notre chance ! Vite !

Elle essaya plusieurs clés jusqu'à trouver celle permettant d'ouvrir le bracelet de la chaîne d'Emily et le sien, qu'elle confia à sa camarade. Elles s'observèrent un instant avec lucidité, deux pouilleuses désespérées, armées d'un oreiller et d'un pic en fer, mais c'était bien plus que tout ce qu'elles avaient eu jusqu'à présent pour se défendre.

— Ne perdons pas de temps.

Arrivée au milieu de l'escalier, Mary dut faire une pause. L'adrénaline qui l'avait portée jusque-là sembla quitter brutalement ses veines, la laissant pantelante et faible. La blessure à sa jambe saignait assez pour qu'une petite flaque vermeille se forme à ses pieds.

— Allez, Mary ! Courage.

Emily passa le bras autour de sa taille pour la soutenir. Un grognement dans la cellule de Mary les tétanisa. Mary se serait donné des baffes si elle en avait eu l'énergie : elle n'avait même pas songé à refermer derrière elle pour l'emprisonner !

— Il est réveillé. Il faut y aller, dépêche-toi ! l'encouragea Emily, qui semblait reprendre du poil de la bête à mesure que la sortie approchait.

Comme vidée de ses forces, Mary laissa Emily lui saisir la main et la tirer en avant pour la faire avancer.

— Encore un petit effort !

Elles débouchèrent dans une cuisine au papier peint à fleurs un peu vieillot et aux meubles en formica jaune et marron. Une odeur de ragoût flottait dans l'air.

— Là, regarde ! Une porte !

Enfin, elles se retrouvèrent à l'air libre. Elles se retournèrent avec des glapissements terrorisés en entendant le bruit d'une chute dans l'escalier.

— Vite.

Elles se mirent à courir vers les bois.

— Il est derrière nous, Mary ! cria une Emily affolée. Il gagne du terrain.

Mary se retourna pour vérifier au moment où l'homme se prenait les pieds dans une racine. Il s'affala de tout son long.

Cette vision lui donna un coup de fouet et un second souffle. Elle reprit la tête de leur duo et changea de cap. Elle se dirigea vers le bruit d'une rivière. Quand elles arrivèrent au bord d'un promontoire rocheux qui se terminait abruptement par les gorges d'un torrent, Emily se lamenta.

— C'est un cul-de-sac ! On est foutues !

Elle se prit la tête dans les mains.

— Je ne retournerai pas là-bas ! Jamais ! Je préfère crever tout de suite.

— Tais-toi, il ne nous a pas encore trouvées.

Mary l'entraîna vers le couvert des arbres, juste au moment où l'homme faisait irruption hors des bois.

Il tourna sur lui-même pour les chercher, presque désorienté par la pénombre et le bruit environnant. Dès que Mary le vit se pencher au-dessus du torrent, elle resserra sa prise sur la housse. Elle voulut se placer silencieusement derrière lui, mais marcha sur une brindille. Il lui fit face. Terrifiée, elle lui balança son oreiller dans l'abdomen. Le souffle coupé, il recula. Pendant un instant, il sembla suspendu au bord de l'abîme avant de basculer dans le vide.

— Je ne peux pas le croire ! Tu as réussi… On est libres, Mary !

37

— Voilà, vous êtes chez vous.

Owen observe la façade de sa maison. Toutes les lumières éteintes lui donnent un air sinistre et abandonné. Avec un temps de retard, il se souvient que Sally est morte et que plus jamais l'étage ne sera éclairé. Il baisse les yeux, un peu honteux d'éprouver du soulagement à l'idée de pouvoir enfin vendre cet endroit.

— Merci, lieutenant Cartwright, mais je ne pense pas que je m'y sentirai de nouveau bien un jour.

Dwain a suivi le regard qu'il a porté vers les maisons voisines et a vu son visage se fermer. Il tente de le rassurer.

— Twice a tué une femme et rendu son corps pendant votre détention. Personne ne peut plus vous imputer ses meurtres. De toute façon, votre amnésie vous élimine définitivement de la liste des suspects potentiels puisqu'il était déjà en exercice avant votre accident. La moindre des choses, c'était donc que l'agent spécial Esteves donne une conférence de presse pour vous disculper totalement. Vous allez pouvoir reprendre le cours de votre vie.

Owen se tourne vers lui avec une mine offusquée.

— Parce que vous considérez qu'avoir un tueur qui rôde autour de moi et qui tue des femmes que j'ai approchées de près ou de loin me permet de reprendre sereinement le cours de ma vie ? Et s'il s'attaquait à Jenna ?

Dwain grimace légèrement.

— Pardonnez-moi, j'ai été maladroit. Je comprends que vous soyez inquiet.

Owen secoue la tête en signe d'incompréhension.

— Qu'est-ce que j'ai pu lui faire ? demande-t-il, un soupçon de désespoir dans la voix.

Cartwright hausse les épaules.

— Vous êtes notre seul lien avec lui. On ne va pas vous laisser tomber, Owen.

— Vous allez me faire surveiller ?

Dwain ne peut cacher son scepticisme. Il faudrait pour cela avoir les autorisations nécessaires…

— C'est à l'étude, élude-t-il.

Owen secoue la tête et pose les doigts sur la poignée de la porte.

— À l'étude, répète-t-il dans un ricanement. Je comprends : je suis seul pour affronter ma merde !

— Ne le prenez pas comme ça ! On doit envisager toutes les options, convaincre notre hiérarchie, budgéter l'opération…

Owen abaisse la main, l'air de dire « laissez tomber ».

— Vous m'avez dit vous-même que vous êtes sur ses traces depuis vingt-cinq ans. Alors, pardonnez-moi si je me sens moyennement rassuré par vos paroles de politicien de pacotille.

Il sort de la voiture et rejoint son perron. Il se retourne pour regarder le policier s'éloigner au volant de sa berline banalisée, avant de refermer derrière lui. Il jette un coup d'œil vers la rue, puis allume une lampe posée sur un guéridon. Exténué, il passe la main dans ses cheveux. La tension de ces derniers jours a exacerbé les raideurs dans son corps. Des décharges de douleur parcourent ses nerfs depuis ses épaules jusqu'à ses pieds. Il rêve de prendre deux cachets de Fentanyl, une bonne douche et une bière fraîche.

— Salut, Liam.

Owen sursaute en faisant face à une haute silhouette assise dans l'ombre, sur son canapé.

— Qui… qui êtes-vous ?

— Arrête tes conneries ! Tu le sais parfaitement, lui répond son visiteur avec un aplomb déstabilisant.

Owen secoue la tête.

— Comment êtes-vous entré chez moi ?

L'homme pousse un long soupir et se lève pour venir se placer face à lui. Son visage buriné par l'âge et le grand air apparaît dans le halo de la lumière tamisée.

— Je voulais parler avec toi. Essayer de comprendre pourquoi tu as filé sans un adieu.

Owen l'observe avant de baisser les yeux. Il a peur de ce que l'intimité induite par les mots de l'homme pourrait signifier.

— Je ne sais pas ce que vous faites ici, mais je vais appeler la police ! menace-t-il d'une voix incertaine.

— Et trahir une nouvelle fois ton père ? demande l'homme en haussant un sourcil.

Glacé par ces mots, Owen se fige.

— Mon père ? répète-t-il. Vous prétendez… être mon père ?

Il reste immobile à détailler la haute stature de l'homme face à lui, ses épaules larges de travailleur habitué au dur labeur, les traits familiers de son visage, son expression rustre.

Et brusquement, Owen recule.

— Vous êtes Twice !

— Tu devrais crier encore plus fort, tant que tu y es, Liam, ironise l'autre. Si je me suis donné tout ce mal pour entrer chez toi en douce, ça n'est pas pour que tes braillements effarouchés alertent tout le voisinage.

Owen s'assoit et se prend la tête entre les mains.

— Oh ! Merde ! gémit-il, catastrophé. Vous êtes bien Twice, alors ? C'est vous qui avez tué toutes ces femmes ?

— Comment ça, toutes ? Je pensais que c'était toi qui avais tué les trois dernières, même si j'ai trouvé que tes façons de faire manquaient de subtilité.

— Jamais de la vie ! Je n'aurais jamais fait ça ! s'exclame-t-il, horrifié.

Twice émet un clappement de langue agacé.

— Ça ne tient pas debout, tout ça. D'abord, tu files avec deux de mes captives, ensuite tu disparais pendant vingt ans. Et, quand tu refais surface en imitant ma méthode, tu conduis directement la police à toi. Quel est ton intérêt dans tout ça ?

— Je ne sais absolument pas de quoi vous voulez parler ! Je n'ai imité personne. Vous faites erreur.

Twice lui lance un regard profond et chargé d'un sentiment qu'Owen peine à identifier. Pour une personne normale, et non un tueur en série, il aurait appelé ça de l'amour. Mais là… Il est totalement déstabilisé.

— Je t'ai vu naître et grandir. J'ai changé tes couches, accompagné tes premiers pas. Je t'ai appris à lire, à te raser et à conduire. Je saurais te reconnaître dans n'importe quelle circonstance. Pourquoi, toi, tu fais semblant d'être quelqu'un d'autre ?

Ces mots… Owen les a fantasmés toute sa vie. Même s'ils proviennent de la bouche d'un meurtrier dont l'aura le tétanise, il a l'impression de dégouliner de béatitude. Il capitule.

— Je ne fais pas semblant, j'ai perdu la mémoire après un accident qui a failli me coûter la vie. Je ne sais pas qui j'étais avant d'être retrouvé à demi mort au bord d'une rivière.

Twice l'observe un instant pour décrypter les expressions de son visage.

— Tu es sérieux ? C'est pour ça que tu n'as jamais donné signe de vie ?

— Oui ! Et vous, pourquoi vous n'arrêtez pas de m'appeler Liam ? demande Owen, dont la curiosité est plus forte que la prudence.

— Parce que c'est ton nom : Liam Blake.

Owen s'en veut d'éprouver un tel soulagement à l'idée qu'un membre de sa famille ait vraiment cherché à le retrouver pendant toutes ces années pour lui rendre son identité. Il a soudain envie de beaucoup plus.

— Et… que pense ma mère de vos activités ?

— C'était une captive. Elle est morte en te donnant la vie, annonce froidement Twice en repoussant sa question d'un geste négligent.

Le sang d'Owen se fige dans ses veines. Il est le fils d'un tueur en série et d'une de ses victimes. Il est le fruit d'un viol, la résultante des sévices subis par une femme qui n'avait rien demandé. Pendant un bref instant, il envisage de vendre son âme au diable en échange d'une nouvelle perte de mémoire, car l'oubli lui semble un milliard de fois plus prometteur que cette révélation monstrueuse.

— Oh, mon Dieu ! Quelle horreur ! gémit-il avec l'impression qu'il vient d'être percuté par un train de marchandises lancé à pleine vitesse.

En voyant sa mine effondrée, Twice fait un pas vers lui.

— Ça va aller, fiston ? Tu ne vas pas tourner de l'œil, hein ?

Owen recule avant que l'autre pose la main sur son épaule.

— Qu'est-ce qui vous pousse à sortir de votre retraite ? Que me voulez-vous ? finit-il par demander pour se ressaisir.

— J'avais besoin de comprendre, après tout ce temps, pourquoi tu as filé en douce.

Owen secoue la tête alors que des bribes de ses récents cauchemars remontent à la surface et prennent tout leur sens.

— Je n'ai pas filé ! Elles se sont échappées après m'avoir frappé. Je les ai poursuivies, mais elles m'ont poussé dans le torrent.

Soudain, il sait que son esprit vient de reconstituer une partie de la vérité.

— Je croyais que tu n'avais aucun souvenir.

Owen affronte son regard méfiant.

— Depuis mon accident, je fais des cauchemars récurrents très détaillés sur ce que j'imagine être les derniers moments avant ma chute dans le torrent. Avant de découvrir que j'étais votre fils, je pensais que mon esprit ne tournait pas rond, mais à présent…

Indifférent à la révélation fulgurante qu'il vient d'avoir, son père approuve avec détachement.

— Ça pourrait coller. Une des cellules était dévastée. La gosse qui l'occupait est toujours restée combative. J'aurais dû me méfier davantage. Après vos disparitions, j'ai hésité à quitter l'État, j'avais peur que la police débarque. Et, en même temps, je me disais que tu reviendrais peut-être un jour. Finalement, personne n'est jamais venu m'inquiéter, alors j'ai repris mes activités.

— Repris tes activités ? Tu veux dire que tu as recommencé à enlever des femmes, à les violer et à les tuer, c'est ça ? demande Owen d'un ton menaçant.

De façon inattendue, Twice se met à rire.

— Ne fais pas l'effarouché. Ça ne te dérangeait pas tant que ça à l'époque.

Owen a l'impression qu'il vient de creuser sa propre tombe et que son père lui balance des coups de pelle dans la gueule, histoire de bien l'achever.

— Je ne veux pas connaître les détails de ce passé dégueulasse que tu m'as imposé. Je ne veux rien savoir des horreurs que j'ai pu commettre sous ton influence. Tu entends ? Sors de chez moi et ne reviens jamais !

Il se redresse comme un diable et tend la main vers la porte d'entrée.

— Liam, tu as tort de réagir comme ça, soupire Twice.

— Sors de ma vie !

— Je n'ai pas tué Abigail Larkin, Edwina Scofield et Sally Wallers, pas plus que je n'ai enlevé Masha Gould. Si toi non plus, ça veut dire que quelqu'un qui nous connaît bien l'a fait à notre place, lui explique Twice avec patience.

— Non, mais tu t'entends ? On dirait que tu discutes de la pluie et du beau temps et pas de la mort de plusieurs femmes innocentes.

Twice lève les yeux au ciel pour cacher son agacement.

— Arrête tes enfantillages ! Et réfléchis ! Il faut qu'on reste soudés sur ce coup-là.

— Laisse-moi ! Je t'en prie, supplie Owen. Je veux oublier tout ce que tu m'as dit, t'oublier, toi. Tu entends ? Dégage !

Son expression doit en dire assez long, car Twice se lève lentement.

— Tu dois revenir à la raison, Liam. Que tu le veuilles ou non, il faudra bien qu'on parle de ces victimes qu'on essaye de nous coller sur le dos.

Le regard inflexible de son fils le fait fléchir.

— Je m'appelle Simon Blake. J'ai une ferme à Tenino, elle se trouve sur Thompson Creek Road. Viens quand tu veux, mais n'attends pas. Nous devons préparer la riposte.

— Nous ? Il n'y a pas de nous, espèce de malade ! hurle Owen. Je devrais te dénoncer !

— Pourquoi tu ne le fais pas ? le nargue Twice.

Owen détourne la tête.

— N'espère rien de plus de ma part.

Presque déçu par sa réaction, Simon Blake finit par céder. Il s'enfonce dans la nuit sans un regard en arrière.

38

Dans une voiture garée quelques rues plus loin, deux silhouettes écoutent avec une attention soutenue les propos échangés entre Owen et son père.

— Je n'y crois pas ! Comment savais-tu que son père débarquerait dès ce soir ?

L'autre lève la main pour signifier que la réponse importe finalement peu.

— Après tout ce temps, tous ces efforts, tous ces sacrifices ! Nous le tenons enfin… soupire Emily quand la conversation des deux hommes s'éteint.

Mary fait rouler les mots sur sa langue pour en savourer la texture.

— Simon Blake, de Tenino.

Emily presse sa paume sur le poignet de sa complice.

— C'est bientôt fini ! s'enthousiasme-t-elle avec un soulagement manifeste.

Mary sait qu'Emily s'imagine que, quand elles l'auront retrouvé, elle pourra tourner la page comme si tout cela n'avait jamais existé. Comme si, d'un claquement de doigts, elle pouvait oublier celle qu'elle a été contrainte de devenir après qu'elles se sont échappées.

— Bientôt, oui…

Sa réaction est plus mesurée, car elle n'a aucune illusion sur sa capacité à rebondir une fois qu'elles auront accompli leur mission. Elle a consacré la moitié de son existence à son seul objectif, sans compter toutes les horreurs qu'elle a dû commettre pour le rendre réalisable. L'impression qu'il devient atteignable la terrifie presque.

— Qu'est-ce qu'on fait, maintenant ? demande Emily avec un soupçon d'hésitation.

— On y va dès ce soir, répond Mary.

Emily ne peut retenir une réaction de surprise teintée d'appréhension.

— Tu es sûre ? Il est déjà tard, et on bosse demain. Sans compter que nous n'avons pas le temps de préparer le terrain. J'ai une foule de trucs auxquels je dois penser, et tu me prends au dépourvu, là.

Mary hausse les épaules.

— À quoi bon reculer ? On attend depuis dix-neuf ans d'avoir son nom pour savoir où frapper. On est prêtes ! Je veux en finir avec tout ça.

Comme toujours, les discours de Mary envahissent l'esprit d'Emily et annihilent sa volonté. Elle a cet effet-là sur elle depuis le premier jour, ou presque, comme si sa voix hypnotique la calmait et lui donnait la force de devenir quelqu'un de plus courageux. Sans cette voix, elle aurait sombré dès la première visite de l'homme… de Simon Blake. Sans son acharnement à la porter à bout de bras, à l'aider à s'évader, puis à découvrir la vérité coûte que coûte, elles n'en seraient pas là. Elles ne connaîtraient toujours pas son nom. Sans Mary, Emily serait morte depuis longtemps.

— D'accord.

Mary approuve cette discrète reddition.

— On va bientôt pouvoir refermer la boucle. Le piège que nous avons tendu au fils nous a permis de faire sortir le père de l'ombre. On se débarrasse de ce Simon Blake et ensuite on liquide Owen, lance-t-elle avec un sourire mauvais.

— Owen ? Tu délires ? lance Emily. On ne lui fera pas de mal ! Tu as bien entendu ce qu'il a dit : il ne se souvient de rien.

Mary tique, se tourne vers elle.

— Il n'a jamais été qu'un appât, Jenna ! Tu savais dès le départ que sa mort faisait partie du programme.

Elle l'a toujours su, c'est vrai. Mais, quand elles ont établi leur plan pour approcher Owen, Jenna n'avait pas encore passé ses nuits avec lui. Elle ne savait pas à quel point il est charmant, drôle et attentionné. Elle n'avait pas encore compris qu'un homme pouvait la considérer avec respect et comme un être humain à part entière, et non comme une pièce de boucherie dont la seule utilité est de se faire fourrer.

Mary hausse le ton en voyant sa moue incertaine.

— Tu as assez foutu le bordel comme ça, en continuant à le fréquenter alors que ça n'était pas prévu et en te retrouvant mêlée à l'enquête en tant que témoin ! Tu imagines si les flics avaient creusé tes références ou l'adresse bidon que tu as fournie à l'administration !

Mary n'apprécie pas du tout ces cachotteries. Si elle avait su que Jenna partait rejoindre Owen Maker aussi souvent, alors qu'elle l'imaginait dans les bras de mecs différents tous les soirs, elle l'en aurait empêchée. Elle aurait pu découvrir le pot aux roses grâce aux micros placés chez Owen, mais Jenna a proposé de s'en occuper. Depuis, Mary a compris pourquoi elle s'est portée volontaire pour gérer cette tâche ingrate.

— Je sais. Je suis désolée.

Jenna baisse la tête en se mordant les lèvres. Même si elle accepte de céder en apparence, elle a bien l'intention de revenir à la charge dès que l'occasion se présentera. Oui. Dès qu'elle le pourra, elle remettra la discussion sur le tapis.

39

Simon Blake erre entre la cuisine et le salon. Un peu perdu, il enrage de ne pas parvenir à décoder les informations qu'il a en sa possession, tout en sachant qu'une chose capitale lui échappe. Qui a pu imiter assez parfaitement sa méthode pour que même le FBI tombe dans le panneau ? Qui, bon sang ?

Pendant un instant, il pense à aller se défouler sur Jacklyn. Il a toujours l'esprit plus clair après avoir rendu visite aux filles, mais il abandonne vite cette idée qui ne l'emballe pas vraiment. Trouver une remplaçante à Lucy, alors ? Il soupire, car ce projet le laisse de marbre lui aussi.

Qu'est-ce qui lui arrive ?

Il ferme les yeux en se demandant ce qu'il désire réellement. Une pensée inconsciente se matérialise au milieu du brouhaha qui règne dans sa tête : il veut son fils. Oui. Maintenant qu'il l'a retrouvé, qu'il lui a parlé, il le veut à ses côtés, comme avant.

Simon s'est toujours imaginé qu'il a été un bon père pour ce gosse. Mais a-t-il raison ? Il lui a donné à manger, l'a tenu propre, lui a transmis l'essentiel en termes de connaissances, de survie, de morale. Il l'a initié aux métiers de la ferme afin qu'il lui prête assistance et qu'il occupe ses journées. Simon s'est montré sévère mais juste avec lui, lui apprenant à respecter le secret de sa naissance en restant caché. Pendant toutes ces années, il a été la seule véritable compagnie de Liam, le privant ainsi de toute interaction sociale.

Et un soir, alors qu'il rentrait des champs, Simon a trouvé les portes grandes ouvertes, des traces de sang un peu partout, la maison vide et personne pour répondre à ses questions. S'il est parfaitement honnête avec lui-même, la disparition de ce grand gaillard l'a blessé, il doit l'admettre. Et son rejet de ce soir l'a laissé complètement désarçonné.

Il se sent presque aussi mal que lorsque sa mère, cette salope, a fui avec un type de passage en l'abandonnant seul avec son père, un homme sévère, meurtri et aigri, qui lui a transmis sa haine des femmes. Quand Simon demandait à son père pourquoi sa mère était partie, son paternel répondait invariablement qu'il fallait limiter le rôle des femmes à l'assouvissement des besoins physiques pour éviter ce genre de déconvenue. Il disait que, sous cet angle-là, la vue est toujours la même et qu'elles sont toutes interchangeables, non pas qu'il en ait fréquenté tant que ça après la fuite éperdue de son épouse.

Quand Simon a été en âge de s'intéresser aux plaisirs charnels, il a forcé une fille suffisamment facile pour qu'après l'acte elle le traite d'animal et le plante là comme un imbécile, sans faire plus d'histoires. Enfin presque. Elle a ruiné sa réputation en le qualifiant de bourrin égoïste. Il a eu beaucoup de chance qu'elle se cantonne à ça même si, à cause d'elle, plus aucune fille du coin n'a accepté ses avances. Un peu échaudé, il s'est tenu éloigné de la tentation jusqu'au jour de l'enterrement de son père. Une fois rentré chez lui, il s'est retrouvé si seul qu'il a éprouvé un besoin vital d'avoir de la compagnie. Il a écumé les routes du comté sans but avant de tomber sur une jeune auto-stoppeuse. Sans réfléchir à la portée de ses actes, il l'a ramenée ici. Il l'a violée. Dès qu'il s'est écarté d'elle, elle l'a menacé d'aller prévenir la police et a essayé de partir. Alors il l'a enfermée à la cave.

C'est aussi un peu à cause d'elle, tout ça. Pendant les semaines qui ont suivi, il lui a rendu visite, très souvent. Au bout de quelques mois, elle s'est mise à avoir de la fièvre et elle est morte rapidement dans la foulée. Il l'a enterrée à l'arrière de la propriété.

À peine conscient qu'il venait d'ouvrir la boîte de Pandore, Simon n'a pas résisté longtemps à la tentation. Il a aménagé un espace en bas et il a pris une nouvelle fille. Quand elle a compris qu'il ne la laisserait jamais partir, elle a cessé de s'alimenter et s'est laissée mourir de désespoir. Avec la cinquième, il a fini par comprendre que, s'il voulait qu'elles durent un peu plus longtemps, il ne devait pas leur rendre visite aussi régulièrement. Il a essayé de refréner ses ardeurs avec la suivante, mais ses besoins étaient si présents, si obsédants qu'il a fini par en prendre une seconde. Cette alternance n'a eu que des effets bénéfiques sur lui et les filles. Avec le temps, c'est même devenu sa marque de fabrique.

Petit à petit, il leur a aménagé des espaces individuels, leur a acheté des lits, des oreillers, leur a creusé des toilettes sèches. Il a bricolé un système sommaire de chauffage et installé l'eau courante.

Après la naissance de Liam qui suffisait amplement à emplir ses journées, Simon a décidé de prendre plus de précautions. Avec la consommation de préservatifs astronomique que la fréquence de ses visites aux filles aurait entraînée, il aurait fini par se faire repérer. Il a donc commencé à utiliser les boyaux de ses moutons comme protections. Au fil des années, il est resté invariablement prudent, attentif et discret. Ses méthodes ont d'ailleurs fait leurs preuves.

Simon a vécu en parfaite autarcie, jusqu'à ce qu'il surprenne Liam en train de rôder au sous-sol pour observer les filles. À cette époque, le gosse avait un peu moins de quinze ans, et les hormones devaient commencer à le travailler. Il a posé beaucoup de questions sur leurs invitées. Simon le privait déjà de tellement de choses, il a bien fallu lui expliquer la situation et le laisser accéder librement aux cellules. Liam s'est révélé un complice de confiance, jusqu'à ce qu'il se volatilise avec les deux captives du moment et que lui-même se sente plus seul que jamais.

Aujourd'hui, cet Owen n'est qu'une pâle copie de ce qu'était son Liam, un gosse bosseur, intelligent, avec lequel il vivait en parfaite harmonie. Il a été reformaté par le monde dans lequel il a vécu. Il s'est marié, s'est glissé dans la peau de monsieur Tout-le-monde. Et, au lieu d'accepter d'écouter les avertissements de son père, il a préféré jouer les prudes. Il l'a même chassé de chez lui !

Simon regagne la cuisine d'un pas lourd. Il ouvre la porte du frigo pour attraper une bouteille de bière. Une série de grincements dans la pièce voisine le fait sursauter. Il écoute ces sons inconnus. Des sons annonciateurs d'ennuis.

Il y a du monde dans la maison. Il comprend confusément que de traqueur il est devenu la proie. Il fait volte-face, prêt à vendre chèrement sa peau, mais se fige quand il se retrouve nez à nez avec le canon d'une arme.

— Bonjour, Simon.

Perdu pour perdu, il s'apprête à se jeter sur son agresseur pour tenter de le désarmer quand il entend des pas derrière lui.

— Je ne ferais pas ça, si j'étais toi…

Il comprend que, quand il a rendu visite à Liam, il est tombé dans le piège qu'on lui a tendu. Et lui qui cherchait désespérément à comprendre le but de ces morts ! C'est limpide à présent. Dès qu'il a vu le visage de Liam à l'écran, il était foutu. Son besoin de le revoir, sur lequel ses visiteurs comptaient, l'a poussé à la faute. Avec complaisance, il a créé un pont entre son fils et lui, un pont facile à enjamber pour deux personnes décidées à retrouver sa trace.

Il se retourne pour faire face à la seconde menace et perçoit du coin de l'œil le mouvement derrière lui. Un choc sur le crâne le fait tomber en avant. Il s'évanouit au moment où il touche le sol.

40

Mary se pencha au-dessus du vide pour regarder le corps de l'homme s'écraser sur un rocher en contrebas. Elle le vit ouvrir la bouche sur un cri silencieux, avant d'être emporté par le courant.

— Il faut y aller. On doit disparaître.

— Oui, avant que le vieux nous retrouve... Il faut qu'on aille voir la police !

Mary attrapa son poignet pour la retenir.

— Attends ! Toi, tu fais ce que tu veux mais, moi, je ne peux pas prendre ce risque-là. Ils m'arrêteraient à cause de ce que j'ai fait avant de quitter la maison de mon père.

Prendre une initiative ? Rester toute seule ? Emily se dégonfla.

— On va rester dans les bois pour le moment. Personne ne nous trouvera, proposa-t-elle.

Sans savoir dans quelle direction elles partaient, elles se mirent à courir en se soutenant l'une l'autre. Trop effrayées pour songer à l'obsession de la vengeance qui allait corrompre toutes leurs pensées à venir, elles ne cherchèrent qu'à s'éloigner le plus possible de la ferme où elles avaient été séquestrées pendant toutes ces années et à éviter les villes et la civilisation. Elles se perdirent, tournèrent en rond, firent des détours inutiles, car en forêt rien ne ressemble plus à un arbre qu'un autre arbre...

Au petit matin, épuisées par leur course folle, vêtues en tout et pour tout de chemises de nuit trop courtes, pieds nus, frigorifiées, elles se serrèrent l'une contre l'autre en s'abritant derrière un rocher.

— Nous ne pourrons pas survivre longtemps comme ça, constata Emily en grelottant. Il va falloir trouver des vêtements. Et il faut qu'on soigne ta main et ta jambe. Elles risquent de s'infecter.

Emily la surprenait agréablement maintenant que son esprit se remettait à fonctionner en dehors du mode victime. Mary ne put qu'acquiescer au bon sens de sa réflexion, mais pour le moment elle était trop épuisée.

— Dès qu'on pourra, on s'occupera de tout ça. Ma cuisse ne saigne presque plus. Pour l'instant, j'ai surtout besoin de récupérer.

Elle avait compris depuis longtemps que le sommeil était le meilleur moyen d'oublier la faim, le froid et le désespoir.

En milieu de journée, Emily se glissa à l'arrière d'une friche parsemée de mobil-homes, qui sentait la misère sociale à plein nez. Elle vola des vêtements sur plusieurs fils à linge ainsi qu'une paire de tongs et des baskets en toile. Un peu mieux équipées, elles repartirent, pas forcément en ligne droite, toujours avec l'optique de prendre de la distance.

Trois jours après leur fuite, elles squattèrent les sanitaires d'une station-service pour se laver et se redonner un semblant d'apparence humaine. Quand elles sortirent en plein soleil, Emily chancela. Mary la retint avant qu'elle tombe.

— Qu'est-ce que tu as ?

— J'ai faim ! On n'a que de l'eau dans le ventre depuis notre évasion.

— Je vais voir ce que je peux trouver, attends-moi ici.

Sans argent, elle dut se résoudre à fouiller les poubelles. Elle dénicha des restes de sandwich ainsi qu'un journal. Assises sur le trottoir, à l'arrière de la station, elles se partagèrent cette maigre pitance, tout en se penchant sur les nouvelles du jour, le 13 mars 2000.

— J'ai passé cinq ans enfermée dans le sous-sol de ce malade, constata Mary, les poings serrés.

— Et moi, trois, compléta Emily.

Émues, elles restèrent silencieuses quelques secondes. Mary ne pouvait pas se montrer faible, pas alors qu'elles étaient enfin libres. Même si elle avait envie de se rouler en boule et de chialer pendant des heures, elle refoula cet accès de faiblesse. Elle tourna une page du quotidien et la parcourut, comme si de rien n'était. Soudain, elle tapota le papier du bout des doigts.

— Tu as vu ? Le journal parle d'un gars qui a été amené à l'hôpital après avoir fait une chute dans un torrent.

Emily se pencha sur l'article.

— Tu crois que c'est celui que tu as poussé ?

Mary ne pouvait avoir de certitude. Tout ce qu'elle savait à cet instant, c'est qu'à l'urgence de prendre la fuite commençait à succéder l'envie de rendre les coups.

— Il faudra qu'on s'en assure, répondit-elle avec un calme qu'elle n'éprouvait pas.

Emily approuva.

— Ça fait du bien, fit-elle en se léchant les doigts pour ne pas perdre une miette de leur repas.

Mary ne put se retenir de glousser en imaginant cette fille, bien née, cheerleader *intégrée, petite amie officieuse du gars le plus convoité de son école, en train de s'empiffrer de restes de nourriture exhumés d'une poubelle en plein soleil.*

— Qu'est-ce qui te fait rire ?

Mary secoua la tête.

— Je me demandais ce que tu allais faire maintenant. C'est vrai, tu peux rentrer chez toi. Tes parents seront soulagés de te revoir après toutes ces années. Tu pourras reprendre le cours de ta vie, mettre fin à leur calvaire et à leur incertitude.

Emily resta sans réaction face à ces paroles.

— Et toi ? Quels sont tes projets ?

— Mon père était à peine moins taré que celui qui nous retenait captives. Je ne veux et ne peux pas y retourner, vu que j'ai tué un homme et que je lui ai piqué son fric avant de prendre la fuite. Je risque la prison. Et je ne te cache pas que je préférerais crever plutôt que de me retrouver enfermée à nouveau.

— Je te comprends. C'est comme si tu revenais en arrière, les viols en moins.

Emily leva la tête pour observer le ciel.

— Si je rentre après ces trois ans d'absence et que j'explique ce qui m'est arrivé, tout le monde saura que j'ai été violée. Je serai à jamais une victime. Gail ne voudra plus de moi. Et aucun autre garçon n'aura envie de passer après le monstre qui m'a infligé ça.

— Aucun autre garçon ? Parce que tu envisages que des hommes puissent encore te toucher ? lança Mary, offusquée.

— Il n'est pas question que je laisse cette ordure gagner, affirma Emily. J'aimais le sexe avant qu'il m'enlève. J'arriverai à l'aimer de nouveau, même si ça doit me demander cinquante ans d'efforts. Reculer sur ce point, ça reviendrait à lui concéder la victoire. Et il m'a déjà assez pris.

Mary resta songeuse.

— Et tu penses vraiment que tu ne peux pas avoir ça en retournant vivre chez toi ?

Au fil des jours, des mois et des années, la voix de Mary avait pénétré les fibres de son être. Emily se demandait même parfois s'il restait quelque chose d'elle, enfin du « elle » d'avant tout ça. Elle admettait, de fait, qu'elle était devenue une extension de Mary, un clone en moins bien de sa sauveuse, comme un bébé né avec deux têtes, mais un seul corps. Si elles se séparaient, Emily n'était pas sûre de réussir à conserver son intégrité mentale.

— Mon ancienne vie a pris fin le jour où je me suis réveillée dans cette cave. Si tu es d'accord, je vais rester avec toi et tout recommencer de zéro.

La confiance qu'Emily plaçait en elle touchait particulièrement Mary.

— Alors, dis-moi, quelles sont tes intentions, Mary ?

Elle réfléchit longuement.

— Quel que soit le temps que ça prendra, je veux me venger. Je veux les tuer. Tous les deux.

Emily se leva et lui tendit la main.

— Je suis avec toi.

Mary serra la paume tendue avant de remarquer les regards intéressés des chauffeurs routiers sur elles.

— On doit lever le camp avant d'attirer trop l'attention.

Après plusieurs jours de marche, elles arrivèrent à Tacoma. Dans cette grande ville, les premiers choix difficiles pour survivre se présentèrent. Elles n'avaient pas d'argent, pas de vêtements de rechange, pas de logement, et elles n'avaient pas mangé depuis trois jours, quand un type chauve à l'allure de comptable arrêta sa voiture à côté d'elles et proposa une passe à Emily.

— C'est d'accord, répondit celle-ci après un petit moment de flottement.

Mary tenta de la dissuader d'accepter en la tirant à l'écart.

— On va trouver un autre moyen de gagner notre vie. Je te le promets.

— Quel moyen ? Faire la manche ? Décrocher un boulot malgré notre allure de SDF ? Gagner à la loterie ? Sois réaliste : c'est impossible.

— Tu as dit qu'il te faudrait du temps. Ne fais pas ça...

Emily posa la main sur la sienne pour la faire lâcher prise.

— On a besoin de son fric parce qu'on crève la dalle, Mary. Si nous voulons nous venger un jour, nous devons d'abord survivre.

Elle reporta son regard sur le type qui assistait silencieusement à leur conciliabule.

— Et puis, il a l'air gentil. Il me semble parfait pour me réapproprier mon corps. Il m'aidera à chasser l'odeur de cette ordure de mon nez et à ne plus me réveiller en sentant sa bite me déchirer les entrailles. Tu comprends ?

— Non, soupira Mary, mais je ne t'empêcherai pas de faire ce que tu crois juste.

Et Emily gagna de l'argent qu'elle partagea. Pour la première fois depuis longtemps, elles purent manger à leur faim. Quand le type revint deux jours plus tard, elles s'offrirent des vêtements propres. Avec leur allure plus présentable, Mary entreprit de leur trouver des jobs de serveuse rémunérés de la main à la main et aux pourboires, dans un bar situé sur les docks. Avec ces revenus stables, elles louèrent une chambre d'hôtel minuscule dans un établissement miteux. Enfin, elles avaient quitté la misère de la rue et avaient repris pied dans la vraie vie.

Emily n'abandonna pas ses extras. Cela lui prit du temps mais, vingt mois après ses débuts dans le plus vieux métier du monde, elle avait amassé assez d'argent pour leur payer de nouvelles identités. Le patron du club de strip-tease où elles bossaient à ce moment-là les envoya vers une de ses relations. Le type leur assura qu'il était un pro, ce que le prix des deux cartes de Sécurité sociale et des permis de conduire tendait à prouver. Il leur expliqua que ces identités volées à des filles mortes en bas âge seraient à l'épreuve d'un premier contrôle poussé. Ensuite, le mensonge s'autoalimenterait de lui-même. Plus elles feraient vivre leurs nouveaux noms et plus le système les intégrerait dans ses bases de données.

Cette première étape dans leur plan fait de patience, d'abnégation et de sacrifices pour accomplir leur vengeance envers Twice, tel que le surnommaient les médias, leur permit de passer au palier suivant. Elles s'inscrivirent à l'université en profitant du fric de l'amant du moment d'Emily. Après toutes ces années à végéter sans utiliser leur cerveau, l'exercice se révéla complexe, mais avec leur but en ligne de mire elles travaillèrent d'arrache-pied. Leur volonté farouche, leur instinct de survie surdéveloppé et leur esprit affûté par les épreuves leur permirent d'obtenir des diplômes avec d'excellentes notes. Elles avaient alors vingt-sept et vingt-cinq ans.

Fortes de ce premier baptême du feu pour leurs nouveaux noms, elles s'enrôlèrent dans l'armée américaine, grâce à la recommandation du doyen de la faculté. Pendant les six années suivantes, elles donnèrent du corps à leur existence tout en obtenant de remplir les conditions nécessaires à l'embauche du boulot de leurs rêves.

Âgées d'un peu plus de trente ans, elles passèrent les tests pour intégrer leurs postes définitifs, à Centralia. Leurs références et leur parcours levèrent tous les obstacles qui auraient pu se mettre en travers de leur route.

Une fois dans la place, elles glanèrent la moindre information, accumulèrent de maigres indices, mais surtout elles progressèrent au sein des services dans lesquels elles furent affectées et gagnèrent la confiance de leurs collègues.

Durant ces dix-neuf années de sacrifices et de dévouement total à leur objectif, elles gardèrent un œil sur le fils de leur bourreau. Si elles craignirent dans un premier temps de perdre sa trace lorsqu'elles partirent pour l'université, puis dans leurs différentes affectations militaires, elles furent vite rassurées. Owen Maker était un incurable sédentaire.

Quand il fut évident pour elles qu'elles ne pourraient jamais trouver Twice avec les informations officielles disponibles le concernant, elles changèrent de cap et optèrent pour une phase plus offensive.

41

Blake cligne des yeux. Il a un mouvement de recul en se retrouvant face à une surprenante créature dotée de deux têtes et quatre bras.

— Que…

Simon veut s'écarter de cette vision, mais des liens l'en empêchent. Il est étroitement ligoté par les poignets, le cou et les chevilles à une chaise. Et nu, par-dessus le marché. Ce dernier détail lui fait comprendre la gravité de sa situation.

Il lui faut un instant pour rassembler ses idées et pour interpréter ce qu'il voit. Une femme vêtue d'une combinaison plastifiée, de gants et d'une charlotte qui couvre ses cheveux, se tient derrière une autre. Agenouillée devant lui, cette dernière porte une chemise de nuit comme celles qu'il donne à ses captives et elle a l'air complètement shootée.

Il relève les yeux et croise le regard de celle qui mène la danse. Il l'observe avec attention pendant quelques secondes avant de hocher la tête.

— Je sais qui tu es, annonce-t-il d'une voix calme.

Il perçoit un mouvement à la périphérie de son champ de vision. Une troisième femme, également en combinaison, vient de poser un lourd chargement à ses pieds. Elle est entourée de sacs noirs volumineux. Dans l'immédiat, elle ne représente aucun danger. Il revient donc à la plus menaçante.

— Je t'ai vue à la télé. Tu fais partie des enquêteurs qui me cherchent. Carol Bowns. C'est ton nom, n'est-ce pas ?

Elle ne peut masquer totalement sa surprise.

— Quoi ? se moque-t-il. Tu penses vraiment que j'aurais pu passer au travers des mailles du filet pendant tant d'années sans cette extraordinaire capacité d'observation ?

— Ne fais pas le malin, Twice, le prévient-elle. Tu n'es pas en position de force.

Il observe ses mains liées et lui lance un regard amusé.

— C'est comme ça que procède la police, maintenant ? Tu ne m'as même pas lu mes droits, la sermonne-t-il.

Folle de rage à l'idée qu'il n'ait pas peur et qu'il se foute d'elle ouvertement, elle lui balance son poing sur la pommette. Il encaisse sans broncher, ou presque.

— Et des violences policières en plus…

Carol s'apprête à le frapper à nouveau, mais Jenna intervient.

— Carol !

Celle-ci se fige, le temps de ravaler sa haine.

— Tu penses que tu as affaire à l'enquêtrice Carol Bowns à cet instant ? Regarde-moi bien, espèce d'enfoiré. Je suis surtout la fille qui a passé la moitié de sa vie à te chercher pour se venger.

Simon ne peut cacher sa perplexité. Il plisse les yeux et la dévisage avec attention.

— Pourquoi ferais-tu une chose pareille ? J'ai tué une personne de ta connaissance ? demande-t-il avec désinvolture.

Toujours en retrait, Jenna s'avance soudain et se retrouve dans le champ de vision du tueur.

— Il ne sait même pas qui on est…

Carol ne se laisse pas démonter par la détresse de Jenna.

— Essaye de comprendre pourquoi *deux femmes* pourraient t'en vouloir…

Le visage de Twice se crispe de façon infime quand elle met l'accent sur les mots *deux femmes*. Il colle alors les informations bout à bout, et elles prennent tout leur sens.

— Vous êtes les deux captives disparues le même jour que mon fils.

D'un seul coup, toutes les pièces du puzzle s'emboîtent dans son esprit.

— C'est vous qui avez tué ces filles !

Des filles qui avaient toutes un lien avec Liam pour attirer l'attention de la police sur lui.

— Vous avez piégé mon fils pour me faire sortir de l'ombre.

Évidemment, il fallait avoir vécu les choses de l'intérieur pour pouvoir copier sa méthode au point de leurrer les enquêteurs. Contre toute attente, il se met à rire.

— Alors vous avez infligé à d'autres femmes ce que vous avez subi, juste pour me retrouver ?

Carol ne réagit pas à sa provocation, mais Jenna baisse les yeux.

— Et c'est moi qu'on traite de malade ! ironise-t-il.

— Qu'importent les sacrifices à faire pour arriver jusqu'à toi ! On a réussi.

— Elles en ont pensé quoi, tes captives, de ce qu'elles ont sacrifié pour que tu réussisses ? demande-t-il en se marrant presque.

Carol a un mouvement de colère en constatant que, même en mauvaise posture, il garde le contrôle de la situation.

— Bon ! On a bien rigolé, mais qu'est-ce que vous me voulez exactement ?

— La finalité, c'est ta mort, annonce Carol, mais je te rassure, on ne va pas te laisser partir sans te rendre la monnaie de ta pièce...

Il les dévisage tour à tour. Devant leur expression déterminée, il ne parvient pas à cacher totalement la crainte qui monte peu à peu en lui. C'est une chose d'infliger de la douleur et une autre d'en recevoir... Il en est affreusement conscient.

Elle s'éloigne, le temps de récupérer un couteau de cuisine dans l'un des tiroirs. Quand elle revient, Carol se poste derrière la fille dans le coaltar, qui n'a pas bougé d'un pouce depuis que Simon s'est réveillé, et pose les doigts autour de ses poignets. Comme une marionnettiste, Carol serre la main gauche de son pantin autour du sexe de Twice. Avec la droite, elle place le couteau à la base de sa verge.

— Qu'est-ce...

Sa question se termine dans un hurlement alors qu'elle fait glisser la lame crantée sur lui. Lentement, sans précipitation, elle coupe en se délectant de sa souffrance. Son sang éclabousse le visage de la marionnette qui sursaute et cligne des yeux sans comprendre ce qu'elle est en train de faire.

Quand Carol a jeté le morceau de chair un peu plus loin, Simon est au bord de l'évanouissement.

La douleur pulse entre ses jambes, au rythme des battements de son cœur et du sang qui s'écoule de sa plaie. Sa tête part sur le côté, et il aperçoit le visage dégoûté de Jenna qui a gardé ses distances.

— À toi, Jenna, propose Carol en lui tendant le couteau dégoulinant de sang.

— Non ! Avec une telle hémorragie, il ne va pas survivre longtemps. Il faut que je m'occupe du reste.

Presque déçue par son refus, Carol finit cependant par hausser les épaules.

— Comme tu veux…

Jenna prend une inspiration avant de saisir les anses de deux énormes sacs pour descendre l'escalier de la cave. Elle constate avec émotion que cette salle qu'elle a entraperçue au moment de leur fuite correspond bien à ses souvenirs. Il y a toujours les deux mêmes portes en acier qui occupent le mur de droite. Et il y a cet espace vide à gauche.

Pendant qu'elle ouvre ses sacs pour mettre en place son décor, elle entend les hurlements de Twice. Elle ne peut empêcher ses mains de trembler. Dès qu'elle a terminé, elle remonte à l'étage.

Dans le salon, elle découvre un véritable carnage. Le sang de Simon forme une corolle autour de la chaise, et ça n'est assurément pas le pire de ce que Carol a arraché à son corps. Elle ne se rend même plus compte de ce qu'elle est en train de faire. Elle tranche et taillade allègrement.

— Attention à la mise en scène, Carol, rappelle Jenna à sa complice. Si tu t'interposes entre les projections de sang et leur point d'impact, les techniciens sauront qu'il y avait une seconde personne sur place. Il faudra aussi retoucher l'endroit où tes doigts ont fait écran sur ses poignets et masquer les traces de tes genoux dans la flaque de sang. Et débrouille-toi pour que tes semelles restent propres.

Cette suite de recommandations semble la sortir de sa rage meurtrière. Essoufflée, elle s'immobilise.

— Tu as fini ? demande-t-elle à Jenna.

— Non, j'ai encore deux ou trois trucs à descendre, et après on n'aura plus qu'à boucler les détails en haut.

Jenna voit Carol planter le couteau dans le flanc de Twice. Elle tourne ensuite la lame dans la plaie. Le bonhomme pousse une longue plainte inhumaine. Il n'en a plus pour très longtemps.

Près des sacs, Jenna a besoin de prendre une grande inspiration, car une nausée violente menace toutes leurs précautions pour cacher leur présence sur place. Elle essaye de penser à autre chose qu'au corps mutilé de Twice. Peine perdue.

Elle a gardé un souvenir terrifiant de cet homme. Pour elle, il était immense et imposant, fort et dominateur. D'une main, il parvenait à la plaquer sur son matelas et à lui infliger tous les fantasmes déjantés qui lui passaient par la tête. Elle se sentait si démunie face à sa toute-puissance. Pourtant, quand elles sont arrivées, elles se sont retrouvées face à un vieillard solitaire qui ne leur a opposé aucune résistance. Même ses cris d'agonie la déçoivent.

Alors qu'elle ravale sa bile, elle comprend ce qui cloche. Comment a-t-elle pu imaginer un seul instant que torturer leur violeur pourrait lui permettre de tourner la page ? Cette partie du plan, ça a toujours été le délire de Carol.

Jenna relève la tête alors qu'elle vient de saisir. Elle a réussi à reprendre le cours de sa vie, et cela depuis longtemps, que ce soit avec les hommes ou dans sa carrière professionnelle. C'est vrai, elle adore son métier et elle ne compte pas ses heures pour confondre les coupables afin d'aider les victimes. Alors pourquoi accepte-t-elle encore de maquiller les lieux et de couvrir les traces de Carol ? Pourquoi lui est-elle soumise à ce point ?

Avec un clappement de langue agacé, elle attrape deux autres sacs et les transporte à la cave en évitant soigneusement de regarder ce qui se passe dans la pièce voisine. Bientôt, elle a terminé de disposer les objets avec lesquels elle est venue. À l'étage, Twice n'émet plus que des borborygmes étouffés.

Jenna inspecte le résultat de son travail. Satisfaite, elle remonte pour finaliser et peaufiner les derniers détails. Enfin, elle récupère un ustensile. Elle l'attache à la rambarde sur le palier. Quand elle se tourne vers Carol, elle manque de défaillir face au massacre.

— Carol, ça suffit maintenant. Achève-le !

Avec un rictus contrarié, celle-ci s'exécute en plantant son couteau dans l'œil de Twice. Après ses cris, son silence leur paraît assourdissant.

— Enfile cette combinaison par-dessus la première et remets de l'ordre dans ta tenue avant de te déplacer, sinon tu vas laisser des traces partout, la prévient sèchement Jenna en la rejoignant pour lui donner une pochette contenant le matériel qu'elle vient de mentionner.

— OK ! Et toi, passe l'appel, ordonne Carol d'un ton dur qui prouve que la redescente est difficile.

Jenna traîne la fille qu'elles ont emmenée jusqu'au téléphone fixe. Elle pose un chiffon sur le combiné avant de composer le 911. Dès qu'une opératrice décroche, elle se lance.

— Je l'ai tué ! hurle-t-elle.

— Pardon, madame, je vous entends très mal. Vous pouvez répéter ?

— Je l'ai tué ! Il est mort. Venez vite !

— Qui avez-vous tué, madame ?

— Celui qui me séquestrait ! Il m'a enlevée et violée. Je l'ai tué…

— Où êtes-vous ?

— Je n'en sais rien… J'étais enfermée jusqu'à maintenant, mais j'ai réussi à m'échapper et à le tuer.

Elle pose les yeux sur le cadavre de Twice et laisse ses émotions déborder. Sa voix se brise et tremble comme si elle pleurait. Un peu à l'écart, Carol l'observe la bouche ouverte, médusée par sa prestation.

— Je comprends. Vous voyez quelque chose à l'extérieur pour nous permettre de vous repérer ?

— Je vois des bâtiments de ferme, des arbres, des champs… Je ne sais pas, sanglote-t-elle.

— Rien d'autre ?

— Non !

Consciente qu'elle ne tirera rien de plus d'elle, l'opératrice change d'angle d'attaque.

— Qui êtes-vous ?

— Masha Gould. J'ai été enlevée alors que j'allais faire mes courses. Venez vite, je vous en prie ! Je ne suis pas seule, ici. Il y en a d'autres, je crois, mais je ne sais pas où sont les clés des cellules.

— Vous pouvez me donner des détails pour nous aider à vous retrouver ? insiste sa correspondante.

— Vous ne pouvez pas utiliser le numéro de la ligne fixe pour identifier à qui elle appartient ? s'agace Jenna avant de se reprendre. Oh ! mon Dieu ! Je vais devenir folle si je reste une seconde de plus face à son cadavre. Pitié, dépêchez-vous !

— Vous êtes blessée ?

— Je veux mourir, lâche Jenna d'une voix atone.

— Ne faites pas…

Jenna raccroche en espérant que sa suggestion concernant la ligne téléphonique n'alertera pas ses collègues, mais elle ne peut plus revenir en arrière. Elle nettoie le combiné. Comme elle sait que l'absence d'empreintes de Simon Blake sur son propre téléphone risque d'éveiller les soupçons, elle le lui met dans la main et referme ses doigts autour. Ensuite, elle le pose sur la joue de Masha et dans sa paume pour qu'il porte ses empreintes sanglantes.

— On ne sait pas combien de temps ils vont mettre pour retracer l'appel. Il faut se dépêcher.

Elles peaufinent les derniers détails de leur mise en scène avant de quitter les lieux. Dès qu'elles le peuvent, elles font une halte dans un endroit éloigné et discret pour retirer leurs combinaisons.

Sur la route, Carol reste silencieuse, pendant que Jenna observe le paysage par la vitre.

— Alors, tu te sens mieux ?

— Bientôt, répond Carol.

42

Dwain porte son verre de bière sans alcool à ses lèvres. Il grimace en se demandant pourquoi il s'inflige pareille souffrance… Autant prendre de l'eau pétillante, il saura au moins pourquoi ce qu'il boit n'a pas le goût de la bière. Foutu régime ! En même temps, il est toujours en service. Il s'est juste éclipsé le temps du déjeuner pour honorer ce rendez-vous.

Tout en tapotant la table du bout des doigts pour marquer le rythme du morceau de country rap *Old Town Road* interprété par Lil Nas X et Billy Ray Cyrus, il observe les clients autour de lui et la salle dont les murs rouges s'accordent joyeusement avec les banquettes en skaï beige et les nappes à carreaux rouges qui couvrent les tables.

Au moment où il commence à s'impatienter, il remarque soudain un grand gaillard roux qui vient vers lui. Il se lève avec un sourire de bienvenue.

— Dwain ! Content de te voir.

Nick Lebeau lui tape sur l'épaule dans un geste de camaraderie qui fait s'entrechoquer les dents de Dwain. Une telle masse de muscles, pratiquant assidûment le krav-maga, ne doit même plus se rendre compte de la fragilité des autres.

— Moi aussi, mon vieux. Ça fait un bail qu'on ne s'est pas vus, répond Dwain en se palpant discrètement la clavicule.

— Pas depuis le dossier Monroe, effectivement.

Dwain marque une petite pause avant d'en venir à l'essentiel.

— Je suis un peu surpris que ce soit toi qui aies pris contact pour m'apporter les réponses que j'ai sollicitées.

C'est vrai. Nick est spécialisé dans la surveillance et le démantèlement des groupuscules extrémistes. Rien à voir avec le problème actuel de Dwain. Nick prend un air grave assez inhabituel de sa part.

— Quand j'ai eu vent de ton appel, des questions que tu posais et des remous qu'elles ont provoqués en interne, j'ai pris sur moi pour venir te voir.

Pour un homme de sa corpulence, il a une voix étonnamment douce. Il a aussi l'art de rendre presque toutes ses phrases piquantes grâce à un subtil mélange entre des jeux d'intonation, une touche d'autodérision et une tonne d'humour. La façon dont son visage expressif de lutin irlandais s'anime n'est pas étrangère non plus au résultat obtenu.

— Tu veux boire quelque chose ? lui propose Dwain tout en lui montrant la banquette.

— Tu as déjà mangé, constate Nick en regardant sa montre. Ah ouais… je suis en retard, tu as eu raison.

— En ce moment, tu dois te douter que je ne peux pas m'absenter très longtemps, s'excuse Dwain.

— Évidemment. Je veux bien un whisky, demande Nick en s'asseyant.

Dwain appelle la serveuse pour passer commande. Dès que le verre arrive et qu'elle s'éloigne de leur table, Dwain en vient au fait.

— Je suis sur une enquête épineuse. Tu en as sûrement entendu parler puisque, après une longue période de silence, Twice semble avoir repris du service. Nous avons retrouvé trois nouvelles victimes que nous lui avons attribuées. Dès la première, j'ai appelé Lyle Esteves à la rescousse.

L'expression de Nick trahit ses pensées. Pour lui, c'est évident, Dwain n'aurait pas dû faire ça.

— Quoi ? demande Dwain.

— Continue, élude-t-il. Explique-moi tout ce qui te préoccupe, et je te dirai ce que j'en pense ensuite.

Dwain serre ses mains l'une contre l'autre. Il prend une inspiration avant de se lancer.

— Je sais qu'il est considéré comme le spécialiste incontesté de ce tueur, mais en réalité il m'inquiète… beaucoup.

Nick attend la suite, sans se mouiller.

— Quand il est arrivé, il refusait d'admettre que notre victime était liée à Twice parce qu'il savait qui étaient les deux captives actuellement retenues, reprend Dwain. Sauf que tout y était : le mode opératoire, la signature, les détails tenus secrets… Et d'un seul coup, Lyle s'est laissé convaincre. Dès lors, il s'est jeté sur le moindre indice. Il n'a pas hésité à contourner la loi. Il a tiré des conclusions hâtives et a occulté toutes les informations qui le gênaient pour arriver là où il le voulait.

— Tu veux parler de l'arrestation d'Owen Maker ?

— Exactement. Et, chaque fois que Lyle s'est retrouvé au pied du mur, à cause de ses propres négligences soit dit en passant, j'ai eu la sensation qu'il naviguait à vue, qu'il ne savait pas où il allait en réalité. Pour tout te dire, j'ai eu l'impression d'avoir confié les rênes de l'enquête à un type en train de perdre la boule. Ses regards vides, en particulier, me tétanisent.

Il lance à Nick une moue désolée, comme s'il anticipait une réaction outrée de sa part.

— Cet Owen Maker est innocent, d'après toi ? demande Nick en se passant la main sur les joues.

— Les indices sont contre lui, mais ça ne colle pas avec la réalité. C'est comme s'il avait été victime d'un coup monté dans lequel mon équipière et moi, puis Lyle, aurions sauté à pieds joints. D'ailleurs, j'ai peur qu'en nous focalisant sur ce gars nous ayons ruiné nos chances de succès.

Dépité, il se tait, le temps d'avaler plusieurs gorgées de sa fausse bière.

— J'aimerais donc savoir ce qui se dit sur Lyle au sein du FBI. Suis-je le seul à trouver qu'il a changé par rapport à la dernière fois où j'ai collaboré avec lui ?

Nick n'a pas besoin de répondre. Son froncement de sourcils est suffisamment explicite. Pourtant, il enchaîne, après avoir vidé son verre de whisky :

— Ce que je vais te dire est un secret de polichinelle, mais Lyle devait se faire virer au moment où tu l'as appelé à la rescousse.

— Virer ?

Nick adresse un signe à la serveuse pour une autre tournée.

— Oui. Il a harcelé les familles et les amies des victimes de Twice pour essayer de leur faire cracher un maximum d'informations. Il a volé des indices chez certaines disparues pour étayer ses hypothèses. Il a obtenu leurs dossiers dans la plus parfaite illégalité : chantage, pots-de-vin, menaces. Il ne recule devant rien pour atteindre son but.

Nick secoue la tête.

— Qu'on s'entende : son objectif est louable, mais je pense qu'il a oublié qu'il existe des limites à respecter.

— Et c'est à cause de ça qu'il devait être viré ?

Nick soupire et hésite une seconde avant de parler.

— Quand les premières plaintes des familles sont tombées, les résultats de Lyle parlaient pour lui. Elles ont donc été étouffées et enterrées sous une pile de dossiers plus urgents. Mais, durant ces cinq dernières années, ses comportements de plus en plus indélicats, extrêmes et irrationnels ont fait grincer les dents de ses supérieurs. Ils ont finalement ordonné une expertise psychiatrique.

Sous l'effet de la surprise, Dwain manque d'avaler sa gorgée de travers.

— Une expertise psychiatrique ? Il a accepté de s'y soumettre ?

— Il n'a pas eu le choix, puisqu'ils ont mis sa pension de retraite dans la balance.

— À ce point-là ? Et qu'est-ce que ça a donné, alors ?

— Les résultats sont édifiants : paranoïaque, obsessionnel, compulsif, mythomane, psychorigide, et ils ont même décelé des tendances narcissiques dans sa personnalité… Ils avaient enfin les motifs pour le suspendre, mais tu leur as coupé l'herbe sous le pied en l'appelant. Une fois les médias dans la boucle, il n'y avait plus moyen de lui retirer le dossier sans admettre qu'ils ont laissé un fou en exercice.

— Un fou, carrément ? s'inquiète Dwain.

— Je te répète ce que j'ai entendu. Ils sont mortifiés de ne pas avoir agi assez vite, mais ils se sentent coincés.

Dwain est paumé.

— Je fais quoi, moi ?

— Tu l'écartes de ton enquête le plus vite possible. Dès qu'il sera loin de l'attention des médias, il pourra être mis hors circuit discrètement.

— Si eux ne savent pas comment s'y prendre, comment suis-je censé faire, moi ? Il n'en fait qu'à sa tête et il prend des initiatives sans même m'en parler. On dirait que c'est moi l'invité, dans tout ça.

Nick lui lance un regard compatissant qui se perd au fond de la salle avant qu'un immense sourire éclaire son visage. Il se lève.

— Est-ce que je t'ai déjà présenté mon compagnon, Oliver Noker ? Je lui ai proposé de nous rejoindre. Il bosse juste à côté.

En voyant le froncement de sourcils perplexe de Dwain, il s'explique en aparté.

— Je l'ai rencontré après ma rupture avec Niko.

— Niko Tackin, si je me souviens bien. Un body-buildé tatoué, non ? demande Dwain.

Lebeau sourit avec gêne, ça n'est pas la première fois qu'on lui fait remarquer son côté minette.

— Oui, c'est ça. Et accessoirement, c'était aussi mon collègue… ça a bien foutu la merde, explique Nick. Avec Oli, c'est plus simple, il gère un magasin. Oli, je te présente Dwain, reprend-il plus fort pour accueillir le nouveau venu.

Dwain lui tend la main, que l'autre serre avec entrain après avoir essuyé sa paume sur son pantalon.

— Enchanté de faire votre connaissance. Nick me disait à l'instant que vous étiez loin des histoires de flics…

— Je tiens un sex-shop, répond le quadra grisonnant aux yeux bleu glacier.

Oli a l'habitude des regards à la fois curieux et embarrassés quand il décline sa profession. Une fois n'est pas coutume, l'homme qui lui fait face semble regretter d'avoir abordé le sujet.

— Oh… d'accord.

Nick passe le bras autour de la taille d'Oli. Le baiser qu'ils échangent fait sourire Dwain. Lui et sa femme se comportaient ainsi au début, mais c'était avant que les enfants arrivent et que la vie les broie sous une routine abrutissante.

— Tu reprends quelque chose ? demande Nick en s'asseyant.

Le portable de Dwain se met à sonner. Il le sort de sa poche et regarde l'écran en grimaçant.

— Oups, cinq appels en absence de ma coéquipière. Elle doit me chercher, s'excuse-t-il.

Il serre la main de Nick, puis d'Oli.

— Merci, j'étais venu pour obtenir des réponses et je les ai eues.

— J'espère avoir pu t'aider, soupire Nick. À une prochaine.

— Au revoir, lance Oli avec un sourire charmeur. N'hésitez pas à passer au magasin, je vous ferai un prix !

— C'est gentil. Je viendrai sans doute faire un tour, un de ces jours…

Dwain sourit avec embarras. Est-ce mal de penser immédiatement à la légiste quand il envisage une visite dans cette boutique ?

Quand il se retourne pour les saluer une dernière fois, les deux tourtereaux discutent avec animation. Leurs rires parviennent jusqu'à lui alors qu'il s'éloigne.

Au moment où il sort du restaurant, son téléphone sonne à nouveau.

— Cartwright ?

Carol se met à parler d'une voix rapide.

— Dwain ! Enfin ! L'information vient de tomber. Masha Gould a contacté le 911. Elle a annoncé à l'opératrice qu'elle venait de s'échapper de l'endroit où elle était retenue prisonnière et qu'elle a tué l'homme qui la séquestrait.

— Twice ? suppose Dwain, sans oser y croire.

— J'en ai bien l'impression. Elle a appelé vers 5 h 30 ce matin.

— Et la nouvelle ne nous parvient que maintenant ? s'emporte Dwain en regardant sa montre.

Il entend un soupir à l'autre bout de la ligne.

— L'opératrice a voulu en référer à son supérieur avant, je cite, « d'alerter la terre entière ». Le temps qu'ils réussissent à récupérer l'adresse liée au numéro, qu'ils envoient une patrouille et que l'information remonte jusqu'à nous, on a perdu une demi-journée.

— Où es-tu ?

Elle ne répond pas tout de suite.

— Comme je n'arrivais pas à te joindre, Lyle Esteves a décidé de partir sans t'attendre, lâche-t-elle d'une voix agacée. Il a dit que tu nous rejoindrais sur place.

À cet instant, Lyle prend la parole.

— J'ai exigé que les équipes locales ne touchent plus à rien en attendant notre arrivée. J'ai imposé que Paula Atkins soit présente, car son expérience sera précieuse. Elle et la scientifique sont déjà sur place.

— Donne-moi l'adresse. Je pars tout de suite.

43

Rongé par l'impatience, Dwain conduit bien au-dessus des vitesses autorisées. Il suit les indications du GPS jusqu'au moment où il lui demande de quitter Thompson Creek Road SE pour emprunter un sentier en terre battue sur la droite. Il serpente entre des pins majestueux qui tendent leur cime vers le ciel menaçant, parcourt encore une dizaine de kilomètres avant de voir se découper les premiers bâtiments : des étables, des granges, des silos sont disposés autour d'une maison sur un terrain entouré de champs de maïs et de forêts formant un cocon protecteur qui s'étend à perte de vue.

Dwain se gare au milieu des autres véhicules officiels, face à la ferme. Dehors, les nuages noirs masquent si bien le soleil qu'on dirait que la nuit est déjà tombée. Carol et Lyle, qui ont dû le précéder d'à peine une minute, avancent vers un homme en uniforme de haute stature qui se tient sur le pas de la porte, les yeux rivés sur l'orage qui monte. Dwain se dépêche de les rejoindre, alors que des bourrasques violentes essayent de lui arracher sa veste. Au loin, le tonnerre gronde.

— Alors ? demande-t-il en voyant leur visage décomposé.

— Il paraît que c'est pas beau à voir… relaie Carol. Depuis qu'ils bossent ensemble, c'est bien la première fois qu'il la voit si affectée, marquée par deux grands cernes noirs qui lui mangent le visage. Dwain pose la main sur son épaule et la serre délicatement. Surprise par son geste, elle lui lance un regard qui le fait reculer, comme s'il venait de franchir une limite interdite entre eux. Il se sent inexplicablement déçu par sa réaction de rejet. Il toussote pour masquer sa gêne.

— Dwain Cartwright.

— Hugh Laurens, répond le policier. Comme je l'expliquais à vos collègues, mes hommes sont arrivés sur place et ils ont compris que ce qui s'est passé ici ne relevait pas de nos compétences. Comme tout le monde, je vous ai vus aux infos et je sais que c'est dans votre juridiction que Twice sévissait, alors je me suis dit que votre présence et celle du FBI nous seraient bien utiles.

— Parlez-nous du propriétaire de la maison, demande Lyle.

Laurens hausse les épaules.

— Simon Blake était un solitaire. On le voyait peu en ville. Pour ce que j'en sais, il n'a jamais été marié. Il avait une vie sociale réduite au strict minimum depuis la mort de son père. Il n'a jamais eu de démêlés avec la police ou quoi que ce soit qui aurait pu nous mettre la puce à l'oreille concernant ses agissements.

Les premières gouttes de pluie, larges comme des pièces de 50 cents, s'abattent sur eux.

— Je vous conduis à l'intérieur pour que vous puissiez vous rendre compte par vous-mêmes.

Les trois enquêteurs lui emboîtent le pas. Ils traversent un vestibule, puis pénètrent dans la pièce à vivre. Un homme nu, les bras entravés derrière le dossier du siège sur lequel il est assis et les chevilles attachées aux pieds de la chaise leur tourne le dos. Il est entouré d'une flaque de sang qui a pris une teinte sombre en séchant. Ils le contournent pour lui faire face.

— Que lui est-il arrivé ? demande Dwain en constatant l'étendue du massacre.

Paula Atkins les rejoint avec un sachet en plastique contenant un couteau de cuisine couvert de sang. Pour le coup, les ardeurs habituelles que Dwain ressent en sa présence sont réduites à néant.

— Il a été frappé à l'arrière du crâne avant d'être attaché. Puis il a été mutilé. Émasculé.

Là, elle leur indique deux plots numérotés posés près de deux morceaux de chair qu'ils identifient avec horreur.

— Bon sang ! gémit Dwain.

Il lance un coup d'œil vers Carol, qui semble sous le choc.

— Ce sont ces lésions qui ont le plus saigné, reprend la légiste. Ensuite, il a subi plusieurs lacérations de surface au niveau du torse, elles étaient surtout destinées à le faire souffrir. Il y a également des entailles plus profondes qui ont dû toucher des organes et provoquer d'importantes hémorragies internes. Le coup fatal a été porté à l'œil mais, même sans ça, je suis presque sûre qu'il n'aurait pas survécu à ses blessures.

— Merde ! jure Lyle. Ça ne peut pas être Twice ! À vue de nez, ce type a au moins soixante-dix ans.

— Avant de dire ça, vous devriez descendre à la cave, soupire Laurens.

— Attendez ! Où est Masha Gould ? demande Carol.

— Vous voulez parler de la fille qui a fait ça avant de nous appeler ? Elle est là.

Laurens les invite à faire quelques pas sur la gauche avant de leur indiquer un point en hauteur. La poitrine et le visage de la pendue qu'ils découvrent sont barbouillés de projections écarlates. À partir de la moitié des cuisses jusqu'aux pieds, elle est couverte d'hémoglobine séchée, comme si elle s'était tenue à genoux devant Twice pour le torturer et avait baigné dans son sang. Elle a d'ailleurs laissé des empreintes de pas vermeilles et poisseuses sur le sol et dans l'escalier. Sous ses pieds, le sang qui a imbibé le vêtement a goutté et formé une petite flaque. Enfin, une chaîne attachée à son poignet droit pend dans le vide.

— Elle a mis fin à ses jours, constate Esteves, un soupçon de déception dans la voix.

— Après ce qu'elle a vécu dans cette maison et fait à cet homme, je pense qu'elle a craqué, confirme Laurens. Les propos qu'elle a tenus à la standardiste du 911 étaient assez clairs concernant son état d'esprit. Elle a attaché une corde à la rambarde de l'escalier au niveau du palier du premier étage. Ensuite, elle s'est jetée dans le vide, leur explique-t-il. Ses cervicales ont été brisées net par l'impact. Elle a dû mourir sur le coup.

Dwain observe l'infime balancement du corps avec une profonde sensation de lassitude et d'échec.

— L'équipe du légiste ne va pas tarder à emmener le corps, reprend Laurens. Si vous voulez aller le voir de près ou demander des photos spécifiques, c'est le moment.

Ils restent silencieux pendant que Paula Atkins supervise l'opération. Ses collègues détachent et allongent le cadavre de Masha dans un sac noir qu'ils sortent de la pièce.

— Comment s'est-elle échappée ? demande Dwain.

— Je vous montre, propose Laurens en leur faisant signe de le suivre.

Ils descendent l'escalier du sous-sol. Dans le coin gauche, ils découvrent un matelas crasseux, quelques pots remplis d'eau, de sciure, et un pain de savon ainsi qu'un large seau en plastique bleu fermé par un couvercle.

— Vous avez fini ? demande Laurens à la technicienne de la scientifique qui procède aux relevés des indices présents sur la paillasse.

— Presque, répond-elle en se redressant pour les accueillir.

— Mademoiselle Stones, constate Esteves avec froideur. Je suis surpris de vous voir ici.

Dwain observe son visage adorablement féminin et fin plissé par la colère.

— Ce n'est pas parce que j'ai une relation avec un homme que vous avez brièvement suspecté, avant de le reconnaître comme innocent, que je ne peux plus faire mon métier. Et, comme vous pouvez le voir, ces lieux hors normes nécessitent la mobilisation de tous les effectifs.

— Soit…

Esteves fait mine de se pencher au-dessus du pot bleu.

— Je ne ferais pas ça si j'étais vous, ce sont des toilettes sèches, le prévient-elle alors qu'il mériterait bien de se retrouver le nez dans la merde.

Il la regarde sans comprendre.

— C'est un procédé écologique qui évite d'avoir à utiliser de l'eau. Les filles recouvraient leurs besoins de sciure. Dans les cellules, l'installation était un peu plus sophistiquée, mais ici il s'est contenté d'un seau.

Jenna lui montre les deux portes derrière eux. À l'intérieur, ils perçoivent les voix d'autres techniciens à l'œuvre.

— Une des deux pièces était vide à l'arrivée des policiers, leur explique-t-elle.

— Twice n'avait pas encore eu le temps de trouver une remplaçante à Lucy Anderson, affirme Lyle.

— Si vous le dites. L'autre était occupée par Jacklyn Hollander.

— Où est-elle ? s'enquiert Esteves, impatient.

— Les secouristes l'ont emmenée à l'hôpital il y a un peu plus de deux heures, leur indique Laurens.

Carol tourne sur elle-même en comptant.

— Une, deux et trois. Twice était donc passé à trois captives.

— C'est inexact, la reprend Dwain. Edwina Scofield a été détenue en même temps qu'Abigail Larkin, et Masha Gould en même temps que Sally Wallers. Il a donc détenu jusqu'à quatre femmes simultanément.

Carol se fige. Son regard qui traverse Jenna exprime une certaine forme de panique.

— Il y a un autre matelas et une chaîne libre dans le coin, derrière l'escalier, explique la technicienne en la toisant.

Elle pointe une lampe torche qui perce l'ombre et leur permet de voir ce qu'elle vient de leur décrire.

Ensuite, elle leur montre un trou dans le mur en face d'elle.

— Pour ces filles, Twice a dû agir avec moins de préparation. Masha Gould a réussi à desceller le piton de sa chaîne.

Esteves imagine la suite.

— Elle est montée à l'étage, a surpris son ravisseur en l'assommant. Ensuite, elle l'a torturé à mort avant de nous appeler et de se suicider.

Il s'éloigne pour observer l'intérieur des cellules et se met à marmonner.

— Ce type ne devrait pas avoir cet âge… Il rend les corps de ses victimes depuis vingt-cinq ans. S'il en a presque soixante-dix, ça fait un début d'activité à quarante-cinq ans environ.

Il leur fait face avec un froncement de sourcils.

— Ça ne colle pas. Et pourquoi passer à quatre filles à cet âge-là ? Il ne devait plus être au top de sa forme…

Il se tourne brutalement vers Laurens.

— Jacklyn Hollander a pu donner des informations sur sa captivité ?

Laurens hausse les épaules.

— Il faudrait demander aux infirmiers qui l'ont prise en charge, mais j'ai l'impression qu'elle était dans un profond état de choc en voyant autant d'inconnus débarquer autour d'elle.

Il grimace et tapote sa tempe pour appuyer son propos. Il les laisse ensuite observer les lieux en détail avant de les inviter à le suivre à l'étage. Là aussi, les lieux grouillent de techniciens en blouse blanche, qui arpentent chaque pièce à la recherche d'indices.

— Vous avez trouvé quelque chose ? demande Hugh Laurens au premier qui passe près de lui.

— À cet étage, il y a de quoi nous occuper pendant des jours, répond le binoclard joufflu d'un ton jubilatoire.

— Vous nous montrez ?

Ravi de jouer ce rôle, il les guide d'une pièce à l'autre en sautillant presque sous l'effet de l'excitation.

— Voici la chambre de Simon Blake.

L'effervescence qui règne ici occulte presque les murs peints en bleu roi, les meubles en bois brut et le goût certain que cela dénote.

— Là, c'est la salle de bains. On a récupéré le contenu du siphon. Il y avait des cheveux longs à l'intérieur. Si je devais émettre une hypothèse, je dirais qu'il lavait les filles ici avant de les rhabiller.

Après les avoir laissés observer la pièce, il recule pour rejoindre la porte voisine.

— Ici, c'est un bureau.

Il avance en zigzag pour éviter ses collègues qui semblent aussi agités que des guêpes autour de leur nid et se poste devant une armoire. Il leur montre l'intérieur d'un geste ostentatoire.

— Il entreposait les vêtements de ses captives ici.

Face aux petits tas de linge pliés avec soin, Dwain ressent une vague d'impuissance.

— Il y en a tant, soupire-t-il.

— Bien trop, compte tenu du fait qu'il ne détenait plus que deux femmes dans sa cave, tranche Lyle.

À voir son froncement de sourcils, Dwain sait que son cerveau est en train de cogiter et de trouver des explications logiques à toutes leurs découvertes déconcertantes.

— Qu'y a-t-il dans la dernière pièce ? demande Carol.

Le technicien les y conduit.

— C'est une seconde chambre. D'après ce qu'on a pu trouver sur les étagères et dans les placards, on pense que l'occupant des lieux était assez jeune.

Lyle se précipite à l'intérieur. Il inspecte chaque meuble et son contenu avec attention.

— Ça pourrait être celle que notre homme occupait quand il était enfant ? suggère Dwain au technicien.

— J'en doute, les livres sont des éditions d'avant 2000, et ce sont des romans jeunesse pour la plupart.

Les enquêteurs restent silencieux pendant quelques secondes, n'osant formuler l'évidence. Lyle Esteves finit par se dévouer.

— Twice avait un enfant, alors ?

44

Dwain rentre chez lui, les épaules basses. En ouvrant la porte, il remarque une lueur diffuse dans la cuisine. Katia est assise devant un verre d'eau. Elle arbore depuis une semaine des cheveux coupés au carré, une nouvelle coiffure qui lui va à ravir. La vision de son visage démaquillé dont la beauté est toujours perceptible malgré les changements dus au temps, de sa robe de chambre confortable refermée sur une chemise de nuit en coton l'attendrit. Bien sûr, on est loin de la montée d'hormones qu'il ressent à la vue de la légiste, mais face à sa femme il saisit toute la nuance entre un béguin et l'amour. Elle lève les yeux vers lui et lui sourit avec tendresse.

— Salut, lance-t-il. Tu n'es pas couchée ? Tu dois être fatiguée pourtant.

Elle secoue la tête.

— Je t'attendais.

C'est elle tout craché. Après toutes ces années de mariage, elle est toujours aussi prévenante envers lui. Il s'approche d'elle et dépose un baiser sur ses cheveux. Il sent l'odeur de son shampoing au lilas dont il s'enivre quelques secondes.

— Je t'aime bien comme ça, murmure-t-il.

Il ne peut pas lui dire à quel point le simple fait de la voir ce soir lui fait du bien. Elle l'a toujours aidé à chasser les ombres, résistant là où tant d'épouses jettent l'éponge et choisissent des maris plus disponibles. Il se passe une main sur le visage avant de s'asseoir près d'elle.

— Dure journée ?

— Tu n'as pas idée, soupire-t-il en posant la joue sur son poing fermé.

Elle lui montre la télé allumée sans le son dans le salon. Un journaliste d'une chaîne d'information en continu parle avec gravité dans un micro. D'un geste, il montre une percée entre les arbres, et un gros plan de la caméra permet d'entrapercevoir la « ferme de l'horreur », comme ils l'ont déjà surnommée.

— Twice est mort, alors ?

Il serre les dents au souvenir de ce qu'il a vu dans cette maison.

— Oui. On a retrouvé des preuves indéniables dans la cave où il a séquestré des dizaines et des dizaines de filles au fil des ans.

La vision des cellules n'était pas réjouissante, cela va sans dire, mais son malaise devant l'armoire remplie de tenues colorées, modernes ou démodées, dépasse tout. D'ailleurs, c'est plus fort que lui, il a besoin d'en parler pour exorciser cette vision d'horreur.

— À l'étage, il avait un meuble avec des habits de femmes. Des dizaines d'habits…

— Mais je croyais qu'il rendait les femmes qu'il tue habillées. À qui appartiennent ces vêtements ?

Dwain hoche la tête en voyant qu'elle a compris le fond de sa pensée.

— C’est bien ça le problème. Il doit y avoir beaucoup plus de victimes que ce que nous imaginions, sur une période beaucoup plus étendue. On a contacté des spécialistes et les équipes cynophiles pour qu’ils cherchent les corps sur les terres de la ferme de Simon Blake. D’après nos premières estimations, cela pourrait porter le compte de ses victimes à plus de cinquante…

En voyant son air sombre, Katia se lève et lui caresse le cou.

— Tu devrais arrêter de te torturer avec ça pour ce soir. Va te coucher, Dwain.

Il pose la main sur la sienne.

— J’ai eu tort, et le FBI aussi, à propos de Lyle, enchaîne-t-il sans l’écouter.

Elle comprend qu’il a besoin de parler, alors elle lui laisse sa main et reprend une chaise en face de lui.

— Il n’est pas fou, finalement ? demande-t-elle avec légèreté.

— Au contraire. Il avait raison sur toute la ligne ou presque. Ils ont retrouvé Jacklyn Hollander vivante, ce qui confirme la plupart des hypothèses de Lyle, que je jugeais fantaisistes jusqu’à ce qu’on soit appelés pour le corps de Lucy Anderson.

— Comment va cette pauvre femme ? s’inquiète-t-elle.

Il secoue la tête.

— Je ne pense pas que son plus gros problème soit physique. Elle a vécu l’horreur pendant près de six années. Son traumatisme est considérable.

Il ferme les yeux, et Katia respecte son silence pendant quelques secondes.

— Tu crois que les supérieurs de Lyle vont toujours vouloir le virer ?

— Plus que jamais ! C'est Masha Gould qui a mis le tueur hors d'état de nuire. Sans ça, je suis presque sûr qu'on ne l'aurait jamais identifié. Tu te rends compte qu'il fabriquait lui-même ses préservatifs pour que sa consommation intensive ne le fasse pas repérer, qu'il nourrissait ses captives avec la production de sa ferme... il avait pensé à tout, sauf...

Il se tait alors que la vision du corps mutilé de Twice l'empêche de continuer. Il attrape le verre d'eau de Katia et avale quelques gorgées.

— Sauf ?

— Sauf à ce que l'une d'entre elles s'évade.

Elle lui caresse la main en le voyant baisser la tête.

— Il y avait aussi une seconde chambre à l'étage... lâche-t-il presque malgré lui.

Elle observe attentivement son visage grave.

— Pour d'autres captives ?

— Non. Elle contenait des vieux jouets, des livres qu'on lit quand on est adolescent et des vêtements.

Katia frémit.

— Il a aussi enlevé des gamins ?

Il lui lance un regard hanté.

— Je crois que c'était bien plus terrible que ça. Selon toute probabilité, le gosse était le sien.

— Quelle horreur ! dit-elle en plaquant une main sur sa bouche. Et il l'aurait élevé dans un environnement aussi monstrueux ? Où est cet enfant à présent ?

Dwain hausse les épaules.

— Envolé, et cela depuis des années, semble-t-il.

Il passe ses doigts dans ses cheveux en se remémorant l'impression d'avoir pénétré dans un mausolée quand il a franchi la porte de cette chambre.

— Je sais que Lyle est persuadé qu'Owen Maker est beaucoup plus impliqué dans cette affaire qu'il ne le prétend. Pour lui, il va suffire d'aligner tout ce qui n'est pas cohérent, comme les quarante-cinq ans de Twice à ses débuts officiels ou encore son changement de méthode concernant la restitution du corps de ses victimes, pour arriver tout droit à son suspect. Il n'en démordra pas, il va creuser sans relâche quitte à encore contourner la loi pour prouver qu'il a raison.

— Et si c'était le cas ? Si cet Owen Maker n'était pas innocent ? demande-t-elle avec précaution.

Dwain soupire.

— Compte tenu de ses liens avec les dernières victimes, Owen Maker est forcément mêlé à cette affaire. C'est une certitude, mais il manque encore trop de pièces au puzzle pour qu'on tire des conclusions. Bon sang ! Ça m'agace de ne pas comprendre.

— Tu ne trouveras pas les réponses à toutes tes questions ce soir. Alors, viens te coucher. Tu vas avoir besoin d'énergie.

Alors qu'il se brosse les dents, son portable carillonne. Il jette un coup d'œil au message, se fige et, incrédule, le relit. La légiste a répondu à son invitation et accepte de prendre un verre avec lui.

Le cœur battant, il observe son reflet dans la glace. Trente ans de fidélité pour en arriver là ? Il ne sait plus quoi faire, principalement parce qu'il y a un monde entre le fantasme et ce message qui ancre son amourette dans une réalité bien trop proche.

— Tu viens te coucher, Dwain ?

Pris en faute, il sursaute. Katia se tient dans l'encadrement de la porte et lui lance un regard entendu.

— Tu as autre chose à me dire ?

Alors qu'il prend sa décision, la tension disparaît brutalement de ses épaules. Il éteint son téléphone.

— Oui, je t'aime !

Et il se précipite pour la rejoindre.

45

— Tu as bien bossé, Jenna. Même moi, qui savais ce qui s'est passé sur place, j'ai cru à la version des faits que tu as créée de toutes pièces.

Assise sur le canapé du salon de leur maison, les pieds posés sur la table basse, cette dernière quitte la télé des yeux pour se tourner vers Carol, qui jubile d'une façon presque inconvenante en lui tendant une vodka glacée.

— Je sais, assène-t-elle assez froidement en l'acceptant.

Obsédée par sa vengeance et aveuglée par sa rage, Carol n'a pas pensé une seule seconde à prendre des précautions ou à tous les détails nécessaires pour maquiller les lieux afin qu'ils correspondent à l'histoire qu'elles avaient prévu de raconter aux enquêteurs.

Carol voudrait trinquer, mais Jenna lève son verre pour le boire d'une seule traite. Un peu douchée dans son enthousiasme, Carol soupire et essaie encore d'entamer la conversation.

— Je n'avais pas pensé au second matelas que tu as disposé dans le sous-sol, ni même à placer les vêtements de Masha avec ceux des autres victimes de

Twice. Quand on a parcouru les lieux avec Dwain et le FBI, je me suis mise à flipper à l'idée de tout ce qui aurait pu foirer, mais tu avais anticipé tous ces obstacles, approuve-t-elle avec une moue impressionnée qui agace Jenna.

— Tu as l'air surprise que je puisse penser en dehors de toi.

Stupéfiée par son accès subit d'agressivité, Carol la dévisage.

— Qu'est-ce qui te prend ?

Jenna hésite une seconde à peine avant de craquer.

— Je voudrais qu'on reparle d'Owen.

Carol jure en levant les yeux au ciel.

— Si c'est pour me demander de l'épargner, c'est hors de question.

— C'est injuste ! s'énerve Jenna en reposant brutalement son verre sur la table. Il n'est pas comme son père !

— Tu te fous de moi ! hurle Carol.

Jenna serre les lèvres.

— C'est fini, Carol, assène-t-elle. On a eu la peau de Twice et on a réussi à faire porter le chapeau à une innocente. Passe à autre chose, maintenant.

Carol lui lance un regard de pur dédain.

— Je le ferai quand Owen sera mort.

Jenna frémit.

— Et tu crois sincèrement que tu en seras capable à ce moment-là ? Hein ? Comment pourrais-tu tourner la page, alors que tu n'as jamais repris pied dans la vraie vie ? Réagis avant qu'il soit trop tard, je t'en prie, Carol !

Là-dessus, elle tend la main vers leur intérieur dépouillé, une cuisine aux placards vides dignes d'une maison témoin, un salon avec un canapé au tissu élimé, un guéridon, une table basse au bois éraflé et une télé posée sur un cageot. Tout ici est épuré à l'excès, d'un minimalisme qui frôle le néant. Cette maison, elles l'ont choisie loin de tout, pour qu'aucune oreille indiscrète n'entende leurs captives crier. Jenna n'y réside même pas officiellement, pour que personne ne sache qu'elles habitent ensemble et qu'on ne puisse pas établir de lien entre elles. Elles n'ont investi les lieux que pour créer des conditions de détention similaires à ce qu'elles ont pu connaître chez Twice. Ça ne s'appelle pas vivre. Et ça, Mary refuse de l'admettre.

Quand elle pense à la décoration douillette d'Owen, cela lui fait ressentir encore plus durement toutes les privations qu'elle a acceptées, pour un objectif qui n'est plus le sien depuis très longtemps. Aujourd'hui, elle rêve de plaisirs simples, comme de se réveiller aux côtés de l'homme qu'elle aime chaque matin, de se balader avec lui main dans la main ou de regarder une comédie romantique lovée dans ses bras en écoutant son rire. Oh oui ! Elle veut entendre d'autres sons que les gémissements de leurs prisonnières, qui hantent ses cauchemars. Elle veut… vivre. Tout simplement. Est-ce trop demander ?

— Réagis, répète-t-elle d'un ton suppliant.

— Tu voudrais que je baise tout ce qui bouge, comme une chatte en chaleur, comme toi tu le fais ?

Jenna encaisse sa remarque avec un rictus.

— J'ai fait ce qu'il fallait pour reprendre possession de mon corps ! Et toi, qu'as-tu tenté, à part devenir la réplique de l'homme que tu haïssais de toutes tes forces ?

Carol détourne la tête sans parvenir à lui cacher son malaise à cette pensée.

— Une fois qu'Owen sera mort, tu crois pouvoir laisser quelqu'un te toucher ? la provoque Jenna.

Carol serre les dents, sans répondre.

— Tu vois : tuer Owen ne résoudra rien ! Ça n'a pas de sens !

— Pas de sens ? hurle Carol. Quand Annie est morte, Twice m'a refilée à ton Owen, *si innocent et si parfait*, pendant que lui se consacrait pleinement à Vicky, puis à toi. Si j'avais passé l'arme à gauche, toi aussi tu aurais eu à vivre ce changement de propriétaire et tu saurais qu'il est aussi monstrueux que son père !

Jenna secoue la tête et plaque les mains sur ses oreilles.

— Je n'arrive pas à y croire !

— Putain, c'que tu peux être conne ! Tu croyais qu'il faisait quoi dans ma cellule le jour où on s'est échappées ? Le room service ?

Carol lui prend les poignets pour les écarter et l'obliger à l'écouter.

— Quand tu es arrivée, cela faisait des mois que c'était lui qui me violait à chacune de ses visites. Il est aussi coupable que Twice.

— Pourquoi tu ne me l'as jamais dit ? demande Jenna avec suspicion.

— Tu ne crois pas qu'un violeur c'était suffisamment humiliant, sans en rajouter ? Et puis, je pensais que tu aurais compris par toi-même.

Jenna s'entête.

— Il n'est pas responsable de ce que son père lui a inculqué ! Depuis que tu l'as poussé dans le vide, il a perdu la mémoire. Il n'y a pas une once de méchanceté en lui ! Il est doux et…

— Doux ? Tu te fous de moi ? s'emporte Carol. Tu veux que je te parle de sa douceur ? Tu veux les détails sur ce qu'il adorait m'infliger, sur la rage qu'il mettait dans ses gestes, sur la souffrance que j'ai éprouvée en étant son jouet pendant plus de la moitié de ma captivité ?

Jenna prend une inspiration pour se calmer. Carol est incapable de l'écouter ou d'accepter qu'on puisse changer, elle qui est restée figée dans le passé et qui a fait tourner toute son existence autour de ses rêves de vengeance. Elle choisit donc un autre angle d'attaque.

— Qu'auraient dit Edwina et les autres de toi, à ton avis ? Tu penses que tu as été douce avec elles ? Qu'auraient-elles dit de ce que tu leur as infligé, de la façon dont tu les as réduites au rang d'objets ?

Carol ne peut retenir un clappement de langue agacé.

— Ça n'a rien à voir, je les ai toujours droguées pour qu'elles ne souffrent pas.

Jenna lève les mains au ciel.

— Pardonne-moi pour la nuance ! Mais tu pourras toujours enrober la vérité afin de soulager ta conscience : tu les as violées ! l'accuse-t-elle. Exactement comme Twice le faisait avec toi. Et c'est quoi ton excuse ? Ah oui : il fallait que leur corps porte les mêmes stigmates que les victimes du tueur. Que crois-tu qu'elles ont éprouvé en se réveillant avec la certitude de ce qu'elles avaient subi pendant leur inconscience ? Et tu les as assassinées aussi ! Tu veux qu'on en parle, de cet infime détail ?

Jenna lui lance un regard dégoûté.

— Pour une victime, tu es devenue sacrément coupable !

Carol la toise comme si c'était elle qui avait perdu la tête.

— Qu'essaies-tu de prouver ?

— Je suis certaine qu'Owen agissait par mimétisme avec son père. Loin de lui, privé de ses souvenirs, il est inoffensif.

Carol voit son regard rêveur se perdre au loin.

— Bordel, j'aurais dû comprendre que le fait que tu continues à le voir cachait un truc ! Tu es tombée amoureuse de lui ! s'exclame-t-elle, effarée.

Naïvement, Carol croyait dur comme fer que cette nana, dont Owen avait parlé lors de ses différents interrogatoires, était arrivée dans sa vie après la brève incursion de Jenna dans son lit. À aucun moment, elle n'avait imaginé que sa complice pourrait sortir du scénario qu'elles avaient établi, ni qu'elle oserait lui désobéir.

— Putain, Jenna ! Tu étais chargée de l'approcher pour récupérer son ADN afin de le compromettre et de placer des micros chez lui ! À quel moment, as-tu perdu ton objectif de vue et t'es-tu mise à croire à tes propres mensonges ?

Démasquée, Jenna ne sait pas quoi répondre. Et que pourrait-elle dire pour sa défense, vu les circonstances ? La fragilité d'Owen l'a touchée, la belle affaire ! Sa sensibilité l'a conquise, là où les hommes qui la baisent d'habitude se montrent brutaux, égoïstes et empressés. Son respect l'a apaisée, lui donnant l'impression de valoir quelque chose pour la première fois de sa vie. La passion qu'il met dans tous ses gestes quand il lui fait l'amour l'a convaincue qu'il pourrait dorénavant être le seul et l'unique. Bref, tout en sachant qu'il était le fils d'un monstre, complice de son père, elle n'a pas coupé les ponts comme c'était prévu dans leur plan. Rendez-vous après rendez-vous, elle a découvert un individu surprenant et attachant dont elle ne peut plus se passer. Mais à quoi bon chercher à expliquer ça à Carol ? Même avant sa rencontre avec Twice, la vie avait déjà fait d'elle une éclopée. L'amour est, par conséquent, un concept qui la dépasse de très loin.

— Je ne veux pas que tu lui fasses du mal, dit-elle platement.

Carol s'approche d'elle.

— Comment peux-tu laisser une affaire de sexe te faire perdre de vue l'évidence ? Tu sais comme moi que nous n'avons rien fait à Sally Wallers.

Incapable de parer cette attaque, Jenna pince les lèvres. Carol s'engouffre dans la brèche.

— Ton précieux et inoffensif Owen a enlevé, séquestré et violé son ex, avant de la tuer en faisant porter le chapeau à son papounet. Quelle est la différence avec ce que nous avons fait ?

Les larmes aux yeux, Jenna garde pourtant la tête haute, même si sa voix a perdu de son assurance.

— Qui te dit que ce n'est pas Twice qui a tué Sally…

Carol la regarde avec une telle pitié que cette fois elle se détourne.

— Twice gardait deux captives : Lucy et Jacklyn. Alors arrête tes lubies de midinette et aide-moi à planifier la mort d'Owen ! Quand ce sera fait, tu pourras te trouver un nouvel étalon à mettre dans ton lit pour oublier celui-ci.

Les mains serrées nerveusement l'une contre l'autre, Jenna finit par se lever.

— J'ai besoin de réfléchir. Je sors !

Malgré les appels de Carol, elle claque la porte derrière elle.

46

L'édition spéciale a commencé il y a des heures de cela, et Owen est scotché devant.

Aidés de pseudo-spécialistes, les journalistes analysent pour la millième fois le moindre détail qu'ils arrivent à glaner. Ils le décortiquent, l'interprètent, le déforment et le recrachent à un public avide de sensations fortes. Ils ont érigé le façonnage du vide à un niveau confinant au génie, et les quelques images anxiogènes dont ils disposent se transforment peu à peu en cercle hypnotique qui tourne, tourne, tourne jusqu'à la nausée, jusqu'à avoir force de vérité, jusqu'à devenir le seul mode de pensée possible.

Il ferme les yeux en voyant le bandeau annoncer une fois de plus que Twice est mort, tué par Masha Gould alors qu'elle tentait de s'échapper de la cave où il la séquestrait.

Son père est mort.

Que ressent-il ? Un vide absolu, sans aucun doute. Une possibilité envolée d'en apprendre plus sur son passé, comme une promesse non tenue. Du soulagement à l'idée qu'il ne resurgisse plus par surprise dans sa vie. De la peur à la pensée que la police parvienne finalement à établir un lien entre eux.

Il regarde sans les voir les images de la ferme filmées en hélicoptère. Il ne reconnaît pas l'endroit où il est né, où il a vécu toute sa jeunesse et où, selon les dires de son père, il a été complice des horreurs commises sur place. S'il se penche trop sur la question, Owen a l'impression que sa tête va imploser.

Sa seule certitude au milieu de toute cette merde, c'est que Twice est sorti de sa retraite pour venir lui rendre visite hier soir et qu'il est mort à présent. Owen aurait dû le croire à propos de ces meurtres dont il se disait innocent. Ce tueur en série qui en a vu et fait de belles avait l'air choqué qu'on puisse l'imiter et lui faire porter le chapeau. Il pensait qu'on leur avait tendu un piège. Un piège dans lequel il a fini par tomber manifestement. Et Owen imagine sans peine que, si les individus qui se sont donné autant de mal pour arriver à leurs fins l'ont mêlé à tout ça, c'est pour qu'il sente bien le souffle de la lame du bourreau approcher de sa nuque.

Owen tente d'imaginer son existence avant son accident. Comment passait-il ses journées dans cette ferme dont il entraperçoit les murs dans les différents reportages qui défilent à la télé ? Est-ce qu'il s'occupait des animaux ? À quelle fréquence rendait-il visite aux captives de son père ? Il frémit à cette pensée et à ce qu'elle implique.

Owen regrette l'époque où il n'était qu'un simple vendeur de voitures. Bien sûr, son beau-père essayait de lui recoller Sally dans les pattes à peu près deux fois par jour, son plus gros défi consistait à rentrer à l'heure chez lui pour éviter les crises de son ex-femme mais, au regard de ce qui lui arrive aujourd'hui – il a été suspecté de meurtre, il a renoué avec son passé tumultueux, avec sa famille et son identité –, c'était presque le paradis… Doit-il préciser qu'il a perdu son emploi aussi, histoire de parachever le décor ?

Il se retrouve sans revenus depuis que Kathleen Wallers s'est assurée que Jack le vire après la mort de Sally. Pour autant, elle l'estime quand même assez bon pour remettre la maison en état en vue de sa vente et pour ranger et trier les affaires de leur fille, tâche émotionnellement trop difficile pour eux. Comme d'habitude, il a été incapable de dire non. Tu parles d'un fils de tueur en série…

Il a passé sa journée à abattre le mur en carreaux de plâtre qu'ils avaient monté pour séparer leurs domaines respectifs. Pour la première fois depuis leur divorce, il s'est retrouvé volontairement chez Sally. Malgré lui, ses pas l'ont conduit dans la salle de bains où Amy est morte, dans la chambre où elle a été conçue et celle où elle a dormi chaque jour de sa courte vie, même si Jack et Kathleen ont complaisamment entretenu la folie de leur fille en la transformant en simple bureau. Le choc a été rude, et il a fini par prendre la fuite pour se replier dans sa partie de la maison, là où il y a moins de fantômes.

Ensuite, il a dû tout nettoyer, passer l'aspirateur dans chaque recoin du rez-de-chaussée pour enlever la poussière de plâtre qui s'est infiltrée partout. Cette inspection minutieuse lui a permis de découvrir deux petits objets noirs qu'il observe depuis avec incrédulité et effarement.

Est-ce qu'il s'agit bien de micros ? Sa première réaction frise l'incompréhension. Qui prendrait la peine d'écouter les détails de sa misérable vie ? Il lève les yeux et voit le bandeau annonçant la mort de Twice défiler une nouvelle fois en bas de l'écran. La réponse s'impose d'elle-même : une personne souhaitant retrouver son père. Et, à voir les images qui tournent en boucle, le stratagème a fonctionné. Dès lors qu'il a prononcé son nom et fourni son adresse dans cette même pièce, Simon Blake était condamné. Owen va chercher un verre d'eau et jette les micros dedans avant d'aller tout verser dans ses toilettes et de tirer la chasse.

Des coups frappés à la porte le font bondir. Est-ce que son tour est arrivé, est-ce que c'est encore une visite surprise de la police ou une énième tentative d'interview de la part de journalistes plus tenaces que les autres ? Il ne se défile pas.

— Jenna ? s'étonne-t-il en la découvrant sur le perron.

Son maquillage a coulé en longues traînées noires le long de ses joues.

— Tu as l'air bouleversée. Ça va ?

Elle secoue la tête. Les bras refermés autour d'elle, elle tente de se protéger de la fraîcheur de la nuit.

— Je me suis disputée avec ma coloc. Je ne savais pas où aller.

Il s'écarte pour la laisser passer.

— Tu as eu raison de venir. Entre.

Dès qu'il ferme la porte, elle se jette dans ses bras pour le serrer contre elle et profiter de sa chaleur.

— Que s'est-il passé ? s'inquiète-t-il en la sentant frissonner contre lui.

Elle ravale les mots qu'elle a envie de prononcer.

— Une dispute débile sur un désaccord mineur, élude-t-elle, mais elle m'a mise hors de moi.

Il sait qu'elle lui ment, elle ne se serait pas mise dans un tel état pour une broutille. Elle pose ensuite la main sur sa joue pour la caresser. Son expression tendre devient grave.

— Est-ce que tu pourrais me blesser, Owen ?

Est-ce que c'est à cause de lui qu'elles se sont disputées ? Il fronce les sourcils. Comme un écho, la question de Jenna entre en résonance avec ses propres interrogations.

— Te blesser ? Comment ça ?

Elle le met mal à l'aise.

— Est-ce que tu pourrais me faire mal… physiquement ? explique-t-elle. Me frapper ou me forcer si je te disais que je n'ai pas envie de faire l'amour avec toi ?

À cette idée, Owen sent une onde violente lui parcourir le corps. Il la repousse de toutes ses forces.

— Jamais de la vie ! Tu as vu que, même quand Sally me poussait à bout, je n'ai jamais rien fait contre elle.

Elle frémit au souvenir des paroles de Carol à propos de la mort de Sally. Et pourtant, malgré sa taille et sa carrure imposantes, Owen ne lui a jamais semblé menaçant.

— Pourquoi tu me poses cette question ? insiste-t-il.

Elle se mord les lèvres et détourne les yeux.

— C'est à cause de ce que tu as vu aujourd'hui à la ferme de l'horreur ? dit-il, commençant à comprendre.

C'est bien pire que tout ce qu'il peut imaginer. Quand elle a quitté la maison de ses parents pour aller à la soirée donnée par ses amies, jamais Jenna n'aurait pu concevoir que sa vie ressemblerait à ce long tunnel interminable. Elle a fait et entendu des choses qu'une enquêtrice n'aurait jamais dû voir et qu'elle ne demande qu'à oublier. Des choses dont même le fils d'un tueur en série n'aurait pas à rougir.

— Prends-moi dans tes bras.

Il s'exécute et la sent encore trembler contre lui. Il passe la main dans ses cheveux.

— Chut… Jenna. Je suis là…

— Comment un être humain peut-il éprouver du plaisir en infligeant autant de souffrance ? lâche-t-elle en pensant à Twice et à Carol, même si leurs sources de plaisir sont différentes.

Il pose le front contre le sien en songeant à sa propre ascendance malfaisante.

— Je n'en sais rien, absolument rien.

Elle s'écarte de lui.

— Owen, j'ai besoin de toi à un point qui me terrifie.

Elle baisse la tête, mais il passe l'index sous son menton.

— Il ne faut pas que tu aies peur, Jenna. Je suis là.

Elle lui lance alors un regard qui le glace, un regard qui ressemble à un avertissement, et c'est comme si les pièces du puzzle s'emboîtaient brutalement dans sa tête. Jenna est entrée dans sa vie quasiment au moment où il s'est retrouvé entraîné dans cette spirale dévastatrice : la recrudescence de ses cauchemars, son arrestation, le piège tendu à son père. Elle avait accès à des résidus d'ADN et à son intérieur pour y placer des micros. Et pourtant, quel serait son intérêt dans cette opération ? La police ne s'abaisserait pas à de telles extrémités…

Sauf si elle n'a pas agi pour le compte des flics. Un autre déclic se produit dans son esprit. Jenna fait partie des gens qui ont piégé son père. Elle a son sang sur les mains ! Une rage froide l'envahit.

— Viens ici, dit-il pourtant avec un sourire enjôleur.

Il la soulève. Elle noue les jambes autour de sa taille et les bras autour de son cou. Il l'embrasse. Quand il s'écarte d'elle, elle comble l'espace entre eux pour reprendre possession de sa bouche. Il la porte jusqu'à sa chambre et la dépose sur son lit.

— Est-ce que tu en as envie, Jenna ? Ce n'est peut-être pas de ce genre de réconfort dont tu as besoin.

S'il savait à quel point elle veut sentir sa force brute contenue, son corps massif contre le sien et l'intensité de son désir pour elle. Elle hoche la tête avec un désespoir qu'il perçoit. Owen ouvre les boutons de son chemisier et le lui retire. Elle ne porte rien en dessous. Il sourit avant de la déshabiller totalement. Elle se redresse pour l'aider à se débarrasser de ses vêtements. Il se fige au-dessus d'elle et pose la main sur sa poitrine, tout en observant ses réactions.

— Owen, le supplie-t-elle presque.

Avec docilité, il enfile un préservatif et lui fait l'amour jusqu'à ce qu'elle finisse par s'endormir, repue, entre ses bras. Collé à elle, il détaille le profil apaisé de cette traîtresse.

Il ne sait pas quel type d'ennemi il va devoir affronter prochainement mais, si baiser cette fille jusqu'à plus soif lui permet de l'avoir dans son camp le moment venu, il ne s'en privera pas.

Il dépose un baiser sur la tempe de son pion qui ronronne de plaisir contre lui.

47

Dwain trépigne d'impatience. Assis dans ce couloir aseptisé, ils attendent le feu vert du médecin pour rencontrer Jacklyn Hollander. Il jette un coup d'œil vers Carol, qui semble tendue comme un arc. Seul Lyle a l'air aussi à l'aise que s'il s'apprêtait à commander un café dans un bar.

Pour la millième fois, après avoir observé ses collègues, Dwain fixe la porte de la chambre 205 avec nervosité. Il déteste les hôpitaux, leur odeur, les sentiments d'impuissance et d'inéluctabilité qui le prennent à la gorge chaque fois qu'il y entre. Aujourd'hui n'échappe pas à la règle, malgré les regards agacés que Lyle pose sur lui.

Enfin, le médecin sort. Dès qu'il les voit se lever avec l'énergie de diables surgissant de leur boîte, son visage se contracte.

— Je suis le Dr Ian Blossom. Je sais ce que vous attendez, mais l'état de Jacklyn Hollander me paraît encore beaucoup trop instable pour mener cet entretien. Ce type est mort, non ? Alors, il n'y a plus d'urgence, tente-t-il pour les raisonner.

— Nous n'aurions pas fait le déplacement si cela n'était pas important, docteur, insiste Lyle. Nous n'abuserons pas de son temps ni du vôtre, mais c'est crucial de recueillir son témoignage « à chaud ».

— Je sais… reconnaît le médecin comme s'il était certain qu'ils allaient rejeter chacun de ses arguments. Et Jacklyn en est consciente, elle aussi. Elle m'a expressément demandé de rester avec elle pendant votre interrogatoire. En conséquence, je vous préviens qu'au moindre signe indiquant qu'elle est en train de flancher je vous ferai sortir de sa chambre. Je veux qu'on se mette bien d'accord sur ce point avant que vous commenciez, car cette condition est incontournable.

Lyle s'apprête à ouvrir la bouche pour contester cette décision, mais Dwain le coupe.

— Nous n'avons pas l'intention d'abuser ni de la mettre en difficulté et nous respecterons à la fois le souhait de votre patiente et vos consignes.

Lyle lui jette un coup d'œil chargé de désapprobation. Carol se penche vers lui.

— Le médecin a raison, Esteves. Twice est mort. Nous aurons des dizaines d'occasions de pouvoir reparler à cette femme. Évitons de la brusquer ou de nous la mettre à dos.

Lyle finit par céder. Il adresse un signe de tête à Ian Blossom.

— Très bien. Allons-y mais, si un seul mot qu'elle prononce sort de cette pièce, j'aurai votre peau. C'est entendu, docteur ?

— Vous n'avez pas besoin de me menacer, réplique le médecin, offusqué.

Ils pénètrent l'un derrière l'autre dans cette petite chambre individuelle largement éclairée par des fenêtres exposées plein sud et donnant sur un parc arboré. Ils se placent de part et d'autre du lit de la jeune femme qui se tend à la vue de tout ce monde. Dwain ne peut cacher sa réaction horrifiée en découvrant cette survivante décharnée qui s'agrippe à ses draps avec un désespoir poignant. Durant leur enquête, il a étudié des dizaines de photos d'elle, mais aucune ne l'a préparé à affronter son regard hanté par une peur viscérale quand elle les observe, Lyle et lui. Comment un homme peut-il préférer être scruté de cette façon et prendre de force ce qui devrait lui être offert avec confiance et abandon ?

Il entend Carol les présenter tous les trois, ce qui lui laisse le temps de se ressaisir.

— Vous savez pourquoi nous sommes là, mademoiselle Hollander, commence Lyle. Vous êtes la seule victime vivante de Twice. Nous avons besoin de recueillir votre témoignage.

Elle jette un coup d'œil vers le Dr Blossom avant de hocher la tête à leur intention.

— Je sais.

— Si nous débutions par le premier événement, suggère Dwain avec retenue.

Elle prend une inspiration tremblante avant de se lancer.

— Il m'a enlevée à la sortie de mon cours de yoga. Je m'apprêtais à rentrer chez moi quand il m'a demandé son chemin. La seconde suivante, il m'avait assommée. Je me suis réveillée dans la pièce où vous m'avez trouvée et je ne l'ai pas quittée depuis.

— Combien étiez-vous dans ce sous-sol, à ce moment-là ?

— Deux, lâche-t-elle dans un filet de voix.

Le médecin l'encourage encore d'un signe bienveillant quand elle glisse un regard vers lui.

— Quand je suis arrivée, ma voisine s'appelait Doris.

— Doris Foster, confirme Lyle. Qu'est-elle devenue ?

Jacklyn déglutit avant de détourner les yeux.

— Il s'est débarrassé d'elle parce qu'elle passait son temps à pleurer. À la fin, je l'entendais gémir en permanence. Il n'aime pas les filles qui se laissent aller comme ça.

Son ton est dur et légèrement méprisant, comme si elle avait absorbé les consignes de Twice pour les faire siennes.

— C'est en comprenant ça que vous avez survécu à toutes ces années de captivité ? demande Carol.

Jacklyn hoche la tête, mais son regard est absent.

— Disons que cela fait partie des premiers conseils que les captives se passent entre elles. « Sois forte. » Ce qu'il aime c'est la résistance, la combativité, pour pouvoir nous écraser sous sa botte et prendre ce qu'il veut, quand il veut. Je l'ai vraiment compris quand Margaret a fait une tentative de suicide en se frappant le crâne contre le mur.

— Margaret ? demande Dwain en se tournant vers Lyle.

Lyle lui fait signe qu'elle est inconnue au bataillon.

— Elle n'est pas restée longtemps, affirme Jacklyn. Deux semaines tout au plus avant qu'il pique une crise en la découvrant en train de baigner dans son sang.

Il l'a achevée et s'est débarrassé de son corps. Je l'ai entendu la maudire pendant des heures alors qu'il récurait sa cellule.

Lyle lance un coup d'œil vers Carol. Dès le jour de leur rencontre, elle a évoqué cette possibilité, et tout semble lui donner raison. Twice ne rendait que les filles qu'il avait tuées lui-même et pas les éclopées ou celles qui étaient mortes de maladies.

— Puis il a amené Janice.

— Janice Tuckson, précise Lyle, maintenant qu'il est de retour en terrain connu.

— Même si elle est restée plus longtemps, elle non plus ne devait pas convenir à son esprit tordu. Il l'a tuée. Et Lucy est arrivée. Je n'avais pas réussi à aider les autres, alors je lui ai dit comment se comporter, qu'il fallait être forte, comme Doris me l'avait conseillé avant de perdre son combat. Mais à quoi bon se battre quand votre seul horizon est une cellule miteuse, sans aucune autre distraction que les visites de ce taré et les pleurs de votre voisine d'infortune ? Lucy a fini par craquer elle aussi. Son esprit s'est fissuré, et elle a cessé de lutter.

— Il l'a tuée, termine une Carol très affectée.

Jacklyn hoche la tête.

— Ensuite, je me suis retrouvée seule jusqu'à ce que les secours arrivent.

Lyle se redresse.

— Non. Il y avait deux autres filles ces derniers mois, n'est-ce pas ?

Jacklyn le dévisage sans comprendre. Il voit l'effort qu'elle fournit pour soutenir son regard sans trembler.

— Pas dans le sous-sol en tout cas, affirme-t-elle.

— Vous en êtes sûre ? demande Dwain avec gentillesse. Nous avons retrouvé des matelas face à vos portes.

— Bien sûr que j'en suis sûre ! Le bruit de ses pas sur les marches de l'escalier et le long du couloir jusqu'à nos portes, les cris de notre voisine de cellule…

Sa voix se brise. Elle cache son visage dans ses mains pendant quelques secondes. Le médecin commence à s'agiter, mais elle prend une grande inspiration et se redresse.

— Tout cela faisait partie intégrante de son jeu. Il voulait qu'on l'entende arriver et qu'on ressente du soulagement quand il choisissait l'autre ou de la terreur quand ça tombait sur nous. Il voulait qu'on n'ignore rien de ce qu'il faisait subir à l'autre.

Blême, Carol s'agite sur sa chaise. Jacklyn croise son regard et y lit une frayeur qui répond en écho à la sienne.

— S'il y avait eu d'autres captives dans le sous-sol ces derniers mois, je les aurais entendues et entraperçues quand il ouvrait la porte.

— Vous voulez dire que vous n'avez jamais entendu parler d'Edwina, d'Abigail, de Masha et de Sally ? insiste Dwain.

— Jamais.

Insensible aux efforts qu'elle fait pour donner le change, Lyle revient à la charge.

— Êtes-vous bien sûre que votre esprit ne vous joue pas des tours ? Après ce que vous avez subi, vous pourriez avoir…

Il fait un geste explicite vers sa tête. Carol a envie de le frapper alors que Jacklyn se recroqueville sous l'affront.

— Comme je vous l'ai dit, ses visites constituaient la seule rupture dans notre isolement. J'aurais reconnu les cris de Lucy entre mille, tout comme elle aurait pu faire la même chose avec les miens. Il n'y avait que nous…

Elle relève le visage, il est couvert de larmes amères. Le médecin s'en mêle, non sans avoir foudroyé l'agent spécial du regard.

— Je vais vous demander de sortir, à présent.

Jacklyn ne réagit pas à son ordre, tant elle semble avoir replié l'espace autour de sa maigre carcasse pour quitter cette chambre, ce monde et toutes ses horreurs. Avant de partir, Dwain observe sa silhouette aussi frêle que celle d'une poupée de porcelaine. Il a envie de lui transmettre une parole d'encouragement, de lui certifier que les choses vont s'arranger pour elle, mais il sait que c'est faux et que le plus dur reste à faire.

— Elle a sacrément perdu la boule pour ne pas s'être rendu compte qu'il y avait d'autres personnes dans ce sous-sol, lance Lyle dès que la porte se referme derrière eux.

Outrée par ce qu'elle entend et ce qu'elle sait, Carol se jette sur lui et attrape le col de sa chemise qu'elle serre dans son poing. Déséquilibré, Lyle recule et heurte le mur derrière lui.

— Espèce de sombre connard ! Comment avez-vous osé sous-entendre qu'elle avait perdu l'esprit après ce qu'elle a enduré entre les pattes de cet enfoiré ?

Dwain saisit ses épaules pour la tirer en arrière, mais elle ne cède pas d'un pouce.

— Carol ! Carol ! Arrête ! Qu'est-ce qui te prend ?

Il pose les doigts sur les siens.

— Lâche-le ! Tout de suite.

Elle jette un coup d'œil vers lui. Furieuse, elle finit par céder et par reculer en jurant. La main sur la bouche pour ravaler sa haine et ses souvenirs, elle fait les cent pas.

— Tu devrais aller te reposer un peu, propose Dwain. Cette enquête a été difficile et nous a tous minés. Prends quelques jours s'il le faut.

Carol cesse ses allers-retours. Elle repousse ses cheveux courts d'un geste nerveux.

— Ouais. Tu as sans doute raison.

Dès qu'elle a disparu au bout du couloir, Lyle défroisse sa chemise.

— Elle devrait prendre un peu de recul.

— C'est toi qui dis ça ? C'est l'hôpital qui se fout de la charité, se moque Dwain, avant de le planter là.

48

Owen attrape une poignée de cintres sur la barre métallique de l'armoire. Dans un sac-poubelle, il place les vêtements usés ou trop démodés et il met les autres dans des cartons qu'il portera à des associations paroissiales. Après avoir plié plusieurs jeans qu'il dépose avec les autres dons, il se redresse en grimaçant pour masser son dos que des pointes acérées lacèrent sans répit. Il va avaler deux cachets de Fentanyl avant que la douleur devienne insoutenable. Ces derniers temps, entre sa tension nerveuse, ses nuits agitées avec Jenna et ses efforts physiques, sa consommation de cet opioïde a explosé.

Il en a fini avec la penderie, il est temps de s'attaquer à la commode. Heureusement que Sally ne sortait presque plus et que sa garde-robe était limitée, sinon il aurait fini par tout brûler pour aller plus vite.

Absorbé par le tri des sous-vêtements et des pyjamas, Owen met du temps avant d'entendre le tintement de la sonnette de sa porte d'entrée.

Il descend l'escalier aussi vite que ses articulations récalcitrantes le lui permettent, passe dans sa partie de la maison, à présent accessible, et ouvre la porte.

Essoufflé, il se retrouve nez à nez avec l'agent du FBI qui a toujours eu une dent contre lui. Son ressentiment refait immédiatement surface.

— Qu'est-ce que vous voulez ? lui lance-t-il avec un soupçon d'agressivité.

— Bonjour, monsieur Maker. Est-ce que je peux vous déranger ?

— Je suis très occupé. Vous comprenez, avec la mort de Sally et toute la paperasse que ça entraîne...

Faisant fi de sa mauvaise volonté, Esteves insiste :

— J'ai quelque chose d'important à vous montrer. Cela ne prendra que quelques heures, tout au plus.

— Vous auriez dû m'appeler. Cela vous aurait évité de perdre votre temps à venir jusqu'ici. Là, je ne suis vraiment pas disponible.

Esteves ne se démonte pas. Il affiche une expression suffisante.

— Je pense, au contraire, que vous aimeriez voir ce que nous avons découvert. Montez avec moi en voiture, s'il vous plaît.

Owen comprend que, sous le ton poli, en réalité il n'a pas le choix.

— Je suis encore en état d'arrestation ? s'enquiert-il.

— Qui a parlé de ça ? demande Esteves en fronçant un sourcil. Il s'agit d'une invitation à collaborer avec les forces de l'ordre. Rien d'aussi dramatique que ce que vous imaginez !

Avec un soupir explicite, Owen récupère ses clés, referme la porte et lui emboîte le pas. Dans la berline banalisée, il remarque immédiatement la mine renfrognée de l'autre policier, celui qui s'est toujours montré plus sympa. Il est assis à l'arrière.

— Bonjour, lieutenant Cartwright, le salue-t-il en prenant place près de lui.

— Bonjour, monsieur Maker. Merci d'avoir accepté de nous suivre, approuve Dwain avec un soulagement manifeste.

— Accepter est un grand mot, ironise-t-il.

La flic dure à cuire assise derrière le volant renifle de façon méprisante pour montrer ce qu'elle pense de la situation. Elle démarre dès que l'agent spécial a pris place à côté d'elle.

— Où m'emmenez-vous ? demande Owen.

— Vous le saurez bien assez tôt, rétorque-t-elle.

49

Carol est soulagée de constater qu'Owen Maker se le tient pour dit. Dans le rétroviseur, elle le surveille par intermittence. Il regarde le paysage défiler, tandis que la voiture quitte le centre-ville avec ses restaurants dotés d'immenses vitrines pour que les clients puissent observer et rapporter les faits et gestes des passants, ses quincailleries hors d'âge, ses magasins d'antiquités vintage, ses boutiques de vêtements soldés, la zone commerciale avec ses bâtiments plus espacés, traverse le pont métallique au-dessus de la rivière Skookumchuck, la banlieue arborée, puis suit une route sinueuse bordée d'arbres, de champs, de fermes éparpillées et d'une voie ferrée. Carol prend plusieurs virages à droite avant de quitter la route pour rejoindre un sentier perdu au milieu de la nature. Elle perçoit la nervosité d'Owen grimper en flèche, et son état d'esprit rejaillit sur elle, car il commence à avoir une vague idée de leur destination. Elle pense que, d'une façon inconsciente, son corps a reconnu les lieux. Ses poils se dressent sur ses bras quand elle voit son regard s'allumer.

— On est à la ferme du gars que vous recherchiez, celle qu'ils n'ont pas arrêté de montrer aux infos ?

demande-t-il avec un soupçon de panique dans la voix. On est chez Twice, c'est ça ?

— C'est ça, confirme Dwain.

— Pourquoi je suis là ?

— On va vous l'expliquer à l'intérieur, répond l'agent spécial sans tenir compte de son désespoir perceptible.

— Je ne veux pas entrer, répond Owen, visiblement saisi par une vague d'effroi.

Esteves ouvre sa portière et prend le bras d'Owen pour le tirer hors du véhicule, alors qu'il se tient raide comme un piquet pour marquer son refus d'obtempérer.

— C'est par là que ça se passe ! annonce Carol avec sécheresse.

Il émerge de la voiture et son regard, jusque-là craintif, se remplit d'une curiosité morbide. Quand ils traversent la cour tous ensemble, Owen ne cesse de tourner la tête pour observer les bâtiments annexes, les arbres, les champs, la maison elle-même et les chantiers de fouille entrepris tout autour d'elle. Ils pénètrent dans un vestibule meublé sommairement d'un coffre à chaussures, à côté duquel repose une paire de bottes en caoutchouc crottées, surmonté d'un portemanteau couvert de gilets en laine épaisse, d'une parka étanche et d'une casquette trouée. Carol voit Owen esquisser un geste vite refoulé pour toucher ces vêtements du bout des doigts. Ils entrent dans la pièce principale. Comme Owen tourne une dernière fois la tête pour observer les vestiges de la vie de Twice, il heurte Dwain, qui s'est arrêté devant lui.

— Pardon.

Carol ne le quitte pas des yeux, alors qu'il finit par comprendre à leurs expressions figées qu'il doit regarder dans la même direction qu'eux. Owen se crispe en découvrant la chaise posée au milieu d'une large trace de sang brunâtre qui a taché le parquet brut. Il ferme les paupières.

— C'est là qu'il est mort ? demande-t-il avec une émotion qui pourrait facilement passer pour une simple gêne à la vue d'une telle quantité de sang.

— Oui, répond froidement Carol. C'est là que Masha Gould l'a saigné à mort.

Owen lance un regard si acéré vers elle qu'elle doit mobiliser tout son self-control pour ne pas prendre la fuite.

— C'est vraiment Masha qui l'a tué ? les interroge-t-il avec incrédulité. Je n'arrive pas à croire qu'elle ait été capable de faire une chose pareille. Où est-elle à présent ?

— Elle a mis fin à ses jours, soupire Dwain. Suivez-moi.

Même s'il est résolument contre ce que Lyle Esteves et elle imposent à Owen, Dwain l'entraîne vers le sous-sol. Dès qu'Owen comprend à quoi servaient les lieux, il se cabre et tente de faire demi-tour. Esteves s'interpose.

— Où voulez-vous aller comme ça ?

— Pourquoi vous me montrez cet endroit ? demande Owen alors que la fureur le gagne.

— Nous aimerions que vous observiez les lieux, dit Dwain pour le tranquilliser.

— C'est là que Twice gardait ses victimes prisonnières, annonce Carol d'une voix qui chevrote à peine.

Owen perçoit cette faille. Il se tourne vers elle. De plus en plus mal à l'aise face à lui, elle tressaille.

— J'avais bien compris. Ce que je ne saisis pas, c'est pourquoi j'ai droit à cette visite privée ? Que suis-je censé faire ?

Comme ils ne répondent pas, Owen cède. Il entre dans les pièces étroites et reste debout devant les matelas couverts de taches explicites pendant quelques secondes. Il s'approche pour frôler les étagères où trônent des pots en plastique qui ne font qu'accentuer le dénuement des lieux et l'horreur des conditions de détention des pauvres femmes qui ont été retenues ici. Puis il lève le nez et hume l'air comme s'il cherchait une odeur familière. Carol ne perd pas une miette de ses réactions.

Quand Owen tourne un visage dénué d'expression vers ses collègues, elle recule. C'est plus fort qu'elle : elle est tétanisée à l'idée de se retrouver avec lui là où il lui a fait tant de mal, mais lui ne bronche pas. Il hausse les épaules.

— J'aimerais pouvoir vous aider mais, tant que vous ne me dites pas ce que vous attendez de moi, je suis paumé.

— En fait, je pense que c'est nous qui pouvons vous aider, annonce Lyle. On va remonter, à présent.

Ils sortent de la cave et empruntent l'escalier qui dessert l'étage. Owen les suit dans la chambre de Twice, puis dans le bureau où le tueur conservait les effets de ses captives. Quand ils traversent le couloir et que Lyle ouvre la porte pour le faire entrer dans la dernière pièce, celle où dormait le fils de Simon Blake, Carol perçoit son agitation.

— Vous reconnaissez les lieux ? demande Esteves.

— Non, pourquoi ? Je devrais ? répond Owen, sur la défensive.

Carol n'y tient plus. Elle a envie de se jeter sur lui pour lui arracher les yeux, de lui faire mal jusqu'à ce qu'il admette qui il est.

— Nous avons procédé à des comparatifs d'ADN. Vous êtes le fils de Twice, lâche-t-elle avec brutalité.

Avec un infime temps de retard, Owen secoue la tête et recule avec une expression horrifiée.

— Non, c'est impossible !

Dwain tend la main vers lui pour le calmer, non sans avoir adressé à Carol un regard de reproche signifiant qu'elle manque singulièrement de compassion sur ce coup-là. Toutefois, en sachant qu'Owen connaît déjà son ascendance, elle trouve son numéro d'acteur particulièrement convaincant.

— Dites-moi que c'est un cauchemar, soupire-t-il avec désespoir en se tournant vers Dwain, sa seule bouée de sauvetage.

— Les tests sont formels, Owen. Je suis désolé, confirme Cartwright.

Sous le choc, Owen s'assoit sur le sol pour éviter de s'effondrer et cache son visage dans ses mains.

— Je ne comprends rien à ce que vous me dites.

— Nous pensons que Twice vous a eu avec une de ses captives, assène Esteves.

Ce mec est un connard mais, dans ce cas précis, Carol apprécie sa brutalité.

— Vous êtes le fruit d'un viol, ajoute-t-elle pour faire bonne mesure.

Owen pousse un petit cri étranglé et secoue la tête pour nier toutes les affirmations qu'il entend. Dwain leur jette un regard outré.

— Ça suffit, tous les deux ! Vous ne pensez pas que c'est assez dur comme ça pour lui ? N'en rajoutez pas.

Il s'accroupit près d'Owen.

— J'imagine qu'en tant qu'amnésique vous avez toujours voulu savoir d'où vous veniez et qui vous étiez avant votre accident. Nous pensons que cette chambre était la vôtre quand vous viviez ici, ajoute-t-il.

— Ma… chambre… quand je vivais ici…

Owen relève son visage bouleversé vers eux.

— Vous êtes sûrs ?

Il se redresse lentement quand Dwain approuve d'un signe de tête.

— Je peux ? demande-t-il.

— Allez-y…

Owen s'approche et observe le décor, les objets posés sur les étagères, les titres des livres jaunis par le temps, le lit étroit. Si Carol ne savait pas de quoi cet homme est capable, elle aussi trouverait la scène touchante. Heureusement, Esteves vient remettre de l'ordre dans tout ça.

— Vu l'âge de votre père et la date où le corps de sa première victime a été retrouvé, il aurait commencé à tuer vers quarante ans, explique-t-il. Ce qui n'est absolument pas cohérent par rapport à ce qu'on sait des tueurs en série. Pourtant, si on ajoute la variable de votre naissance, on comprend qu'il était déjà en exercice à vingt-cinq ans, ce qui semble beaucoup plus correspondre à la norme.

Esteves incline la tête pour vérifier qu'Owen l'écoute bien.

— Ce que nous ne parvenons pas à comprendre, c'est pourquoi il s'est mis à rendre les corps, alors qu'il les enterrait ici avant. Personnellement, j'ai une hypothèse concernant votre influence déterminante à ce sujet.

— Mon influence ? s'étonne Owen.

— Oui. Au moment de son changement de méthode, vous aviez quinze ans, un âge auquel votre père aurait parfaitement pu vous laisser approcher ses captives et avoir vos propres spécificités.

Owen sort brutalement de son apathie.

— Mes propres spécificités ? répète-t-il avec incrédulité. Vous vous entendez ? Vous me jetez toutes ces horreurs à la tête : mon père tueur en série, ma mère victime violée et assassinée et moi complice de toute cette merde ! Vous ne comprenez pas que je ne sais rien à propos de toute cette…

Il lève les bras pour montrer le décor.

— De tout ça ! Je ne me souviens pas de ma vie avant mon réveil à l'hôpital ! Et votre numéro de prestidigitateur n'y changera rien ! s'emporte-t-il.

— Vous ne vous souvenez vraiment de rien ? demande Dwain avec compassion.

— Non ! Et je veux rentrer chez moi, maintenant. Vous ne pouvez pas me retenir contre mon gré.

— Comme je vous l'ai expliqué, nous avons des équipes qui fouillent les terres de votre père. On espère retrouver encore beaucoup de ses victimes, annonce Esteves en s'interposant entre Owen et la sortie.

— Je le souhaite. Pour toutes leurs familles. Mais ne me mêlez pas à tout ça.

— Alors cet endroit ne vous dit vraiment rien ? insiste une dernière fois Dwain.

— Rien du tout. Je vous ai dit que mon cerveau avait subi de graves lésions. Et tout ceci… là… est un peu trop pour moi ! Je voudrais rentrer chez moi à présent.

— Je vais vous raccompagner, annonce Dwain en coupant l'herbe sous le pied des deux autres.

Même si elle a joué son rôle presque à la perfection, Carol ressent une vague de soulagement en voyant ses collègues capituler. Lyle a voulu provoquer cette confrontation, pour qu'Owen se trahisse. Heureusement, il n'a rien lâché. Comme il n'y a plus aucun indice à découvrir qui pourrait le relier à tous ces meurtres, seuls ses aveux auraient pu le faire condamner. Et, s'il s'était retrouvé en prison, elle n'aurait pas pu le tuer elle-même…

Malgré tout, elle est bluffée, car c'est un sacrément bon menteur.

En passant devant elle pour sortir de la chambre, Owen croise son regard. Elle reçoit un véritable électrochoc en voyant un coin de sa bouche se tordre dans un rictus victorieux. Il ne reste plus aucune trace du gentil Owen dans son attitude.

L'enfoiré ! Avec une sensation de haine viscérale chevillée au corps, elle le regarde s'éloigner les épaules basses. Si elle osait… Pourtant, elle n'en fait rien parce qu'elle ignore ce qu'il sait et ce qu'il pourrait balancer sur elle.

50

— Quel enfoiré ! Ce salopard m'a narguée ! hurle Carol en claquant la porte derrière elle. Il a osé !

Sa fureur ne semble pas connaître de limite, et elle s'en étoufferait presque. Elle a dû se composer une attitude calme toute la journée, mais là elle n'y tient plus. Elle projette à terre une pile de magazines de médecine légale, puis un guéridon et la lampe posée dessus. Elle cherche autre chose à casser, mais les lieux sont si dépouillés qu'elle doit vite revoir ses prétentions à la baisse.

— Que se passe-t-il ? demande Jenna en accourant à sa rencontre et en découvrant tout ce bazar.

Tremblante de rage, essoufflée, Carol se tourne vers elle. Les larmes qui perlent à ses paupières alertent Jenna, qui sait à quel point les effusions de sa complice sont rares.

— Carol ! Parle-moi !

— Ton enfoiré de mec, il s'est foutu de moi !

Recouvrant immédiatement son sang-froid, Jenna secoue la tête. Elle fait le tour de l'îlot central de la cuisine pour aller se servir un verre d'eau.

— Mon enfoiré de mec ? Je ne sais absolument pas de quoi tu parles.

— Owen, il s'est comporté comme s'il savait qui je suis. Il m'a lancé un regard…

Elle frissonne d'effroi au souvenir du jeune homme qui lui rendait visite dans sa cellule et de tout ce qu'il lui a infligé. Il lui souriait souvent d'une façon aussi provocante avant de passer à l'acte. Elle se prend la tête entre les mains, agrippant ses cheveux comme si elle allait se les arracher.

Jenna ne l'a jamais vue dans un tel état. Elle se rapproche.

— Carol ! Calme-toi ! Il faut que tu m'expliques.

Carol s'assoit sur le canapé, les jambes coupées par la peur rampante qui a planté ses crocs en elle. Elle respire plusieurs fois à fond pour s'efforcer de retrouver le professionnalisme qui l'a toujours caractérisée.

— L'agent spécial du FBI a fait procéder à des tests ADN comparatifs, et la nouvelle est tombée officiellement : Owen Maker est le fils de Twice. Esteves a fini par comprendre qu'Owen était le complice de son père et qu'il a probablement eu une influence décisive sur ses méthodes. Il voulait donc qu'il vienne à la ferme pour le confronter à ses souvenirs ou à ses mensonges. Il devait espérer qu'il se trahisse ou qu'il lâche des infos, je suppose.

— Et il a dit quelque chose ? s'inquiète Jenna en posant son verre sur le plan de travail.

Carol secoue la tête.

— Rien. Si je n'avais pas su qu'il avait vu son père ce soir-là et qu'il était déjà au courant de leur lien familial, je l'aurais cru innocent ! Ce type est un putain de simulateur !

Elle rejoint Jenna et prend ses mains dans les siennes.

— Je sais que, ces derniers temps, tu as du mal à adhérer totalement à ce que je fais, mais je te jure que je n'ai pas inventé ce que j'ai vu. Il nous a joué la grande scène du mec atterré de découvrir ses origines. Il nous a lancé des regards de chiot battu à t'en faire pleurer une pierre et, juste après, il s'est ouvertement foutu de moi !

Son air suppliant ne change rien à l'opinion de Jenna.

— C'est impossible. Je te certifie qu'il ne se souvient de rien. Et, dans le cas contraire, pourquoi prendrait-il le risque de te provoquer ?

Jenna a refusé de l'admettre pendant très longtemps, mais elle doute de plus en plus de la santé mentale de Carol, de ses choix et de ses motivations. Elle a perdu de vue la réalité, n'accepte plus aucun obstacle entre elle et l'accomplissement de sa vengeance. Même si elle a l'air affectée, ce qui tendrait à prouver qu'il s'est bien passé un truc, jusqu'où serait-elle prête à aller pour que Jenna ne se pose plus de questions et reprenne du service à ses côtés ?

— Tu lui as dit quelque chose sur moi ? demande Carol, dont la paranoïa frise le délire, à présent.

— Rien du tout ! Il ne sait même pas qu'on se connaît, mais tu le détestes tellement qu'il a peut-être senti quelque chose. Il n'y a probablement rien de plus à voir dans son geste de provocation.

Carol a complètement perdu son assurance légendaire. Se retrouver face à Owen, ça elle sait le gérer, mais cette confrontation avec Liam a ravivé toutes ses souffrances.

— Je te jure qu'il savait. Il faut en finir vite à présent. On doit l'éliminer avant que ses instincts de tueur refassent surface et qu'il devienne trop dangereux.

Trop dangereux ? Jenna repense à la nuit précédente. Owen a comblé toutes ses failles, tous ses besoins. Il a été là comme personne ne l'a jamais été pour elle. Pas même Carol dans les pires moments. Jenna ne veut pas qu'il meure. Elle ne pourrait pas le supporter.

Alors, elle attaque Carol aux jointures de son armure, déjà pas mal fendillée.

— Tu as peut-être imaginé des choses, Carol. Tu m'as dit toi-même que ta rencontre avec Jacklyn Hollander t'avait pas mal secouée et que Dwain t'avait envoyée te reposer. Tout cela a dû réveiller ton traumatisme. Tu es fragilisée.

— Mais ça n'a rien à voir ! s'emporte Carol.

— Bien sûr que si. Tu es en train de péter les plombs et tu risques de nous trahir. Tu devrais faire une pause avant de nous mener tout droit en prison avec tes conneries.

Carol entend ce que lui dit Jenna. Une part d'elle admet qu'elle ne tourne plus très rond depuis quelque temps, mais l'autre revoit le regard moqueur de Liam Blake. Elle ne peut pas avoir imaginé le sens de ce sourire. Il sait. Et il l'a défiée.

— Non ! On ira le tuer demain soir ! Soit tu es avec moi, soit tu es contre moi. Choisis ton camp.

Jenna sait qu'elle ne parviendra pas à la raisonner.

— Si tu veux avoir le dessus sur lui, il faut que tu dormes pour reprendre des forces. On ne peut pas s'attaquer à lui alors que tu es dans un état aussi déplorable.

Carol se redresse pour la serrer dans ses bras.

— Je sais que j'ai été lunatique et chiante ces derniers temps. Merci, Jenna. Tu es une véritable amie. Ma seule amie.

51

— Owen ! Ouvre-moi la porte ! S'il te plaît !

Des coups répétés qui résonnent à travers toute la maison le tirent d'un sommeil agité dans lequel il vient tout juste de sombrer. Groggy, il se lève, enfile un T-shirt au-dessus de son caleçon et titube jusqu'à la porte qu'il ouvre en beuglant.

— Quoi ?

Jenna s'engouffre à l'intérieur comme une furie.

— C'qui s'passe ? marmonne-t-il en se frottant les yeux et en bâillant.

Jenna a attendu que Carol s'endorme avant de partir de la maison. Elle ne sait pas de combien de temps elle dispose avant qu'elle s'aperçoive de son absence, qu'elle en tire les conclusions qui s'imposent et prépare la riposte en conséquence.

— Owen, il faut qu'on parle !

L'urgence contenue dans sa voix le sort des vapeurs du sommeil.

— Parler de quoi ?

— De nous…

Il sourit avec un brin de suffisance.

— À cette heure-là ? la taquine-t-il. Viens plutôt te coucher. On verra ça demain.

Il attrape son poignet pour l'entraîner vers sa chambre. Elle se dégage sans mal de sa prise.

— Non, Owen ! Tu ne seras plus là demain ! avoue-t-elle dans un cri.

Surpris, il se retourne vers elle. Elle a porté les mains à sa bouche pour cacher son expression horrifiée.

— Plus là ?

Il observe son air coupable et la compréhension se fraye un chemin en lui.

— Je crois que je vais avoir besoin d'un café, annonce-t-il. Tu en veux un aussi ?

Elle refuse d'un signe de tête avant de le suivre à la cuisine. Elle le regarde verser le fond de sa cafetière dans une tasse, la mettre au micro-ondes et la récupérer dès que le bip retentit. Il avale plusieurs gorgées avant de se décider à parler.

— Pourquoi je ne serais plus là ?

Elle recule d'un pas en entendant sa voix dure et vaguement menaçante. Pourtant, elle est venue pour ça, pour lui. Alors elle se lance.

— Tu ne te souviens vraiment pas de ton passé ? Je veux dire avant ton accident.

Il secoue la tête.

— Pourquoi tu veux savoir ça ? demande-t-il, sur la défensive.

— Parce que… j'ai… j'ai été une des captives de ton père, lâche-t-elle dans un souffle.

Il la voit se tordre les mains en attendant sa réaction.

— Je croyais qu'il les avait toutes tuées.

Conscient de la platitude de sa réponse, il marque une pause.

— Je veux dire, comment c'est possible ?

Elle laisse remonter la souffrance.

— Je suis restée enfermée trois ans dans son sous-sol avant de m'échapper grâce à la fille qui occupait la cellule voisine.

Owen est percuté de plein fouet par des réminiscences de son cauchemar récurrent : la douleur sur son crâne, la porte ouverte et son angoisse à cette idée, les voix qu'il se sent obligé de suivre, la course-poursuite dans la forêt, la désorientation et la chute dans le vide. Le café qu'il vient de boire se met à peser une tonne dans son estomac alors que le putain de cauchemar qui est venu le hanter dès que Jenna est entrée dans sa vie prouve de façon certaine que c'est grâce à lui qu'elles ont pu fuir.

— Et je sais que tu es le fils de ce monstre.

— Je ne sais pas quoi te dire, Jenna, soupire-t-il en détournant les yeux de son expression emplie d'attentes. Je ne me souviens pas… je… je ne sais pas ce que j'ai pu faire à cette époque.

Elle essuie une larme qui coule sur sa joue.

— Je m'appelle Emily Lambert. J'étais prisonnière en même temps que Mary Loud.

— Pourquoi as-tu pris le risque de m'approcher si tu savais qui j'étais ?

Elle finit par baisser la tête face à son air dégoûté.

— Je devais te draguer pour pouvoir t'utiliser comme appât pour faire sortir ton père de sa cachette.

Il recule jusqu'à ce que le plan de travail le bloque.

— Tu veux dire que tu as couché avec moi juste pour ça ?

— Au début, oui, mais pas après ! Owen, crois-moi ! le supplie-t-elle en avançant vers lui quand elle perçoit sa déception. Pour obtenir ton ADN, j'avais besoin d'un seul contact, et pourtant je n'ai pas cessé de revenir vers toi.

Il se passe la main dans les cheveux.

— Pourquoi tu me dis tout ça, bon sang ? Mon père est mort, non ?

Et, alors qu'il prononce ces mots, les autres suivent.

— Oh bordel ! Vous avez réussi à le débusquer et à le tuer !

Même s'il ne sait toujours pas ce qu'il éprouve à l'idée de la mort de son géniteur, il ne peut oublier la chaise plantée au milieu d'une immense tache de sang et la rage qu'il a ressentie à ce moment-là.

— Vous avez fait porter le chapeau à Masha Gould ! comprend-il dans la foulée. Et ensuite, vous avez fait croire à tout le monde qu'elle s'était suicidée.

Elle hoche la tête.

— Qu'attends-tu de moi, à la fin ? demande-t-il. Pourquoi me dis-tu tout ça ?

— Je pensais que se venger de ton père l'apaiserait et que nous allions nous arrêter là. Je pensais pouvoir me couler dans une vie paisible avec toi, mais elle en veut plus.

Owen songe à ce qui s'est passé dans la maison de son père. Esteves a toujours été un connard et il est resté fidèle à lui-même. Cartwright a fait le tampon entre les deux autres et lui, tentant d'adoucir le choc de leurs révélations et d'arrondir les angles. Le vrai changement est venu de la policière qui lui a asséné un certain nombre de vérités avec une brutalité suspecte et qui s'est ouvertement réjouie en lui annonçant que Twice avait été saigné à mort. Il avait déjà compris que quelque chose clochait hier, mais aujourd'hui il sait exactement quoi.

— Laisse-moi deviner… Mary, c'est Carol Bowns, n'est-ce pas ? Et elle veut finir le travail. Par moi.

— Oui, répond-elle d'une toute petite voix.

Il reste silencieux une seconde.

— Alors c'est vous qui avez assassiné ces filles, celles que mon père prétendait ne pas connaître ? Celles pour lesquelles j'ai failli finir en taule ?

Il perçoit sa honte et sa culpabilité. Et il la comprend. Pour que Twice ait porté le chapeau, ces pauvres femmes ont dû en baver. Il sent une brusque nausée l'envahir. Il se précipite vers l'évier le temps que ses spasmes disparaissent. Quand il se tourne une nouvelle fois vers elle, il a l'air sonné.

— Elles ont été violées, bordel ! Je ne comprends pas comment vous avez pu faire ça… comment ? Après ce que vous avez subi…

Elle se décompose littéralement et se met à sangloter.

— Moi je suis celle qui couvre nos traces. Je ne les ai jamais touchées. Je te le jure, Owen.

Il secoue la tête, insensible à son air suppliant.

— Qu'est-ce que tu attends de moi ? L'absolution ? Le pardon ? Je n'ai pas ce pouvoir, Jenna !

— Je suis venue te réclamer de l'aide. Carol devient incontrôlable. Tu l'as compris, elle veut te tuer. Je… je ne supporterai pas qu'elle s'en prenne à toi.

— Que proposes-tu exactement ? demande-t-il après un instant de réflexion.

— Qu'on l'affronte ensemble.

Il lève les yeux au ciel.

— Tu es dingue !

Face à son expression incrédule, Jenna joue sa dernière carte.

— Owen, je sais que Sally n'a pas été tuée par ton père, et comme nous n'y sommes pour rien non plus...

Il referme la bouche.

— Je sais que tu as profité du merdier que nous avons causé pour te débarrasser d'elle, poursuit-elle.

Il souffle, et son regard balaie l'espace devant lui, comme s'il se sentait pris au piège.

— Je n'ai pas dit à Carol que tu as trouvé les micros que j'avais placés chez toi, déclare-t-elle pour l'apaiser. Elle n'a plus aucun moyen de savoir ce qui se passe ici. Alors tu peux me parler.

Il se détourne.

— Je...

— Owen, qui serais-je pour te juger après ce que tu viens de découvrir à mon sujet ?

Il soupire.

— Ouais. OK. C'est moi.

— Comment as-tu fait ?

— Le père de Sally a une cabane au bord d'un lac paumé au milieu de nulle part. Il l'a complètement oubliée et il n'y a pas mis un pied depuis des années. C'est là que je l'ai enfermée pendant quelques jours.

— Après tout ce qu'elle t'a infligé, pourquoi as-tu choisi ce moment-là ? C'est à cause de ce qu'elle a fait à ta voiture ?

Il se rembrunit.

— Bien sûr que non !

— Alors quoi ?

— Malgré toutes ses menaces, elle ne se serait jamais suicidée pour de bon. Je voulais qu'elle nous laisse tranquilles ! Je ne voulais pas qu'elle puisse s'attaquer à toi dans un de ses accès de rage ! Tu as vu à quel point elle était cinglée et de plus en plus imprévisible ! Et il y avait cette histoire de tueur en série qui tombait à pic. Avec tous les interrogatoires que j'ai subis, les articles dans les journaux et les reportages télé, j'avais pigé l'essentiel de la méthode de Twice. Alors, j'ai saisi ma chance, même si ça a été particulièrement chaud pour moi, vu que j'ai fini en taule !

Jenna reste immobile pendant un instant, le temps de digérer ces révélations.

— Ce que tu viens de dire pour Sally est vrai aussi pour Carol. Tant qu'elle sera en vie, nous ne serons jamais en paix.

— Mais qu'est-ce que je lui ai fait au juste pour qu'elle m'en veuille à ce point ? gémit-il.

Jenna presse ses mains avec nervosité et baisse la tête avant de lâcher sa bombe.

— Carol dit que, quand une nouvelle arrivait, ton père se consacrait à elle et te laissait la plus ancienne captive. C'était toi son tortionnaire.

Owen chancelle et doit prendre appui contre le plan de travail. Il cache son visage dans ses doigts.

— Merde ! Putain, quelle horreur ! Et tu as pu coucher avec moi, malgré ce que j'ai pu te faire à cette époque-là ? demande-t-il avec dégoût.

Elle s'avance vers lui.

— Owen, tu ne m'as jamais touchée avant ce qui s'est passé dans ma voiture.

Il reprend son souffle, avant de lui lancer un coup d'œil soupçonneux.

— Qui me dit que tu n'es pas en train de m'attirer dans un piège afin qu'elle puisse finir le travail ?

— Je t'aime, Owen. Je ne ferais jamais ça !

Il ne lui signale pas qu'elle est en train de trahir celle qui l'a sauvée. Ça serait contre-productif à ce stade de leurs confessions.

— Pourquoi tu fais appel à moi ? Je veux dire que tu peux parfaitement te débarrasser d'elle sans mon aide…

— Elle est beaucoup plus dangereuse que ce que tu pourrais imaginer. Et puis… je ne sais pas si j'aurai le courage d'aller au bout si tu n'es pas à mes côtés.

Il finit par hocher la tête.

— Je vais m'habiller.

Il ressort de la chambre vêtu d'un jean et d'un sweat noirs. Il s'arrête près d'elle et pose la main sur sa joue.

— Je t'aime, Jenna. J'espère que tu l'avais déjà compris.

Elle attrape ses doigts avant qu'il les retire pour les appuyer contre sa peau. Il voit l'émotion qu'elle tente de réprimer.

52

Owen l'a écoutée jusqu'à ce qu'elle arrête sa voiture devant une sinistre cabane de trappeur en rondins de bois si sombres qu'ils en paraissent presque noirs. Il ne sait pas vraiment où ils se trouvent. Il sait juste qu'ils ont quitté Centralia et sont partis vers le sud. Ils ont longé une forêt sur environ cinq kilomètres avant de bifurquer vers la droite pour arriver dans ce coin perdu au milieu des arbres. En tout, ils ont roulé à peine un quart d'heure depuis chez lui. Jenna n'a pas cessé de lui donner des détails, comme si elle avait besoin de vider son sac après toutes ces années de secret.

— Je vais essayer de la convaincre encore une fois. En attendant, reste en dehors de ça, annonce-t-elle, tout en récupérant une arme à feu dans la boîte à gants.

Owen doit se concentrer, car à partir de maintenant c'est quitte ou double, toute la différence entre être en vie et mourir aussi salement que son père. Jenna a prévu de parler avec Carol, de la supplier d'accepter de le rencontrer. Il sait que c'est ridicule. Il n'y a qu'une femme amoureuse pour imaginer que ce plan va fonctionner et que Carol va oublier sa rancœur comme par magie pour qu'ils forment une petite famille aimante ! Si elle prend le dessus sur Jenna, il aura foncé tout droit dans la gueule du loup et risque de passer un très sale moment.

— J'ai compris, confirme-t-il. Fais très attention à toi, dit-il en regardant son arme avec une grimace.

En réalité, il n'a aucune intention de rester sagement assis ici, mais ça, il n'a pas prévu de le lui dire.

Jenna prend une inspiration pour se donner du courage et sort de la voiture après avoir déposé un dernier baiser sur les lèvres d'Owen. Son cœur est gonflé d'espoir après les mots qu'il a prononcés tout à l'heure. Elle mérite d'être heureuse, et Carol ne s'interposera pas entre eux. Elle ne sait pas encore comment, mais elle la fera fléchir.

Elle monte les marches en bois et entre. Elle est en train de refermer la porte derrière elle quand une question glaciale la cueille.

— Tu étais où ?

Ça se présente moins bien que prévu… Elle se tourne vers Carol, qui est assise avec un mug de thé sur le canapé. Son expression est lasse, et les poches sous ses yeux sont encore plus prononcées que tout à l'heure. Elle a rangé la pièce et effacé les traces de son coup de sang.

— Tu ne dors pas ? demande-t-elle pour se laisser le temps de trouver une explication.

Carol repose violemment sa tasse sur la table basse.

— T'étais où, putain ?

Jenna sursaute.

— Qu'est-ce qui te prend de me parler comme ça ? Je suis juste allée faire un tour !

— En pleine nuit ? Tu n'as pas encore été te faire sauter par le premier venu ? ironise Carol en passant la main dans ses cheveux courts.

— Je ne fais plus ça, souffle Jenna.

Carol se hérisse.

— C'est vrai ! J'oubliais que madame est tombée amoureuse...

Jenna serre les poings.

— Ne te moque pas de moi !

Ça commence mal si elle s'énerve déjà. Elle s'avance vers elle.

— Carol, je sais tout ce que je te dois. Sans toi, je serais morte là-bas.

Carol pose les pieds sur le canapé et referme les bras autour de ses genoux.

— Ça, tu peux le dire ! Tu étais en train de craquer et de devenir inutile à ses yeux.

Jenna frémit en se souvenant de l'anéantissement presque total de son esprit et de la voix qui venait de la pièce voisine comme une lueur dans les ténèbres, un shoot d'espoir qui la ranimait après chaque visite de Twice. Une voix qu'elle a accepté de suivre aveuglément pendant trop longtemps. Elle en est bien consciente.

— Je te suis immensément reconnaissante d'avoir pris soin de moi et de ne pas m'avoir abandonnée sur place.

— Je t'avais fait une promesse, répond froidement Carol.

— Je sais. Mais, à présent, c'est peut-être à moi de prendre soin de toi.

— Qu'insinues-tu ? demande Carol en se dépliant et en adoptant une position plus menaçante.

Jenna se mord les lèvres, hésite un instant avant de rejoindre une étagère sur le mur de gauche, là où sont entreposés les bidons de gamma-butyrolactone, un solvant utilisé dans l'industrie des peintures ou des vernis, et de soude caustique, les ingrédients de base de la synthétisation du GHB.

— Ça, par exemple.

— Quoi ? s'étonne Carol. On a choisi cette drogue parce que c'est la seule qui est quasiment indétectable à l'autopsie.

Elle prend son index dans sa main gauche.

— Premièrement, ses traces sont très vite éliminées par l'organisme.

Elle attrape son majeur.

— Deuxièmement, le corps en sécrète, de toute façon, en continu de manière naturelle, et les taux sont si aléatoires d'une personne à l'autre que cela rend les conclusions très difficiles.

Elle montre ensuite son pouce.

— Sans compter qu'on a travaillé sur des dosages précis pour que les analyses sanguines, urinaires, capillaires ou de l'humeur vitrée passent sous les seuils d'alerte.

— Je sais tout ça, s'agace Jenna. C'est moi qui t'ai appris à l'utiliser.

Elle rejoint un placard dont elle ouvre les portes. Carol se crispe quand elle la voit attraper l'objet qu'il contient.

— Et ton putain de gode ceinture et l'usage que tu en as fait, on en parle ? se moque Jenna.

— Range-le, soupire Carol. On en avait besoin pour nos mises en scène.

Jenna secoue la tête.

— Non, Carol. Tu en avais besoin ! Toi et toi seule. Moi je t'ai suivie par fidélité et reconnaissance. Mais ça fait trop longtemps que je te regarde te perdre et faire du mal autour de toi.

Carol se met à rire.

— Tu t'es acheté une conscience, Miss Prostituée de l'année ? lance-t-elle en ponctuant ses propos de guillemets formés avec ses doigts dans les airs.

— Tu es une vraie conne, tu le sais, ça ? lâche Jenna. Tu sais comme moi à quoi a servi l'argent que j'ai gagné ! Il nous a payé à manger, des vêtements et nos nouvelles identités !

— Tu oublies de dire que tu as toujours été une vraie chaudasse ! Finalement, ça devait te plaire de te faire défoncer par Twice ! J'aurais peut-être dû te laisser là-bas en fin de compte…

Jenna s'avance vers elle avec l'idée de la gifler, mais elle se raisonne.

— Je suis sincèrement désolée que tes seules expériences sexuelles aient été des désastres et que tu n'aies pas réussi à surmonter ces épreuves, Carol, mais certains hommes ou femmes méritent qu'on approfondisse une relation avec eux.

— Tu as approfondi tellement de relations que je crois pouvoir affirmer que tes critères de sélection sont beaucoup trop laxistes.

Jenna encaisse les insultes en se demandant si c'est vraiment ce que Carol pense d'elle depuis le début. En tout cas, si elle cherche à lui faire perdre patience, elle a réussi.

— C'est vrai que de ton côté il n'y a que le noir ou le blanc, être violée ou violer ! s'emporte-t-elle. Est-ce que tu as éprouvé du plaisir en rendant visite aussi souvent à nos captives et en leur infligeant la même chose que ce que tu as subi ?

Carol rougit sous l'effet de la colère et d'autre chose aussi. Son souffle s'accélère.

— Tais-toi !

Elles se dévisagent avec hargne pendant quelques secondes avant que Jenna vienne s'asseoir à côté d'elle.

— Je veux t'aider, pas qu'on se déchire.

Carol se demande brièvement pourquoi Jenna et elle ont encore cette même discussion. Quand elle entend un bruit de pas sur le devant de la maison, elle comprend.

— Tu veux sauver la peau d'Owen. C'est différent ! s'insurge-t-elle contre la trahison qu'elle pressent.

— Les deux sont peut-être conciliables, Carol, suggère Jenna avec douceur.

Carol ferme les yeux. Ils vont bientôt être deux contre elle. Il faut qu'elle récupère son arme de service pour rééquilibrer l'affrontement qui ne va pas manquer de suivre.

— Je suis épuisée. Laisse-moi tranquille.

Elle se lève du canapé et rejoint la cuisine.

— Tu es épuisée parce que depuis que tu as charcuté Twice tu fais des cauchemars toutes les nuits, assène Jenna. Pourtant, je n'arrive pas à savoir si tu te sens coupable à cause de tout ce que tu as fait ou si tu te rends malade à l'idée de ne plus avoir de but.

— J'ai encore un but ! hurle Carol.

— Oui. Tuer Owen, déplore Jenna en comprenant que Carol est irrécupérable.

Elles restent immobiles pendant un temps qui semble infini et qui permet au gouffre qui les sépare de se creuser davantage.

— Je ne pensais pas que tu retournerais ta veste un jour, soupire Carol.

Jenna hausse les épaules.

— Laisse-lui une chance de te parler et de te prouver qu'il n'est plus du tout le même.

Les épaules de Carol s'affaissent.

— Pourquoi pas ? Fais-le entrer.

Le temps que Jenna s'éloigne pour aller ouvrir la porte, Carol a récupéré son flingue dans le tiroir où elle le range.

Oui. Qu'il entre…

53

À travers les carreaux sales, Owen discerne deux silhouettes qui s'affrontent. Des cris indistincts parviennent à ses oreilles sans qu'il comprenne les propos échangés. Sa seule certitude, c'est que Jenna n'a pas le dessus. Qu'à cela ne tienne… Owen teste les lames du plancher de la véranda jusqu'à en trouver une qui grince sous son poids. Il voit Carol tourner la tête vers l'extérieur. Et c'est parti !

La porte s'ouvre au bout d'une minute ou deux.

— Owen ? Tu peux venir, s'il te plaît ? Carol accepte de parler avec toi.

Il déglutit. La tonalité pleine d'espérance contenue dans la voix de Jenna ne parvient pas à apaiser son angoisse à l'idée de pénétrer sans arme dans l'antre de cette folle dangereuse. Pourtant, il s'avance les mains en avant.

Jenna se tient trois pas sur la gauche devant lui, mais il n'a d'yeux que pour Carol. Elle le dévisage depuis le fond de la pièce. Dans son legging noir et son immense T-shirt, elle a l'air beaucoup moins dure que d'habitude. Et que dire de son visage mangé par les cernes ?

— Carol, je…

— Quoi ? Tu es désolé, aboie-t-elle.

OK, ils sont potes à présent. Il secoue la tête.

— J'allais dire que je ne me souviens de rien. Je te le jure. Je ne suis plus du tout le type que tu as décrit à Jenna.

Elle ricane.

— Tu diras ça à Sally…

— Carol ! s'exclame Jenna.

Dès qu'elle a les yeux tournés vers sa complice, Owen change d'attitude. Il baisse les mains et affiche une expression ouvertement provocante. Les yeux rivés sur lui, Carol perd tous ses moyens. Il se rend alors compte qu'elle est terrifiée de se retrouver face à lui, ce qui lui redonne un avantage certain.

— Il se fout de toi, Jenna ! Regarde-le ! hurle-t-elle.

Il a repris la bonne vieille bouille inquiète du gentil Owen quand Jenna s'exécute.

— Mon père m'a dit qu'il m'avait tenu à l'écart de tout le monde. C'est vrai… Comment un solitaire comme lui aurait pu justifier ma naissance sinon ?

Il hausse les épaules avec un air désolé.

— J'imagine que ce que je t'ai fait subir était ignoble, mais je n'avais peut-être connu que ça. Comment aurais-je pu savoir ce qui était bien ou mal dans un tel environnement ?

— Tu aimais ça ! hurle-t-elle.

Il hoche la tête.

— Sans doute, puisque c'était mon unique référentiel. Mais aujourd'hui, et Jenna te le confirmera, ma sexualité est totalement normale.

— N'entre pas dans les détails ! Pas alors que…

Il la coupe pour anticiper sa remarque suivante.

— Je sais que tu vas encore évoquer la mort de Sally. Alors, sache qu'elle était folle de joie quand je lui ai donné un rendez-vous secret dans un lieu éloigné de la ville. Elle s'est donnée à moi librement. J'y ai été un peu fort, OK, il fallait quand même que ça passe pour un viol, mais elle a vraiment cru que ma brutalité était liée à mon impatience de la retrouver.

Carol grince des dents.

— Tu as déclaré qu'elle te dégoûtait ! Si tu as menti à ce moment-là, pourquoi en serait-il autrement maintenant ?

— J'ai dû prendre des mesures radicales, car elle menaçait Jenna ! Et puis, tu es gonflée de me juger après ce que tu as infligé à tes captives… Ton dégoût du viol était manifestement à sens unique.

Carol grimace en comprenant qu'il est en train de marquer des points. Pourtant, elle retourne à l'affrontement.

— Et Sally a continué à croire à tes conneries quand tu l'as enchaînée et retenue prisonnière ?

Jenna ne le regarde pas, alors il change d'expression encore une fois.

— Ouais. Je sais être très persuasif quand il le faut, se vante-t-il.

— Là encore ! crie Carol. Il se fout de toi, Jenna !

Jenna se tourne vers Owen. Il affiche toujours un air contrit. De l'autre côté de la pièce, Carol ne parvient plus à contenir sa fureur. Jenna semble atterrée par sa réaction.

— Carol… reprend Owen, je suis sûr que, toi et moi, nous pouvons cohabiter.

— Non ! C'est impossible, hurle-t-elle en s'étouffant presque sous l'effet de la rage.

— Si ! Pour le bonheur de Jenna. Tu dois accepter que ton idée de la jeter dans mes bras n'ait pas eu les effets que tu attendais. Laisse-la vivre sa vie avec moi. Je sais que je peux la rendre heureuse.

Il n'entend pas le soupir ravi de Jenna, mais c'est tout comme.

— Mais Jenna n'a aucun sens commun ! raille Carol. Dès qu'elle sent une bite à sa portée, elle se rue dessus.

Les épaules de Jenna tressautent sous l'effet du choc qu'elle ressent et sans doute de ses larmes.

— C'est ce que tu penses de moi ? Sérieusement ?

Rongée par le doute, Carol se mord les lèvres avant de relever les yeux vers Owen.

— Il cherche à nous séparer ! Tu ne le vois pas ?

— Au contraire ! réplique Owen. Tu as tué mon père. Tu as réussi à faire porter le chapeau à Masha Gould. Toute cette histoire peut s'arrêter là, et nous pourrions reprendre tous les deux le cours de nos vies sans qu'elles interfèrent l'une avec l'autre. Si tu acceptes, Jenna n'aura plus à couvrir tes actes odieux et à se mettre en danger pour toi.

Elle manque de défaillir en entendant ses mots et en voyant son expression ouvertement railleuse. Qu'il joue avec les sentiments de Jenna et se foute ainsi d'elle lui fait péter les plombs. En tremblant de rage, elle attrape son arme et la pointe sur lui.

— Enfoiré, je vais te tuer !

Immédiatement, Jenna sort la sienne et la met en joue.

— Carol, arrête ! Ne fais pas ça ! Ses paroles sont sensées !

Jusqu'à présent, Owen est plutôt satisfait du bordel qu'il a provoqué, mais il manque la petite étincelle finale, celle qui va mettre le feu aux poudres. Avec un rictus amusé, il formule donc la phrase rituelle sans le son, juste avec les lèvres.

« Allonge-toi et écarte les jambes. »

Il voit les yeux de Carol se remplir de larmes de terreur et son doigt presser la détente. Une détonation se produit devant lui. Jenna a tiré la première. Carol est touchée, et le recul de l'impact fait dévier son bras. Owen ressent une terrible douleur sur le côté gauche. Il se jette au sol et se recroqueville derrière le meuble de la cuisine. Il serre les dents et presse son flanc. Se prendre une balle n'était pas prévu au programme, même si ça peut servir ses intérêts.

— Carol ! Non ! hurle Jenna.

Elle lâche son arme et se précipite vers sa seule amie.

— Carol ! Non ! Pourquoi tu m'as obligée à faire ça ?

Elle prend sa tête sur ses genoux et se met à pleurer.

— Méfie-toi de lui. Il te ment, gémit-elle.

Jenna tente de presser sa blessure, sans grand espoir. Vu le point d'impact, la balle a dû toucher son foie.

— Carol, tiens bon ! la supplie-t-elle en voyant ses yeux se fermer.

Jenna entend alors un gémissement pitoyable. Elle se tourne vers Owen. Lui aussi a été blessé et se tient péniblement debout en s'appuyant contre l'îlot central de la cuisine. Elle revient vers lui en courant.

— Oh ! c'est pas vrai ! Pourquoi je t'ai demandé de venir ? Tout ça, c'est ma faute !

Elle ne voit pas sa main droite cachée derrière sa cuisse. Il tente un pas vers elle.

— Jenna…

— Ne fais pas d'efforts ! Je vais appeler les secours.

Dès qu'elle est toute proche de lui, il sort le couteau qu'il tenait hors de sa vue. De la main gauche qu'il passe derrière sa nuque, il l'attire vers lui. Avec son élan et leur proximité, elle ne peut rien faire quand il enfonce la lame dans sa poitrine.

Elle pousse un cri misérable, chargé de douleur physique et d'une autre, tout aussi terrible liée à sa trahison.

— Owen !

Il approche les lèvres de son oreille.

— Qu'y a-t-il, ma chérie ?

Il la sent fléchir et la dépose sur le sol.

— Pourquoi tu m'as fait ça ? sanglote-t-elle.

Il hausse les épaules.

— Toi et ta cinglée de copine, vous avez tué mon père… C'était un monstre, mais mon monstre à moi. Et puis, plus prosaïquement : vous étiez au courant pour Sally… Tu crois franchement que je pouvais prendre le risque de te laisser en vie ?

Il attrape sa main pour l'enrouler autour du manche du couteau. Avant d'appliquer ses empreintes à lui par-dessus.

— Mais tu m'as dit… murmure-t-elle entre deux gémissements.

— Exactement ce que tu voulais entendre, termine-t-il. Il fallait que tu sois dans mon camp pour que j'équilibre mes chances de survivre au merdier que vous avez foutu dans ma petite vie bien rangée.

Jenna pousse un râle terrible avant de rendre son dernier soupir. Owen attrape un torchon qu'il plaque contre sa blessure pour éviter de coller son ADN partout et il rejoint Carol en quelques pas titubants.

Immobile, elle tourne des yeux terrifiés vers lui.

— Tu avais raison de ne pas me faire confiance, admet-il.

— Pourquoi elle ? gémit Carol.

— Pour qu'on soit quittes, lui répond-il avec désinvolture. Tu m'as pris ma vie, puis mon père. Je te prends Jenna, puis ta vie… C'est de bonne guerre, non ?

— Je te…

Elle se met à tousser avant de se calmer. Ses larmes coulent à flots sur ses joues.

— Si tu pouvais passer l'arme à gauche rapidement, ça m'arrangerait, soupire-t-il en jetant un coup d'œil à sa montre.

Elle essaye de tendre la main vers son flingue qu'il éloigne d'une pichenette du bout de sa chaussure. Puis il la regarde mourir.

54

Quand Dwain pénètre dans la maison avec Lyle Esteves et les renforts, il trouve Owen en train de sangloter au-dessus du corps de Jenna Stones.

— Oh ! mon Dieu… Jenna, ma chérie ! Ouvre les yeux !

Il se tourne vers les nouveaux venus, son regard rendu fou par la souffrance.

— Lieutenant Cartwright, je vous en prie, faites quelque chose ! Vite !

Il a appelé ce policier, le seul qui éprouve de l'empathie pour lui, pour être certain que la boucle se retrouve fermée dès ce soir.

Après s'être assuré qu'il n'y a aucun danger sur place, Dwain fait entrer les secouristes. Ils se ruent vers les deux jeunes femmes. Owen résiste quand ils essayent de le séparer du corps de Jenna.

— Non ! Je dois rester avec elle !

— S'il vous plaît. Laissez-moi la sauver.

Owen s'écarte. L'homme se penche vers elle et vérifie son pouls avant d'afficher une expression navrée.

— Elle est morte, je suis désolé, annonce-t-il.

— Celle-ci aussi, répond un second en écho.

— Non ! supplie Owen en serrant le corps de Jenna contre le sien.

— Éloignez-le de là, soupire Lyle. Il contamine la scène !

Owen sent qu'on le traîne en arrière. Il gémit et les laisse se rendre compte qu'il est blessé lui aussi.

Il sent des mains se poser sur lui, enfiler un masque sur son visage et poser une perfusion dans son bras. Pendant qu'il reçoit les premiers soins, il aperçoit Esteves qui se déplace dans la pièce et découvre tous les indices compromettants que les deux femmes qui se pensaient inattaquables n'ont même pas pris la peine de dissimuler.

— Dwain ! appelle l'agent spécial avec beaucoup d'excitation contenue dans la voix.

Owen perçoit sa surprise quand il voit ce qu'Esteves lui montre.

— Pourquoi auraient-elles eu besoin de faire du GHB ? demande Dwain tout en observant l'intérieur dépouillé de ses deux collègues, comme pour essayer d'y trouver une réponse.

Owen sait qu'en visitant la maison, et les deux chambres à l'arrière en particulier, les enquêteurs vont bien finir par comprendre ce qui s'est passé ici : la séquestration, les viols, la drogue, la folie des occupantes.

Au moment où les infirmiers le soulèvent pour le placer sur un brancard, Owen voit Esteves sortir le gode ceinture de son placard. Dwain observe l'objet avec incrédulité. Ils se mettent à discuter tous les deux. Owen perçoit presque la teneur de leurs pensées et le changement dans leurs regards. Ils semblent assez mal à l'aise et beaucoup plus suspicieux quand ils jettent des coups d'œil vers le corps de Carol. D'autres hommes reviennent des pièces du fond, et leurs expressions ne prêtent pas à confusion. Ils interpellent Dwain Cartwright et Lyle Esteves qui les suivent.

Que le spectacle commence !

Les brancardiers le sortent de la maison, et l'ambulance ne tarde pas à démarrer.

Owen regrette presque de ne pas pouvoir assister à la suite de la représentation. En tant que chef d'orchestre, il l'aurait bien mérité.

55

— Bonjour, monsieur Maker. Merci d'avoir accepté de nous recevoir, commence Esteves avec un respect si inhabituel qu'il en paraît presque comique.

Owen hoche la tête sans répondre. Après les avoir regardés s'asseoir dans les fauteuils en tissu rêche de sa chambre, il détourne les yeux vers la fenêtre.

— Vous devez vous en douter, nous allons avoir besoin de votre témoignage pour comprendre ce qui s'est passé dans cette maison…

— C'était vraiment horrible, murmure Owen. Jenna…

Il pose les mains devant sa bouche.

— Je ne la reverrai plus jamais… hoquette-t-il.

— Est-ce elle qui vous a demandé de venir ? s'enquiert Dwain pour l'encourager à parler.

Owen hoche la tête et fait un effort visible pour se reprendre.

— Oui. Elle est venue frapper chez moi en pleine nuit alors que je dormais. Elle m'a demandé de la suivre. Elle avait l'air angoissée et terrifiée par l'attitude de sa colocataire avec qui elle se disputait beaucoup ces derniers temps.

— Jenna Stones a fourni aux services administratifs une adresse de boîte postale pour cacher que Carol et elle habitaient ensemble, explique Dwain.

— Saviez-vous que sa colocataire était Carol Bowns ?

Owen secoue la tête.

— Non. Jenna avait dressé le portrait d'une vieille fille acariâtre dont elle n'avait jamais mentionné le nom. Je ne savais même pas où elle vivait avant ça. On s'est toujours retrouvés à l'hôtel ou chez moi quand notre aventure est devenue plus sérieuse.

Owen craque une nouvelle fois. Dwain baisse la tête pour lui laisser le temps de se reprendre. Lyle Esteves sort un dossier qu'il feuillette.

— Monsieur Maker, nous avons reconstitué une partie de l'histoire. Nous savons aujourd'hui que les quatre derniers enlèvements que nous avons imputés à Twice ne sont pas de son fait. Mais nous n'arrivons pas à comprendre le lien entre Carol Bowns, Jenna Stones et ce tueur, ni à quel moment elles ont réussi à trafiquer les preuves à la ferme concernant leurs victimes, ni dans quel but elles ont essayé de vous impliquer dans toute cette affaire.

Owen ferme les yeux un instant avant de prendre une inspiration.

— Jenna m'a dit que son vrai nom était Emily Lambert et que celui de Carol était Mary Loud. Elles ont toutes les deux été les captives de mon père, il y a des années de cela.

Esteves se redresse comme un chien de chasse. Il note précipitamment les noms transmis.

— Les captives de votre père… Comment en sont-elles sorties vivantes ?

Owen regarde le mur face à lui sans manifester d'émotion alors qu'à l'intérieur de lui il pense : *C'est parti pour le show !*

— D'après ce que Jenna m'a dit ce soir-là… vous aviez raison… j'étais le complice de… de mon pè… de Twice, qui m'utilisait comme… gardien, avoue Owen avec une honte poignante. Jenna m'a expliqué que je leur apportais leurs repas et que je les surveillais pour lui.

— Rien de plus ? demande Lyle avec un reste de suspicion.

— Elle me l'aurait dit dans le cas contraire, non ? s'inquiète Owen en se tournant vers Dwain avec une détresse bouleversante.

— Sans doute, répond ce dernier.

— Ensuite ? le presse Esteves.

— Elle m'a dit qu'un jour je suis arrivé avec les clés de leurs chaînes pour les aider à fuir. Nous avons couru sans savoir quelle direction prendre, nous voulions juste nous éloigner le plus possible de la maison. Nous avons fait une pause au sommet d'une falaise. C'est à ce moment que Carol m'a poussé dans le vide. Elle a dit à Jenna qu'elle n'avait pas confiance en moi, qu'elle avait peur que je change d'avis et que je les trahisse en les ramenant à mon père.

— C'est elle qui a provoqué votre accident, déclare Dwain.

— Exactement.

Il marque une pause de plusieurs secondes avant de reprendre :

— Après ça, elles ont passé leur vie à mettre au point leur vengeance contre Twice. Elles ignoraient où il résidait, mais elles savaient où me trouver grâce à un article paru dans le journal, qui racontait comment mon corps avait été découvert au bord d'une rivière. Elles ont gardé un œil sur moi pendant toutes ces années. Quand elles ont compris que leurs choix professionnels n'apporteraient rien à leur quête personnelle, elles ont décidé de m'utiliser comme appât. Jenna avait été chargée…

Il souffle douloureusement.

— … chargée… de me séduire pour récupérer mon ADN. Ensuite, il leur a suffi de laisser des indices compromettants sur plusieurs scènes de crime pour attirer l'attention de la police et des journalistes sur moi et, par ricochet, celle de Twice.

— Elles sont donc devenues ce qu'elles haïssaient par-dessus tout pour se venger ? déplore Dwain.

— J'ai été aussi horrifié que vous quand Jenna me l'a annoncé.

— Et vous l'avez quand même suivie ?

— Elle espérait que j'arriverais à convaincre Carol de se rendre à la police, mais sa haine était beaucoup trop tenace. Et ça a été un bain de sang…

Esteves hoche la tête et lui accorde une petite pause.

— Vous avez le droit de savoir que tous les indices trouvés dans leur maison corroborent cette version. Edwina Scofield, Abigail Larkin, Masha Gould et votre ex-femme ont bien séjourné là-bas.

Owen n'a pas seulement nargué Carol jusqu'à ce qu'elle passe l'arme à gauche. Il a aussi maquillé les lieux, tout comme Jenna l'a fait à la ferme. Avant de quitter sa chambre pour la suivre jusqu'à cette cabane, il a planqué un sachet contenant quelques résidus ADN de Sally sous son sweat. Il n'a eu qu'à les déposer sur une des paillasses pour démontrer, preuves à l'appui, que Sally avait bien été séquestrée sur place.

— Carol Bowns et Jenna Stones utilisaient du GHB pour que leurs captives se tiennent tranquilles, elles s'en servaient probablement aussi pendant les… viols, soupire Dwain avec gêne. Elles s'étaient procuré tout un… attirail pour que leurs victimes portent des traumatismes vaginaux convaincants. On est tombés dans le panneau.

Owen approuve en cachant son envie de rire devant la pudibonderie du lieutenant qui n'arrive pas à placer les mots *gode* et *bite* dans sa phrase. Il a presque pitié de lui, alors il change de sujet.

— Vous n'êtes pas les seuls qu'elles ont piégés. Quand Twice est sorti de l'ombre pour rendre Lucy Anderson afin de détourner les soupçons de moi, elles ont retrouvé sa trace. Elles se sont donc rendues chez lui et l'ont assassiné.

— Non, c'est Masha Gould qui… commence Esteves.

Owen secoue la tête. Sa voisine était une vraie conne, mais il n'est pas question que Carol échappe à l'opprobre qu'il s'apprête à jeter sur elle.

— Non ! Masha est doublement victime de leurs machinations. Elles l'ont emmenée sur place, et Jenna a maquillé les lieux pour qu'elle soit désignée comme coupable. Vous avez cru qu'une victime s'était échappée et avait réglé le compte de son violeur avant de mettre fin à ses jours. Grâce à cette mise en scène, l'enquête pouvait être bouclée, et Carol et Jenna s'en sortaient sans problème.

— Et vous dans tout ça ?

Owen regarde ses mains.

— Quand vous m'avez fait venir à la ferme de mon… père…

Owen fait mine de s'étrangler sur ce mot.

— Carol a été particulièrement agressive avec moi, parce qu'elle était persuadée que j'avais retrouvé la mémoire, y compris concernant son identité.

Les deux policiers ayant été témoins de la scène ne peuvent que gober sa version des événements.

— Le seul imprévu dans le plan de Carol, c'était qu'on tombe vraiment amoureux, Jenna et moi, et qu'elle décide de la trahir.

— C'est pour ça qu'elle vous a demandé de venir avec elle ?

— Oui. Elle espérait pouvoir arrêter Carol.

Il passe sa main sur sa bouche.

— Malheureusement, dès qu'elle m'a vu, elle a pointé son arme sur moi. Jenna a voulu me protéger et elle a tiré la première, même si la balle de Carol m'a quand même touché.

Il frôle son abdomen, là où un pansement couvre sa peau.

— Jenna a lâché son arme et a couru vers elle alors qu'elle agonisait.

Il s'arrête encore une fois pour reprendre son souffle.

— Je me suis relevé et je l'ai appelée pour qu'elle vienne à mon secours, mais la mort de Carol l'a rendue hystérique.

Il ferme les yeux.

— Elle a pris un couteau et m'a attaqué. Je n'ai fait que me défendre et je l'ai tuée sans le vouloir !

Il se met à sangloter.

— Oh, mon Dieu ! C'était horrible.

Dwain pose la main sur son épaule pour lui apporter un peu de réconfort. Pendant toute cette enquête, Carol a tiré les ficelles, les a aiguillés dans la direction qui l'arrangeait, a glissé des idées dans l'esprit réceptif de Lyle. Son plan était brillant et sa détermination terrifiante.

— Je suis désolé, Owen. Pour tout. Avec deux agents doubles implantés dans nos rangs, nous avons été aveuglés par leurs mensonges. Nous sommes tout aussi responsables de ce qui vous est arrivé.

Owen déglutit.

— Je vais aller en prison maintenant, n'est-ce pas ?

Esteves soupire.

— Non. Votre témoignage corrobore les indices trouvés sur place. Il n'y avait pas de poudre sur vos mains, et le couteau portait bien vos empreintes mêlées. Vous vous êtes défendu et avez tué votre agresseur en état de légitime défense. Il n'y aura aucune poursuite contre vous.

Owen retient son souffle pendant un instant.

— Et, concernant votre passé, nous ne pouvons pas prouver que ce que vous a dit Jenna Stones est faux. Par conséquent, vous ne serez pas non plus inquiété pour ce qui s'est passé il y a presque vingt ans.

Owen semble s'effondrer totalement sous l'effet du soulagement.

— Nous allons vous laisser, à présent, annonce Dwain.

— Merci de votre collaboration, lance Esteves depuis la porte.

Les deux policiers le saluent et quittent sa chambre. Dans le couloir, Dwain s'appuie contre le mur.

— Je ne parviens pas à faire taire la petite voix en moi qui me dit que Carol avait pris goût à ce qu'elle a fait subir à ces femmes. Avec la complicité de Jenna Stones, elles auraient pu sévir longtemps sans qu'on s'en aperçoive...

— Tu as raison, approuve Lyle. En tout cas, ça me fait tout drôle de penser que Twice est hors circuit après toutes ces années de traque.

Dwain sait que la carrière de Lyle était en balance avant tout ça, qu'en est-il à présent ?

— Que vas-tu faire maintenant ? demande-t-il, l'air de rien.

Lyle lâche un ricanement méprisant.

— Je suis officiellement mis en retraite. Mes supérieurs m'ont convoqué hier pour me l'annoncer.

Dwain n'ose pas le regarder, car lui aussi a comploté contre lui.

— C'est vrai ? Tu le vis comment ?

Lyle hausse les épaules.

— C'était l'affaire de ma vie. Elle est résolue. Je suis content que ça se soit passé de mon vivant.

— Ouais. C'est bien comme ça. Tu vas faire quoi de tes journées, à présent ?

— Je pense que je vais essayer de reprendre contact avec ma fille.

— C'est un beau projet.

Lyle soupire.

— Et, au cas où j'échouerais, j'ai l'intention de créer une agence de détectives privés et de me spécialiser dans la recherche des victimes disparues.

Dwain lui adresse un regard moqueur.

— J'espère de tout mon cœur que tu réussiras avec ta fille.

Lyle se met à rire.

— Bon… merci pour tout, Dwain. J'ai été content de travailler une dernière fois avec toi.

Ils se serrent la main, puis Lyle s'éloigne. Sa silhouette courbée porte tout le poids de ces années de traque, de faux espoirs et de lutte contre tous ceux qui doutaient de lui.

Au final, Lyle avait raison sur presque toute la ligne, malgré son bilan psychologique catastrophique.

Dwain secoue la tête et regarde sa montre. Il est plus que temps de rejoindre Katia au restaurant. Il a l'intention d'oublier toute cette affaire dans ses bras. Il lui a d'ailleurs acheté un petit cadeau dans la boutique d'Oli.

Un truc vraiment sympa qu'elle n'oubliera pas de sitôt.

En tout cas, Paula a adoré.

Épilogue

Après un dernier regard vers la façade de la maison, le jardin et la pancarte plantée au milieu de la pelouse, qui affiche un joyeux « VENDU », je pose un carton d'affaires dans le coffre de la voiture.

La Dodge Challenger est bourrée à craquer, pleine d'objets que j'estime nécessaires pour reprendre le cours de ma vie ailleurs, des vêtements principalement. Tout le reste, je le laisse sur place après avoir passé un deal avec les acquéreurs. Inutile de m'encombrer, tout cela appartient à une autre vie.

Je suis impatient de lever le camp après ces huit mois d'attente qui m'ont paru interminables. Finalement, je n'ai pas eu besoin de vendre mon âme au diable pour réinitialiser ma vie une seconde fois.

— Bonjour, Owen !

Je me tourne vers la voix qui m'interpelle et me force à sourire avec gentillesse.

— Lieutenant Cartwright ! Comment allez-vous ?

— Le service et moi, nous nous remettons lentement du choc d'avoir abrité un serpent en notre sein.

— Je me doute, oui. Vous prenez un café ?

Je ne sais pas pourquoi j'ai proposé ça, si ce n'est pour tester encore une fois mon nouveau moi. Recoller les morceaux de ce que j'ai été et de ce que je suis devenu par la force des choses m'a demandé quelques ajustements. J'ai encore un peu de mal à savoir qui mène la danse en fonction des moments, mais j'imagine que je vais bien réussir à concilier les deux moi, même si j'hésite toujours entre le trop d'Owen et le pas assez de Liam. C'est épuisant, parfois.

— Ça va aller, merci. Je ne vais pas m'attarder, de toute façon, annonce-t-il en englobant d'un geste la maison, moi et ma voiture chargée.

Il prend une petite inspiration.

— Vous savez, j'aurais placé ma vie entre les mains de Carol Bowns et je lui faisais entièrement confiance, déplore-t-il.

Il met un coup de pied dans un caillou.

— Il ne faut pas vous en vouloir. Comment auriez-vous pu deviner qu'à chaque instant elle vous trahissait ?

— Quand on a cherché à savoir qui était Mary Loud, on s'est rendu compte qu'elle avait fui le domicile familial après avoir assassiné un homme pour lui voler son argent. Elle a dû tomber sur Twice pendant sa cavale.

Dwain reste silencieux une seconde, l'esprit sans doute encombré de tout ce qu'il a pu découvrir à propos de sa collègue après sa mort, avant de changer de sujet.

— Vous partez alors ?

— Oui. La maison est vendue. C'est le moment ou jamais. C'est vrai… Je suis resté toute ma vie dans ce coin en espérant retrouver mes origines. Et, maintenant que c'est fait, je ne demande plus qu'à oublier à nouveau ! C'est pitoyable, non ?

Dwain secoue la tête.

— Pas du tout. J'imagine que ça doit être lourd à porter. Vous pensez revenir dans le coin un jour ?

— Il y a peu de chances.

— Où partez-vous ?

Je hausse les épaules.

— Vers l'est… Chicago peut-être.

— C'est bien. Je suis content que vous ayez réussi à vous reconstruire.

— Vous voulez dire après toutes ces révélations sur mon passé, après tous les cadavres qui ont été retrouvés dans la ferme de mon tueur en série de père et après avoir ôté la vie de la femme que j'aimais ?

Il me dévisage quelques instants pendant lesquels j'affiche une expression fragile.

— Oui, après tout ça.

— Je n'y parviendrai jamais totalement si je reste ici.

Il finit par comprendre le message.

— Bon. Je ne vais pas vous retarder plus longtemps. Je voulais juste vous saluer une dernière fois.

Nous nous serrons la main. Je le regarde retourner vers sa voiture. Il m'adresse un geste amical avant de disparaître au bout de la rue. Je pousse un léger soupir soulagé.

J'apprécie ce type presque malgré moi. Il m'a bien servi pendant toute la sale période où Jenna et Carol ont essayé de me mettre en difficulté. Il a été mon seul allié, même si c'était involontaire de sa part.

Après un ultime tour d'horizon, je monte en voiture et me dirige vers le sud. Direction San Francisco. S'il souhaitait vraiment me pister, ça ne serait sans doute pas très compliqué de me retrouver puisque j'ai repris mon nom de naissance.

Je m'appelle dorénavant Owen Liam Blake.

Ce nom me permet de concilier ouvertement les deux parts de moi, le gentil homme paillasson ultra-civilisé qu'était Owen et le fils de tueur en série, sauvage, dénué de pitié et manipulateur qu'est Liam.

Dire qu'avant que Jenna entre en trombe dans ma vie je n'avais aucun souvenir… Ceux-ci ont commencé à resurgir avec les cauchemars. La première vraie secousse a cependant été provoquée par Carol elle-même quand elle m'a jeté les photos des scènes de crime de Twice à la tête. Cela a éveillé un écho en moi, un besoin animal, comme si Liam s'était brutalement réveillé et réclamait son quota de violence. Des blocs de pensées ou d'images assez explicites pour me terrifier sont remontés à la surface, et je me suis senti très mal pendant quelque temps. Une voix en moi, celle de Liam sans doute, m'a conseillé de ne rien dire et de poursuivre sur ma lancée. Et puis, la visite privée de la maison de mon père a tout emporté sur son passage. Je me suis brutalement souvenu de tout : mes journées passées à soigner les animaux, les leçons que me donnait mon père, les livres qu'il m'achetait, les cris du sous-sol et, plus tard, les visites nocturnes aux captives, le plaisir…

J'ai failli imploser ce jour-là face à Carol, quand j'ai reconnu son visage, son regard et son corps dont j'ai tant profité. Alors qu'elle m'annonçait froidement ma filiation, pensant me faire du mal, moi je me voyais en train de serrer son cou frêle entre mes mains. J'ai gardé mon sang-froid par je ne sais quel miracle, jusqu'au coup d'œil que je lui ai lancé avant de partir. Celui qui a provoqué l'affrontement final. J'ai pris des risques calculés pour éliminer mes adversaires et je m'en suis sorti…

À présent, la part Liam en moi a toute une vie à rattraper. Et ce n'est pas l'acompte que j'ai pris avec Sally avant de la tuer qui aura remis les pendules à l'heure. Le premier viol l'a laissée sur le carreau. Les fois suivantes, nécessaires à la mise en scène, j'ai baisé une coquille vide. Et le dégoût bien réel d'Owen à son égard n'a pas facilité les choses. Bref, rien de très réjouissant. Pour Liam, j'ai donc envie de passer à autre chose, de recommencer une existence loin de ce qu'Owen a pu être pour les uns ou pour les autres.

Je tourne la clé dans le démarreur de ma Dodge Challenger. *Goodbye Horses* de Q Lazzarus envahit l'habitacle. Que ma playlist ait justement opté pour ce morceau me fait sourire. C'est comme un clin d'œil du destin pour m'indiquer que tous les voyants sont au vert : là où Jame Gumb a été mis hors jeu avant la fin de sa métamorphose, moi j'ai réussi à aller au bout et à devenir un magnifique papillon, un sphinx tête de mort pour être précis.

Il y a quelques mois, j'ai reçu un courrier qui m'informait que j'allais hériter de la ferme de mon père. Je n'en revenais pas, vu que les flics ont fouillé partout et déterré pas loin de vingt-sept corps sur ses terres, ceux des victimes de mon père avant que je le convainque de les rendre et ceux de celles qui n'ont pas tenu et qui étaient indignes d'être restituées à leur famille.

J'étais bien embarrassé par cet encombrant titre de propriété quand un promoteur a pris contact avec moi et m'a proposé une fortune pour le terrain afin d'en faire un golf pour les snobinards du coin. Je n'ai pas hésité.

À côté de ça, la vente de la maison a été beaucoup plus compliquée. À cause du site DiedinHouse.com, la noyade de ma fille et l'assassinat de Sally ont retardé la vente. Les acheteurs potentiels craignaient que la maison ne soit hantée ou des conneries dans ce genre. Et puis, Stan Felton et Roger Leighton, son compagnon, sont arrivés. Ils n'en ont rien à foutre des femmes ou des gosses. La maison et le quartier leur ont plu, et ils n'ont pas cherché plus loin.

Comme chaque fois que mes pensées se dirigent vers ma fille, Amy, j'ai l'impression que, au milieu de tout le flou qui règne encore en moi, c'est le seul souvenir non perverti. Qu'il soit évoqué par Owen ou Liam ne change rien à la douleur qui me broie le cœur alors que le fantôme de son rire joyeux résonne à mes oreilles.

Je me secoue. Plus rien ne me retient ici. Je suis libre de partir et je suis à la tête d'un joli pécule qui m'aidera à recommencer ailleurs. J'ai de quoi voir venir, pourtant j'ai décroché quelques entretiens professionnels chez des vendeurs de voitures à San Francisco. J'ai aussi dégoté une pension de famille pour me loger, le temps de trouver un appartement ou une maison. Le changement ne me fait pas peur, pas après tout ce que j'ai encaissé.

J'imagine que, si une personne détenait les données contenues dans mon cerveau recalibré, elle me demanderait si j'ai l'intention de marcher dans les pas de mon père.

En toute honnêteté, à l'heure actuelle, je répondrais d'un franc « non ». Ce que mon père faisait est si barbare. Sa méthode manquait de subtilité, et les impératifs liés à l'enfermement de ses captives étaient beaucoup trop contraignants.

La preuve, puisque Mary et Emily ont réussi à prendre la fuite.

Pour ma part, je ne peux oublier le dernier regard anéanti que Jenna a posé sur moi quand elle a su que je m'étais foutu de sa gueule. Amener une personne à se donner corps et âme à moi en échange d'un simple « je t'aime » et d'un peu de sexe, à trahir tout ce en quoi elle croyait pour me faire plaisir, à m'aimer malgré tout ce qu'elle pouvait savoir de mon passé a été une expérience tout bonnement exaltante.

Je pense que des femmes comme Jenna, fragiles, complexées, seules, méprisées, manipulables ou mal baisées, il y en a des milliers dans une grande ville comme San Francisco. Tout comme je sais qu'Owen fera des merveilles avec elles, je prédis qu'elles constitueront un vivier inépuisable pour Liam.

Je m'imagine les détourner de leur époux et de leurs gosses, les soumettre à mes caprices jusqu'à ce qu'elles renient tout – leur entourage, leur vie, leur passé –, avant de leur dire qu'elles se sont plantées à mon propos et que je ne veux pas d'elles. Leur désespoir et leurs larmes m'amuseront, mais ne m'enverront jamais en prison.

Et, si je me lasse de ça, je pourrai toujours trouver une femme avec qui je serai bien. Je pourrai me couler dans une vie stable et paisible de mari et de père de famille.

Je prends plein sud en suivant l'autoroute 5.

Oui. Le maître mot à présent, c'est « je peux ». Je n'ai plus de limites, plus de tabous. Je suis le fils d'un monstre, j'ai violé et tué des femmes, j'ai été suspecté, menacé de mort, mais j'ai survécu en devenant plus fort et plus rusé. Dorénavant, je peux m'adapter à n'importe quelle existence et me fondre dans la masse.

Tour à tour Liam ou Owen.

Seul l'avenir décidera qui de nous deux prendra le dessus.

Remerciements

On n'écrit pas un livre comme celui-ci sans en subir les conséquences. Je remercie ma famille : Pat, Gabriel, Martine et André qui constituent le premier rempart, et le plus solide soit dit en passant. Ils sont là pour me ramener à l'instant présent quand mon cerveau dérive vers des cellules miteuses et que mon regard se vide.

Merci aux autres primo-lecteurs : Jacques Saussey, mon inénarrable complice de toujours, pour tes conseils et tes remarques judicieuses, et Fabienne Toublanc, pour ton enthousiasme et ton soutien infaillible.

Comme d'habitude, je remercie Olivier Norek pour ses précieux conseils concernant les procédures de la police et les délais inhérents à certaines recherches.

J'adresse une pensée énorme à ma nouvelle équipe éditoriale chez HarperCollins. Votre accueil chaleureux fait chaud au cœur. Un merci tout particulier à Marie Eugène dont l'esprit affûté constitue un parfait complément à mon imagination machiavélique.

Merci à Caroline Vallat, Christian Rappolt, Stéphanie Hérisson, Bruno Lamarque, Gilles Gouffé, Pépita Sonatine et à tous les autres libraires qui me suivent depuis toujours et qui transmettent mes mots aux lecteurs curieux.

Et, en parlant de lecteurs, j'espère qu'une scène en particulier vous aura plu et que vous savez à quelles monstrueuses représailles je me suis exposée pour vous faire rire !

Olivier Norek, Nicolas Lebel et Niko Tackian, je n'ai qu'un seul mot pour vous : pourparlers…

Composition et mise en pages
FACOMPO, Lisieux

Imprimé en France par

MAURY IMPRIMEUR
à Malesherbes (Loiret)
en février 2021

POCKET - 92 avenue de France, 75013 PARIS

N° d'impression : 251991
S31528/01